KB074026

철새의 목쉰 노래

금 장 태

지식과교양

머리말

　나 자신이 노쇠한 뒤로, 너무 심심할 때면 가끔 머릿속에 떠오르는 생각을 거친 토막글로 썼었다. 제목을 〈철새의 목쉰 노래〉라 붙였는데, '철새'라 한 것은 내가 원주 산골에 내려와 살아 온지도 벌써 9년이 되었는데, 그동안 봄부터 가을까지(4월~10월)는 원주 대안리 산골에 살면서, 마당 한쪽 구석의 작은 숲 '상리원'(桑李園)을 꾸며놓고 그 속에 숨어서 놀았다. 또한 겨울동안(11월~3월)에는 산골집이 너무 춥고, 나는 체질이 추위를 견디지 못해, 서울로 올라와 낡은 아파트 한칸에 살았다. 이 아파트의 내 방에 딸린 작은 베란다 '천산정'(天山亭)에 숨어서 놀았다. 이렇게 서울의 '천산정'과 원주 산골의 '상리원'을 철따라 옮겨다니는 '철새'노릇을 한지도 10년이 다 되어 간다.
　'목쉰 노래'라 한 것은 내가 타고난 음치(音癡)라 어쩌다 노래를 불러 보아도 아름다운 음률이 흘러나오지 않으니, 듣는 이가 괴로웠을 것이다. 또한 내가 심심함을 견디지 못해, 어쩌다 수필 비슷한 글을 쓰는 일이 있는데, 나의 글도 붓끝이 무디어, 읽는 이가 별다른 재미를 느끼지 못할 것이니, 어찌 '목쉰 노래'가 아니겠는가. 스스로 돌아보아도 부끄럽기만 할 뿐이다.

요즈음 나의 생활이야 천산정에서나 상리원에서나 대문 밖을 좀처럼 나서지 않고 한달을 보내기가 일쑤이다. 신문도 안보고 TV도 안보니, 세상은 잊어버린 지 오래되었다. 그러니 세상에서 숨어버린 삶이다. 천산정에서 '천산'(天山)이라는 말도 『주역』 '천산 돈괘'(天山 遯卦)의 '숨는다'(遯)는 뜻이 있다. 오랜 시간 한가롭게 하늘을 떠가는 구름을 바라보기도 하고, 푸르른 산을 무심히 바라보며 공상에 빠져 있는 것이 일과였다. 책은 오래 붙잡고 있지를 못하고, 두 딸들이 오래전에 흘러간 역사드라마 등을 무료로 다운 받아다 주어, 정신이 흐려지면 보고 또 보며 세월의 강을 떠내려가고 있다.

제1부 '천산정(天山亭) 창밖'의 16편은 서울에 올라와서 나는 주로 '천산정'에서 시간을 보내고 있다. 이곳에서 나는 작은 둥지 속에 숨어 있는 한 마리 철새처럼, 창밖을 내다보며 공상에 빠져있는데, 어쩌다 떠오르는 생각들을 적어본 글들이다. 오래 전에 써두었던 글들도 몇 편 있다.

제2부 '상리원(桑李園) 숲속'의 17편은 원주 대안리 산골에 살면서, 나는 심심하기만 하면 숨어드는 아주 작은 나의 숲 '상리원'을 만들었다. 이 작은 숲 속에 숨어서 나 혼자 놀기를 좋아한다. 이곳에서 노는 동안 오다가다 떠오르는 생각들을 적어본 것이다. 곧 제2부는 지난번에 간행한 『산촌일기--청산에서 살으리라』(2019, 이음)의 후속편이라 할 수 있다.

제3부 '노년의 한가로움'의 14편도 원주의 '상리원' 숲속에 숨어서 놀며, 저물어가는 노년의 쓸쓸함과 외로움에 젖어있기도 한다. 인생에서

노년도 소중한 부분인데, 자신의 노년이 공허함을 돌아보며 떠오른 생각들을 적어본 것이다.

나의 노년에는 아무 계획표가 없다. 한해씩 계획해서 일하며 살아가던 시절이 지나간지도 아득히 오래된 것같다. 이제는 하루씩 살아갈 뿐이다. 그날 하고 싶은 일이 있으면 하고, 하기 싫으면 아무 때나 그만둔다. 아무 것에도 속박을 받지 않으며 살고 있으니, 한 조각 뜬구름(一片浮雲)처럼 살고 있다. 이제는 자신을 속박하며 살아갈 기운이 모두 소진되었기 때문이리라.

원주 상리원에서는 날마다 그네에 나와 앉아서 사방을 둘러싸고 있는 산줄기들을 우두커니 바라보거나, 골짜기에서 피어오르는 안개가 산마루로 오르는 모습도 지켜본다. 또 구름이 바람을 따라 흐르거나, 조각구름이 하늘에서 서서히 흩어져 사라지는 모습을 바라보며 허망한 인생의 쓸쓸한 맛을 반추하고 있다. 서울 천산정에서는 혼자 앉아 창밖의 건물들 사이로 좁은 하늘을 바라보며 추억과 공상의 달콤한 맛을 즐긴다.

원래 무딘 붓끝이라 누구에게 보이려는 생각이 없었다. 다만 나 자신을 돌아보기 위해 썼던 것일 뿐임을 고백하지 않을 수 없다. 그래도 이 글을 간행하도록 흔쾌히 허락해 주신 지식과교양 윤석산 사장님의 후의에 깊이 감사한다.

2022.1.9. 저자 삼가적음.

차례

제1부

천산정(天山亭)
창밖

01

천산정(天山亭) 창밖

    내가 살고 있는 집 이름을 갖기 시작한 것은 당시 성균관대학교 유학대학에서 같이 근무하던 선배교수인 최근덕(南伯 崔根德)선생이 설악(가평군 설악면 사룡리 용문내 마을)에 있는 나의 시골집에 '잠연재'(潛研齋)라는 이름을 지어주고, 붓글씨로 재명(齋名)과 간결한 기문(記文)을 써 주셔서, 이를 액자에 넣어 벽에 높이 걸었다. 그러나 설악 시골집을 처분하고 서울 잠실(송파구 잠실5동 주공5단지 아파트 516동)로 돌아와 '잠연재' 액자를 옮겨다 걸고, 이 집의 이름을 '잠연재'로 삼았다.

    그후 1995년에 잠실 집을 처분하고 낙성대로 이사를 와서 셋집을 세 곳이나 옮겨 다니다가, 2001년에 동아타운 아파트(관악구 봉천로 576)에 다시 그 액자를 걸고, 이곳을 또 '잠연재'로 삼았다. 이 '잠연재'는 지금 둘째 딸 희경(喜景) 내외가 살고 있으며, '잠연재' 액자가 그대로 그곳 벽에 걸려 있다. 그동안 '잠연재'라는 집은 첫 번째 설악, 두 번째 잠실, 세 번째 낙성대의 세 곳이었다. '잠연재'를 둘째 딸 내외에게 넘겨주고, 모친이 사시는 사당동 집 2층의 옆칸에 들어와 살았다. 이 집은 방이 둘이요 아주 작은 마루가 하나인데, 마루에 걸린 석란도(石蘭圖) 액자에 "돌의 형체는 고요하고, 난초의 기운은 맑다."는 뜻으로 '석지체정, 난지기향'(石之體靜, 蘭之氣淸)의 화제(畫題)가 적혀있는데, 이 화제에서 '정'과 '청' 두 글자를 따서, 사당동 집의 이름을 '정청당'(靜淸堂)이라 붙였다.

사당동집을 처분하고, 2015년 방배동 삼호아파트 3동으로 이사를 했다. 이 집 마루에 걸린 액자는 서예가 이동익(攸川 李東益)선생의 글씨로 "같은 마음에서 하는 말은 그 향기로움이 난초와 같다."는 뜻의 '동심지언, 기취여란'(同心之言, 其臭如蘭,〈『주역』, 繫辭上〉)인데, 끝의 두 글자를 따서 '여란헌'(如蘭軒)이라 이름을 지었다. 방배동 집은 방이 셋인데, 안방은 아내가 쓰고, 건너방은 모친이 쓰고, 문간방을 내가 썼다. 그런데 아내가 원주 대수리마을(원주시 흥업면 대수리길 20)에 집을 빌려 내려가 살아서, 안방이 비어 내가 안방을 쓰자, 아들 세혁이 내가 쓰던 문간방에 들어와 살고 있다.

나도 아내를 따라 원주 대수리마을로 내려가 봄부터 가을까지는 산골인 대수리마을에서 살았다. 대수리마을의 집은 산골이라 바람이 맑아 시원했고, 이 집 뜰에는 여기저기 꽃밭이 있어서, 여러가지 향기로운 꽃들이 철따라 피었다. 그래서 나는 이 원주의 산골 대수리마을의 집 이름을 '맑은 바람에 향기로운 꽃'(淸風香花)이라는 뜻으로 '청향당'(淸香堂)이라 지었다. 봄에서 가을까지는 '청향당'에 살다가 일이 있을 때나 겨울철에는 서울로 올라와 '여란헌'에서 지내고 있다.

지금 내가 쓰고 있는 '여란헌'의 안방 남쪽에는 아주 작은 베란다가 딸려 있다. 나는 작은 베란다의 남쪽 창에 작은 책장 하나와 작은 컴퓨터 책상과 등받이 의자를 놓아두고, 여기서 한가롭게 독서를 하거나, 기분이 좋으면 엉터리 시를 지어보기도 한다. 또 이 작은 베란다의 서쪽 편에는 작은 탁자와 작은 팔걸이 의자가 있다. 그래서 나는 자주 이 작은 베란다에 나가 앉아서 커피를 마시고 창밖을 내다보며 공상에 빠져 있기를 즐긴다.

금년(2021)에는 10월19일부터 일찌감치 서울로 올라와 '여란헌'에서 지내게 되었다. 그래서 작은 베란다를 자주 이용하다 보니, 이 작은 베란다에 이름을 붙이고 싶어졌다. 이리저리 생각하다가 찾아낸 이름이 '천산정'(天山亭)이다. 중국의 서쪽 변방 신강성(新疆省) 서쪽 끝에는 천산산맥(天山山脈)이 남북으로 2,500km나 뻗어있다. 이 천산산맥을 넘어서면 러시아와 중앙아시아 땅이다. 말하자면 중국 세력의 서쪽 한계가 천산산맥인 셈이다.

내가 눈을 뜨고 '천산정' 창밖을 내다보면 남쪽으로 다른 아파트 사이의 작은 틈으로 우면산(牛眠山)의 능선이 조금 보이는 정도이지만, 내가 눈을 감으면 북쪽으로 만주벌판과 시베리아 벌판을 볼 수 있고, 동쪽으로 일본과 태평양을 건너 북미대륙도 볼 수 있으며, 남쪽으로는 필립핀, 보르네오 섬, 뉴기니아, 오스트랄리아, 뉴질랜드도 볼 수 있다. 또 서쪽으로는 중국대륙과 '천산산맥'을 넘어, 중앙아시아의 아득히 넓은 초원지대를 건너, 유럽대륙도 볼 수 있다. 이런 나의 상상력이 미치는 범위 안에는 당연히 서쪽으로 '천산'이 들어 있다.

그러나 동시에 나 자신의 안으로 들어오면, 나는 아득히 넓은 세상을 모두 잊고, 나의 작은 다락방 속에 숨어서 창밖을 통해 다른 아파트에 가려 조금 밖에 안보이는 하늘을 떠가는 구름을 바라보고 있다. 이때 '천산정'의 '천산'은 『주역』 64괘의 제33괘인 '천산-둔괘'(天山 遯卦)

에서 "하늘 아래 산이 있으니 숨어산다."(天下有山, 遯.〈『주역』遯卦 象辭〉)는 뜻을 취한 것이기도 하다. 서울 안에 살면서도 멀리 산 속에 숨어 살고싶은 꿈을 간직하고 있음을 보여준다. "세상을 떠나 숨어사니 번민이 없다."(遯世无悶.〈『주역』乾卦 初九〉)의 뜻이 내 마음에 적합하여, 그 뜻을 받아들이기로 하였다.

나는 세상에 나가 세상을 바로잡거나 이끌어갈 꿈도 없고 능력도 없음을 스스로 잘 알고 있다. 그래서 대학시절 그 흔한 대모 한번 참가해 본 일이 없었고, 그저 세상의 거친 풍파를 관망하기만 하면서 살아왔을 뿐이다. 그런데 이제 다 늙었는데, 세상에 대해 왈가왈부할 생각도 관심도 나에게는 없거니와 그렇게 할 자격도 내게는 없다. 다만 한 마리 곰처럼 굴 속에 숨어서 창문을 통해 세상을 내다보며, 혼자 상상에 빠져 살 뿐이다. 그래서 신문도 안보고 텔레비전 뉴스도 안보고 20년 넘게 살아왔다.

16세기 도학자인 조식(南冥 曺植)은 경남 산청군의 지리산 동쪽자락에서 강학하였는데, 그곳에 '산천재'(山天齋)라 이름을 붙였다. 그 이름은『주역』제26괘인 '산천 대축괘'(山天 大畜卦)의 "강건하고 독실하며 날마다 덕을 빛나고 새롭게 한다."(剛健篤實, 輝光日新其德.〈『주역』, 大畜卦, 彖辭〉)는 뜻을 취하였던 것이라 하겠다. 이 말은 지조가 굳센 선비다운 수양을 하겠다는 결의를 보여주는 것이다. 그러나 나는 도학자의 강인한 기개가 없고, 책속에 글자나 파먹고 살았던 늙고 게으른 책벌레로 만족한다. 그래서 '천산 둔괘'의 뜻을 따라, 세상을 벗어나 숨어서 내 영혼을 편안하게 지키고자 한다. 비록 늙고 게으른 책벌레라 하더라도 그 상상력으로는 '천산산맥'을 무수히 넘나들며, 아득한 초원을 말달려 보기도 하고, 태평양-인도양-대서양을 가로질러 항해하는 꿈을 꾸기도 한다.

　2020년 여름 내가 혼자 서울에 올라왔을 때, 큰 딸 희정(喜晶)이 살고 있는 사당동의 자그마한 빌라에서 여러날 지냈는데, 이때 나는 '동심지언(同心之言)...'의 액자를 큰딸이 살고 있는 사당동 집에 넘겨주면서, 그날부터 큰딸의 집 이름을 '여란헌'(如蘭軒)으로 삼았다. 그래서 방배동 집에 새 이름이 필요하게 되었다. 여러날 생각 끝에 방배동 집에 새 이름을 짓지 않고, 나의 작은 베란다 이름인 '천상정'을 방배동 집의 새 이름으로 삼기로 했다.

02

낮은데 계시는 하느님

   우리는 하느님이 저 하늘 높은 곳에 계시면서 세상을 굽어 살피고 계시니, 마땅히 땅에 엎드려 경배하여야 한다고 생각한다. 그래서 어려움에 빠지면 하늘을 우러러 하느님을 부르고, 간절한 기도로 호소한다. 절에 가서 대웅전에 들어선 신자들은 저 단 위에 높이 올라앉아 계시는 금빛으로 빛나는 부처님 형상에 예배하고 기도한다. 그래서 십자가는 지붕 높이 우뚝 세우고, 불상도 자꾸만 높은 대 위에 크고 우뚝하게 세우려 한다.

   이렇게 높이 받들려고 하는 신앙에 가장 먼저 의심을 제기한 종교는 불교의 선종이 아닐까 생각한다. 당(唐)나라 때 중국에 선종(禪宗)이 성행하면서 밖에서 찾던 부처를 안으로 내 마음속에서 찾게 되었다. 어느 선사(禪師)는 겨울날 나무로 만든 불상(木佛像)을 도끼로 쪼개어 아궁이에 불을 지폈다는 일화도 전해진다. 불성(佛性)을 안으로 마음속에서 찾는 시선의 전환은 종교의 역사에서 중대한 사건이 아닐 수 없다.

   같은 시기 신라에서는 선종과 별도로, 살아있는 부처님은 남루한 차림의 사람 모습으로 나타나신다는 일화들이 『삼국유사』 속 여러 곳에 보인다. 걸인처럼 남루한 차림의 행인을 바라보면서 살아있는 진짜 부처님이 나타났다고 알아차린다는 사실의 의미는 법당 속에 모셔져 있는 금칠한 부처님은 형상일 뿐이라는 말이요, 왕실이나 귀족들이 크고 웅장하게 지은 절 안에 모셔진 불상에 예배하는 신앙도 한갓 부처의 형상에 의지하는 공허한 신앙임을 드러내주고 있다. 따라서 거리의 가난하고 남루한 백성들 속에서 진짜 부처님을 찾을 수 있다는 말이다. 따라서 서민들을 대하면서 부처님 뵙듯이 존중하라는 말이기도 하다.

　서양에서도 비슷한 의미의 이해를 찾아볼 수 있다. 라이나 마리아 릴케의 동화 『뿔이 난 하느님』도 상류층들이 모여드는 웅장한 건물의 교회에는 더 이상 하느님이 계시지 않고, 저 아래 가난한 사람들이 모여 사는 지저분한 거리의 고통받고 있는 백성들 속에 하느님이 함께 계신다는 이야기를 하고 있다. 이처럼 하느님은 부유하고 권세 있는 사람들이 세운 교회의 전유물이 아니라, 너무 가난하고 살기가 어려워 교회에도 나올 수 없는 사람들 속에 계신다는 말이니, 하느님을 만나려면 가난한 서민들의 삶 속으로 찾아가야 한다는 말이기도 하다.

　이렇게 하느님이나 부처님이 교회나 법당에는 계시지 않는다는 말은 엄청난 규모의 건물과 재산과 권위를 지니고 있는 교회나 법당이 거짓으로 꾸미고 있는 곳일 뿐이니, 성전(聖殿)이라 할 수도 없다는 말이다. 하느님이 계시지 않는 교회와 부처님이 계시지 않는 법당을 지키는 성직자들은 찾아오는 신도들을 속이고 있다는 말이 되고, 절이나 교회를 찾아가는 잘 차려입은 신도들의 예배와 기도는 허공에 바치는 예배나 기도가 되기 쉽다는 말이 된다.

　과연 하느님이나 부처님이 가난하고 고통 받는 사람들 속에 계신다면, 하느님이나 부처님을 만나려면, 가난하고 고통 받는 사람들을 찾아가, 이들을 위해 봉사하고 도와주어야 함이 마땅한 일이 아니겠는가. 공자는 "대문을 열고 나가서는 (만나는 모든 사람들을) 큰 손님 만난 듯이하라."(出門如見大賓.《『논어』12-2》)고 말씀하셨다. 우리는 손님을 공손하고 정중하게 대접해야 하는 것이 마땅한 도리로 알고 있다. 더구나 '큰 손님'이라면 극진하게 공경하고 정성껏 모셔야 한다. 그렇다면 거리에서 만나는 모든 사람, 그들이 남루한 차림이고 비천한 처지에 놓여있는 사람이라 할지라도, 하느님이나 부처님을 대하듯이 극진하게 공경을 다해야 마땅하지 않겠는가.

우리가 외출할 때는 몸가짐을 단정하게 하고 옷을 잘 차려입고 나선다. 이러한 태도는 지극히 마땅하고 옳은 일이다. 그러나 잘 차려입어야 밖에 나가서 남들의 대접을 받을 수 있다고 생각한다면, 그것은 올바른 생각이라 할 수 없다. 남들에게 과시하려고 외제차를 몰고 다니거나 명품을 구해 지니고 다니는 짓은 이미 그 마음이 공허하거나 병이 깊이 들었음을 보여주는 것이 아니랴.

내가 깊이 존경하는 청안(青眼 郭炳恩)선생은 평생 가난하고 병든 사람들을 위해 봉사하는 삶을 살아오고 있는 분이다. 그 분이 얼마 전에 다리 밑 움막 속에서 살고 있는 걸인을 위해 그 친구들까지 모두 불러 회갑잔치를 열어주었다는 말을 듣고, 다시 한 번 깊이 고개를 숙였다. "대문을 열고 나가서는 모든 사람들을 큰 손님 만난 듯이 하라."는 공자의 말씀을 몸소 실천하고 사시는 분임을 다시 한 번 눈을 비비고 바라보았다.

원주에서 사셨던 무위당(無爲堂 張一淳, 1928-1994)선생은 "밑으로 기어라."는 한 마디 말로 사람이 살아가야할 길을 열어주셨다. 위로 쳐다 보기만 하고 살지 말며, 힘없고 가난한 사람들 속으로 내려와, 잘난 척 하지 말고 겸손하게 가장 낮은 자세로 기어야 한다는 가르침이다. 이렇게 살면 그 사람들 속에 계시는 하느님의 본 모습을 뵈올 수 있을 것이요, 자기 자신의 속에서 속삭이는 하느님의 목소리를 들을 수 있을 것이 틀림없으리라는 말이다..

동학(同學)의 2대 교주 해월(海月 崔時亨)은 "사람이 곧 하늘이니, 사람 섬기기를 하늘 섬기듯이 하라."(人是天 事人如天,〈「海月神師法說」〉)고 가르쳤다. "사람이 곧 하늘이다."라 하였으니, 인간이 인간을 무시하거나, 억누르거나, 난폭하게 대하는 일은 원천적으로 하늘에 죄를 짓는 것이 아닐 수 없다. "사람 섬기기를 하늘 섬기듯이 하라." 하였으니, 사람을 섬기는 일이 곧 하늘을 섬기는 일이요, 하늘 섬기는 일은 사람 섬기는 일에서 벗어나지 않음을 분명하게 보여주고 있다. 무위당은 해월의 이 가르침을 가장 잘 이해하고 실천한 분이 틀림없으리라 보인다.

사람 섬기기를 하느님 섬기듯이 하는 세상이라면, 지위와 신분이나 재산의 차이는 아무런 의미가 없고, 온갖 갈등이나 전쟁도 사라질 것이요, 모든 사람이 평화롭고 행복하게 살 수 있는 세상이 열릴 것이다. 이러한 세상이 바로 천국이요 하늘나라가 아니겠는가. 우리가 죽어서 하늘나라에 가는 것이 아니라, 바로 이 세상을 살면서 하늘나라를 누릴 수 있으니, 그보다 더 아름답고 행복한 세상이 어디 있겠는가.

문제는 어떻게 사람을 하느님처럼 섬길 수 있느냐 하는 실천방법을 찾아야 하는 것이다. 무위당선생의 "밑으로 기어라."는 격언은 가장 기본적인 실천방업임에 틀림없다. 가장 중요한 것은 마음의 자세이다. 모든 사람을 하느님처럼 존중하고 살겠다는 마음을 확고하게 가져야 '밑으로 길' 수도 있는데, 바로 이 마음을 일으키기가 쉽지 않다는 사실이다. 가슴에는 욕심과 자만심이 들끓고 있는데, 이 욕심과 자만심을 깨끗이 비워내는 실천이 지극히 어렵고 힘든 일이 아닐 수 없다. 그래도 자기 자신부터 마음을 다스려 실천을 시작하는 것이 길이 아니겠는가.

03

집안에 계시는 진짜 부처님

아침에 자리에서 일어나, 마루를 몇 번 왔다 갔다 하다가, 방에 다시 들어왔는데, 너무 심심해서 『채근담』(菜根譚)을 꺼내들었다. 몇 장을 넘기며 뒤적이는데, "집안에 진짜 부처님이 있고, 일상생활 속에 참된 도리가 있다."(家庭有個眞佛, 日用有種眞道)는 구절이 문득 눈에 들어왔다. 이 한마디가 선사(禪師)의 벼락치듯 외치는 할(割)이 되어, 정신이 번쩍 들도록 머리를 쳤다. "집안에 진짜 부처님이 있다."(家庭有個眞佛)는 한 마디는 잠시 내 평생을 통해 나의 집안과 가족을 다시 돌아보게 해주었다.

나는 어릴 때 조부모와 부모와 4남매가 한 집안에 살았지만, 오직 어머니의 극진한 사랑을 받으며 자랐다. 도리를 들먹이며 호랑이가 으르렁거리듯 호령만 하는 조부는 두려워 피하려 했고, 너무 자주 화를 내는 아버지가 싫어서 피하려 애썼다. 보다 못해 어머니는 중학교를 서울에 올라가 외갓집에서 학교를 다니게 했는데, 외조모는 어머니보다 더 살뜰하게 나를 보살펴주셨다. 어머니가 너무 보고 싶어 방학이 되면 고향 부산으로 내려가 지냈지만, 조부와 아버지를 안 만나고 지내는 서울 생활이 더 즐거웠던 것이 사실이다.

그래서 나는 독실한 천주교신자인 어머니가 성모 마리아 같다는 생각을 자주 하게 되었고, 어머니가 없는 가정을 생각할 수가 없었다. 사실 나는 온 가족이 화합하는 화목한 가정을 경험할 수 없었고, 동생들과 나는 다만 어머니에 의지해 유년시절과 청년시절을 보냈었다. 그리고 보니, 내가 결혼하여 가정을 꾸민 뒤에도 아내와 자식들을 제대로 사랑할 줄 모르고, 내 일에만 빠져서 살았다. 돌아보면 왜 아내와 자식들에게 좀 더 다정하게 해주고, 더 사랑해주는 가장노릇을 하지 못했던가, 후회스럽기만 하다.

지금 생각해보면, 집안에서 어머니는 나에게 진짜 관세음보살이셨고, 진짜 성모마리아이셨는데, 나는 내 가정에서 부처노릇도 예수노릇도 못한, 지극히 우매하고 이기적인 가장이었을 뿐이었다는 사실을 깨닫고 너무 부끄러웠다. 그러나 아내는 오늘날 까지 온갖 고생을 견디면서도 나와 자식들을 헌신적인 사랑으로 보살펴주었다. 역시 나의 가정에서도 아내가 진짜 관세음보살이요, 진짜 성모마리아임을 발견하게 되니, 저절로 머리가 숙여진다.

진짜 부처, 진짜 예수는 법당이나 성당에 있는 것이 아니라, 집안에 있다는 사실을 깨닫는데, 한 평생이 걸렸으니, 뒤늦게 나의 집안에 아내가 얼마나 귀하고 소중한 존재인줄을 알았다. 그러나 어리석고 게으르기만 한 나 자신은 집안에 있는 이 진짜 부처님에게 감사하기는커녕, 나를 걱정하여 온갖 문제에 방법을 가르쳐주어도 귀찮게 여겨 잔소리 하지 말라고 불평만 하여왔으니, 이를 어찌하랴. 어찌 답답하지 않겠는가. 이런 생각을 하다보니, 진짜 부처님, 진짜 예수님이 아득한 과거나 먼 곳에 있는 존재가 아니라, 바로 내 곁에 가까이 있다는 사실에 생각이 미쳤다.

가까운 친구나 선배와 후배들의 얼굴들을 하나하나 떠올려 보기도 하고, 이웃에 사는 사람 가운데 내가 존경하는 사람의 모습을 떠올리며, 진짜 부처님, 진짜 예수님의 모습과 겹쳐서 보니, 뜻밖에도 여러 사람이 진짜 부처님이요 진짜 예수님임을 알 것 같다. 내가 아는 사람들 가운데도 진짜 부처님이 이렇게 많은데, 내가 모르는 사람들 가운데는 얼마나 많을까. 그래서 공자도 "대문을 열고 나서면, 모든 사람을 큰 손님 뵙듯이 공경하라."(出門如見大賓.〈『논어』12-2〉)고 가르치셨던 것 같다. '큰 손님'(大賓)이 바로 진짜 부처님, 진짜 예수님을 가리키시는 것이 아니랴.

진짜 부처님이나 진짜 예수님은 돌이나 쇠로 만들어 세워놓거나 그림으로 그려놓은 것이 아니요, 법당이나 교회에 모셔져 있는 것도 아니다. 거리에서 왕래하는 무수히 많은 사람들의 물결 속에 섞여 있는 것 같다. 어쩌면 모든 사람들 가슴 속에서 숨쉬고 있는 것인지도 모르겠다. 동학(東學: 天道敎)의 2세 교주 해월(海月 崔時亨)은 "모든 사람을 한울님 모시듯이 하라."(事人如天)고 가르쳤으며, 3세 교주 의암(義菴 孫秉熙)은 "사람이 곧 한울님이다."(人乃天)라 하였으니, 하느님이 바로 사람 속에 깃들어 있음을 가르쳐주고 있다.

어디 그 뿐인가. 유교에서 "하늘이 부여하신 것을 성품이라 한다."(天命之謂性.〈『중용』〉)고 하였으니, 사람마다 성품이 있고, 그 속에 하늘을 간직하고 있다는 말이다. 불교에서도 모든 사람은 불성(佛性)을 마음 속에 간직하고 있지만, 깨달으면 부처가 되고, 미혹하면 중생이라 한다. 그렇다면 모든 사람들은 가슴속에 하느님, 부처님을 간직하고 있음을 말한다. 그러니 어찌 다른 사람을 무시하거나 비난하거나 괴롭힐 수 있겠는가. 높이 받들어야 하는 것이 마땅하다 하겠다.

무위당(無爲堂 張壹淳)은 모든 사람이 하느님이라는 인식에서, "자네 집에 밥 잡수러 오시는 분들이 자네의 하느님이네."라 하였고, 모든 사람을 하느님으로 섬기기 위해, "모셔라." 혹은 "기어라."고 하여, 자신을 낮추고, 남을 높이 받들도록 역설하고 있다. 이러한 말씀들은 우리의 삶이 그동안 가족을 알뜰히 사랑하지도 못하고, 친구를 깊이 이해하고 높여주지도 못하고, 이웃에 대해서도 무관심하는 등, 남을 존중하고 받들 줄을 몰랐던 과오를 바로잡아주기 위한 가르침이 아닐 수 없다.

그렇다면 우선 가장 가까운 가족에서 진짜 부처님 진짜 하느님을 찾아내어야 하지 않겠는가. 가족 한 사람 한 사람이 부처님이요 하느님인데, 부처님과 하느님을 어디로 찾아다닌단 말인가. 가족 한 사람 한 사람이 진짜 부처님임을 깨달으면, 친구 한 사람 한 사람이 모두 진짜 예수님이요, 이웃과 거리에서 스치는 모든 사람들이 진짜 하느님임을 깨달을 수 있을 것이다. 내가 부처님, 예수님, 하느님 속에서 살고 있다면, 내가 감히 누구를 미워하고 누구를 비난할 수 있단 말인가. 곧바로 머리가 숙여지고 무릎이 굽혀져, 공손하게 받들고 섬기지 않을 수 없으리라.

이렇게 모든 사람이 서로를 존경하고 받들어 섬긴다면, 그 세상이 바로 불국토(佛國土)요, 천당이요, 극락이 아니겠는가. 이러한 세상을 이루려면, 먼저 내가 변해야 한다. 나를 한없이 낮추고 남을 섬기는 삶을 산다면, 나에게는 그곳이 하늘나라가 되지 않겠는가. '온화한 얼굴에 사랑이 넘치는 말씨'(和顏愛語), '부드러운 안색에 어여쁜 말씨'(愉色婉言)는 일상생활 속에서 가장 먼저 실천해야 할 일이라 하겠다. 모든 다른 사람, 곧 진짜 부처님을 기쁘게 해드리는 일이 남은 생애동안 내가 실천해야 할 가장 큰 과제임을 마음으로 다져본다.

04
구름의 바다(雲海)

외람되게도 내게는 호(號)가 셋이나 있다. 60년대 후반 군복무를 하던 시절 서산군의 망일산(望日山) 산마루에서 근무했었는데, 그 시절 어느날 산마루 아래로 햇솜처럼 부드러운 흰구름의 바다가 아득히 펼쳐져있는 광경을 도취하여 바라보다가, 나도 모르게 입에서 "운해(雲海)로구나."라는 감탄의 말이 터져나왔다. 그때부터 '운해'로 나의 호를 삼았으니, '운해'는 스스로 지은 자호(自號)라 하겠다.

80년대 초반 성균관대학교 유학대학 한국철학과 교수로 있던 시절, 유학대학의 선배교수요 소설가인 최근덕(南伯 崔根德)선생이 나의 설악(가평군 설악면 사룡리 용문내 마을) 시골집에 놀러왔다가, 시골집 이름을 '잠연재'(潛研齋)라 짓고, 짤막한 기문(記文)이 붙은 재호(齋號)를 붓글씨 한폭으로 써주었다. 그후로 내가 사는 집을 옮겨다닐 때마다 '잠연재'라는 액자가 따라다니게 되었으니, 당호(堂號)로 삼았다. 지금은 '잠연재' 액자는 내가 살다가 둘째딸에게 물려준 낙성대 동아타운 아파트의 한칸에 걸려 있으니, 그 집 '당호'가 되었다.

2005년 여름 통도사 반야암(通度寺 般若庵)에 열하루 동안 머물며 쉬다가 돌아왔던 일이 있다. 이때 주지이신 지안(樂山 志安)스님은 학승(學僧)으로 명망이 높은 분인데, 나에게 '관산청수'(觀山聽水)라 휘호를 써 주시고, "산을 바라보고 물소리 들으며 살라."고 당부하시면서, "산에는 솔숲이 좋고, 물소리는 계곡물소리가 좋다."고 하시면서, 내게 '송계'(松溪)라는 호를 지어주셨다. 그러니 '송계'는 나의 '법호'(法號)로 삼아야 할 것 같다. 그래서 세가지 호들을 나열할 때는 '잠연재주인, 송계거사, 운해산인'(潛研齋主人 松溪居士 雲海散人)이라 장난삼아 적어보기도 했다.

그래도 내가 가장 많이 사용하는 호는 '운해'라는 자호이다. 하늘을 바라볼 때 마다 구름이 한가롭게 떠도는 것을 사랑하고, 툭 트인 광활한 바다를 대할 때마다 가슴이 시원해지며, 또 고향 부산 앞바다를 생각하면서 향수에 젖기도 한다. 이제는 내가 다리도 허약하고 허리도 부실하니, 높은 산에 오르는 등산(登山)은 할 수 없고, 단지 멀리서 산을 바라보며 즐기는 관산(觀山)만 할 뿐이다. 그래도 어쩌다 비행기를 타면 창밖으로 아득히 펼쳐진 구름바다 '운해'를 바라보면서, 나 자신을 만난 듯 반가워하며, 내가 살아온 길을 돌아보는 시간을 갖기도 한다.

처음에는 '운해'라는 말에서 한가롭고 정갈한 구름이 햇솜을 펼쳐놓은 듯 부드럽고 포근한 느낌을 주는듯하여 좋았고, 바다도 한없이 넓고 푸르러 좋다고만 여겼다. '운해'라는 말을 혼자 입에 올려보기만 해도 걱정과 근심이 바람결에 모두 사라져, 가슴이 시원해지는 것을 느꼈다. 그런데 노년에 이 생각 저 생각하다보니, '운해'가 가진 상징적 의미가 매우 다양하고 복잡하다는 점이 눈에 들어오면서, 내가 '호'로 간직하고 감당하기에 너무 무거운 것이 아닌지 의문이 들기 시작했다.

바다는 넓어서 좋고 잔잔한 물결이 해변의 모래톱을 쉬임없이 씻어주니 좋지만, 날씨에 따라 쉬임없이 변하지 않는가. 한 순간 격노하면 거대한 배도 뒤집어엎고 무수한 생명을 앗아가기도 하니 두렵기 그지없는 존재가 아닐 수 없다. 태풍이 휘몰아치는 바다 한 가운데 있게 되었다는 생각만 해도 소름끼치게 무섭기만 하다. 나 자신이 바다의 두려움을 직접 경험한 일도 있었다.

대학 4학년 때인 1965년 여름방학에 학과 학생들 십여 명이 함께 농촌봉사를 간답시고 울릉도를 갔을 때이다. 포항에서 저녁에 배를 타고 가는데, 밤중에 배안에서 멀미가 너무 심해, 저녁 먹은 것을 모두 토해내고도 너무 괴로웠다. 오죽하면 차라리 죽는 편이 편안하겠다고 마음먹기 까지 하였다. 그래서 캄캄한 밤중에 혼자 갑판으로 올라가 바다에 뛰어들겠다고, 갑판난간에 다가갔었다. 이때 어둠 속에서 거대한 파도가 뱃전에 부딪치며 솟구쳐 오르는 광경을 보자, 너무 놀라고 겁에 질려 얼른 선실로 되돌아왔는데, 멀미조차 멀리 사라지고 말았던 경험이었다. 그동안 나는 바다의 아름다운 모습 쪽만 생각할뿐, 거칠고 두려운 모습쪽을 까맣게 잊고 있었던 것이 사실이다.

구름도 파란 하늘에 한가롭게 떠가는 흰 구름만 있는 것이 아니다. 회색구름이 온 하늘을 뒤덮어 마음마저 울적하게 하기도 하고, 검은 먹구름이 하늘을 뒤덮어 세상을 어두컴컴하게 하기도 한다. 먹구름이라도 메말라 갈라진 땅을 적시고 목마른 농부의 마음을 시원하게 적셔주는 한줄기 소나기를 내려준다면 희우(喜雨)라 하겠지만, 홍수로 강물이 넘치고 논밭과 마을이 물에 잠기게 하는 폭우(暴雨)로 쏟아지면 많은 사람들이 큰 희생을 치르고 심한 고통을 받게 되지 않는가.

어디 그 뿐이랴. 조선말기 도학자 이항로(華西 李恒老)는 집 뒤 언덕

위에서 달구경을 하면서, 아주 작은 구름이 달을 가리는 것조차 꺼리며, 오직 맑게 개인 달만을 보고자 하였다. 그래서 그는 「재월대명」(霽月臺銘)에서, "미세한 구름도 보내지 마라. 맑은 달빛을 얼룩지게 하는구나. 지극히 비우고 지극히 밝게 하여, 태양에 짝이 되게 하라."(莫遣微雲, 點綴練光, 極虛極明, 以配太陽.)는 구절을 바위에 새겨 넣었었다. 맑은 달빛에 얼룩이 진다고 미세한 구름조차 거부했으니, 그에게 달이 맑고 순수한 마음을 가리키는 것이라면, 구름은 이 맑고 순수한 마음을 가리고 뒤덮는 온갖 욕심이나 사악한 마음을 가리키는 것이리라. 이 도학자는 한 점 욕심도 없는 대리석 조각 작품 같은 인간을 원하였기에, 한 점 구름도 없는 순수하고 맑은 달을 바랐던 것이 분명하다.

이처럼 구름에도 회한(悔恨)이 있고, 바다에도 격분(激憤)이 있으니, 부정적인 측면이 있는 것은 분명한 사실이다. 그러나 구름과 바다만 그러한가. 세상에 좋은 면과 나쁜 면의 한쪽만 있는 존재가 어디 있겠는가. 대자대비한 부처님도 사천왕(四天王)의 사나운 얼굴을 문 앞에 세워놓고 앉아있으며, 하느님도 사랑의 하느님이기만 한 것이 아니라, 분노의 하느님이기도 하지 않던가. 그러니 구름의 어두운 면과 바다의 사나운 면을 잠시 뒤로 돌려놓고, 한가롭고 평화로운 면을 앞에 내세워 크게 보는 것이 좋을 듯하다. 구름이 비를 내려 길러주는 온갖 곡식과 나물을 먹을 수 있고, 바다가 그 넓은 품 안에서 길러내는 온갖 물고기를 먹으면서, 구름의 그늘진 면과 바다의 사나운 면만을 비난할 수야 없지 않으냐고 변호해주고 싶다.

가을 하늘이 맑아서 좋다지만, 그 파란 하늘에 흰 구름이 몇 점 떠가면 더욱 운치가 있지 않겠는가. 구름은 하늘이라는 화폭에 하느님이 그려놓은 그림이 아닐까 하는 생각이 들기도 한다. 너무 변화가 많고 모양이 다양하여 그 아름다움을 감탄할 때가 한두 번이 아니니, 구름 없는 하늘은 마치 달콤한 팥소가 없는 찐빵처럼 맛이 없지나 않을까. 나는 우리나라가 바다로 둘러싸여 있다는 사실이 너무 고맙다. 다른 나라들이 사방을 둘러싸고 있는 내륙국가라면 생각만 해도 가슴이 콱 막힐 것만 같다. 바다가 가끔 거칠게 파도쳐야 잔잔한 바다가 더욱 평화롭게 느껴지지 않겠는가. 그래서 나는 아직도 여전히 구름과 바다를 사랑하고 있는가 보다.

발 아래로 구름이 바다처럼 아득히 넓게 깔려있는 '운해'를 바라본다는 것은 신비롭고 아름다움을 느끼게 한다. 나 자신이 풍진세상을 초탈하여 선경(仙境)에 올라온 듯 황홀하게 느껴지기도 한다. 물론 내 가슴 속에도 탐욕과 울분이 켜켜이 쌓여 있겠지만, 나는 이 탐욕을 끊임없이 바람에 씻어내어 정갈하고 밝은 마음을 기르고자 한다. 이 울분을 파도에 씻어내어 화평하고 맑은 마음을 기르고 싶고, 가없는 파란 하늘에 한가로이 떠가는 흰 구름처럼 순결한 영혼을 내 가슴 속에서 길러내고 싶다. 가없이 파란 바다에 내 허약하고 죄많은 심신을 씻어내어, 투명하고 활짝 열린 영혼을 내 가슴 속에서 찾아내고 싶다.

05
운해(雲海)를 생각하며

나는 20대 후반 '운해'(雲海)를 내 아호(雅號)로 삼을 생각을 했다. 그러나 실제로 '운해'를 호로 쓰기 시작한 것은 40세가 되어서 부터이다. 처음에 나는 내 호인 '운해'를 '구름의 바다'라는 뜻으로만 이해했다.

다리가 허약해져 등산을 못하니, 케이블카를 타고 산을 오르거나, 산정 근처까지 도로가 놓여 있어서 차를 타고 오르지 않는다면, 이제는 높은 산에 올라가 운해를 볼 기회는 거의 없어졌다. 그 대신 가끔 비행기 창밖으로 아득히 넓게 운해가 깔려 있는 광경을 즐겼고, 때로는 땅 위에서도 하늘에 새털구름이 가지런하게 펼쳐져 있으면, 마치 바다에 파도가 줄지어 밀려오는 듯하여, '운해'라는 나의 호 속에 간직된 풍경의 아름다움을 즐겼다.

그러나 이제 나는 '운해'의 뜻에 '구름의 바다'라는 뜻 이외에 '구름과 바다'라는 새로운 뜻을 추가하여, '운해'의 뜻을 훨씬 넓혀가고자 한다. 하늘에는 구름이 떠가고 바다에는 파도가 밀려오니, 위와 아래가 잘 대응하는 입체적 세계를 드러내 주고 있다. 이것은 바로 『시경』에서 "솔개

가 날아서 하늘에 다다르고, 물고기는 못에서 뛰노다.”(鳶飛戾天 魚躍
于淵,〈大雅: 旱麓〉)라고 읊었는데,『중용』(12:3)에서는 이 구절을 해석
하여, “그 위와 아래에서 밝게 드러남을 말한 것이다.”(言其上下察也)라
했다. 원래 이 구절은 위로 임금과 아래로 백성이 서로 상응하는 모습을
가리키는 것일 터이다. 그러나 그뿐 아니라, 위로 하느님(上帝)과 아래
로 인간도 상응하고, 위로 이상과 아래로 현실도 상응하기를 추구한다.

중국 남북조(南北朝)시대 남제(南齊)의 종측(宗測)은『시경』의 이 구
절을 활용하여, “성품이란 물속의 물고기나 하늘의 새가 다 같으니, 나
의 사랑은 멀리 산골짜기에 까지 가서 머문다.”(性同鱗羽, 愛止山壑)고
말했다. 곧 저 높은 하늘에서 저 깊은 물속까지 모든 존재는 타고난 성
품이 같으니, 무엇하나 버릴 것이 없고 모두를 사랑해야 하는 것이 마땅
하다는 말이다. 다시 말하면, 만물은 본질적으로 평등하다는 뜻이라 하
겠다. 깃 달린 솔개와 비늘 달린 물고기가 근본이 같은 데, 어찌 구름과
바다는 생물이 아니라 하여, 근본이 다르다 하겠는가.

모르긴 하지만 하늘에 떠 있는 구름의 80% 이상이 바닷물이 증발되
어 형성된 구름이리라 잠작한다. 바닷물이 증발하여 하늘로 올라가 구
름이 되고, 구름이 비나 눈으로 내려서, 냇물로 강물로 흘러흘러 바다로
흘러드니, 구름과 바다는 큰 순환의 고리 속에 하나로 연결되어 있는 것
이 아니겠는가. 저 한가롭게 하늘을 떠가는 구름의 전생(前生)은 바다
였고, 후생(後生)도 바다이며, 저 끝없이 출렁거리는 바다의 전생은 구
름이었고, 후생도 구름이니, 구름과 바다는 바로 영겁회귀(永劫回歸)의
고리 속에 있는 것이라는 생각이 든다. “구름이 곧 바다요, 바다가 바로
구름이로다.”(雲卽海, 海卽雲)이라 말한들 무슨 문제가 있으리오.

나는 한가롭게 하늘에 떠 있는 구름을 쳐다보며, 사람 사는 모습을 읽

고 있다. 고려 말 공민왕때 왕사(王師)였던 나옹(懶翁)스님의 누님이 지었다는 선시(禪詩)「부운」(浮雲)에는 "태어난다는 것은 한 조각 뜬구름이 일어나는 것이요, 죽는다는 것은 한 조각 뜬구름이 흩어지는 것이라네."(生也, 一片浮雲起, 死也, 一片浮雲滅)라는 구절이 있다. 구름 한 조각이 일어나거나 흩어지는 모습에서 사람의 목숨이 태어나고 죽는 현상을 읽은 것이다. 인생이 허망하다는 말을 하자는 것이지만, 사실 한 생명이 태어남과 죽음은 지극히 짤막한 시간의 한 토막에 불과할 뿐임을 통찰한 것으로 볼 수도 있다. 한 조각의 구름은 쉽게 흩어지는 수도 있고, 오래 유지되는 경우도 있으며, 왕성하게 커지는 경우도 있고 자꾸 갈라져 줄어들다가 흩어져 사라지는 현상은 바로 인생의 모습이 아니랴.

구름의 빛깔은 눈처럼 하얀 구름만 있는 것이 아니다. 우울하게 느껴지는 회색구름, 위협적인 검은 먹구름도 있고, 석양에 물들어 눈부시게 화려한 붉은 빛깔의 향연을 벌이는 노을도 있다. 사람의 감정이 드러나는 모습도 구름의 빛깔처럼 다양하고 변화가 무상하다. 또 한가로운 구름, 거세게 흐르는 구름, 조각조각 흩어져 있는 구름, 한데 뭉쳐 큰덩어리를 이룬 구름, 이런 다양한 모습이 바로 사람 살아가는 모습을 형상한 것으로 볼 수 있지 않을까.

무엇보다 나는 구름이 아득히 넓은 하늘을 가로질러 자유롭게 날아다니는 모습이 한없이 부럽다. 몸도 마음도 무거워 대문 밖을 나가지 않고 여러 날을 보내고 있는 자신이 안타까워, 구름에 배우고 싶다. 또한 구름이 비를 내려주고 겨울에는 눈을 내려주는 사실에 감사한다. 산골에 살다보니 비가 오지 않아 대지도 초목도 목말라 괴로워하다가, 검은 먹구름만 보아도 반갑고 희망을 품게 된다. 비가 내려 대지를 적셔주면, 곡식과 채소 뿐만 아니라, 잡초도 생기가 돈다. 겨울에 눈이 내려 산과 들을 덮어주면, 꽃보다 아름답고 순결한 새 천지가 열리지 않는가. 물론 폭우나 폭설이 내려 사람에게 피해를 주는 일이 있지만, 비와 눈이 없다면 사막이 되어 살아갈 수조차 없지 않겠는가.

구름은 인간의 감정과 생활이 밖으로 드러난 모습을 닮았다면, 이에 비해 바다는 인간의 깊은 가슴 속을 닮은 것으로 보인다. 해변의 모래톱에 끝없이 밀려오는 파도의 속삭임은 그 깊이를 알 수 없는 바다의 속마음에서 가장 아름다운 곡조의 노래가 들리는 듯하다. 바다는 한없이 아름답지만, 동시에 한없이 두려운 존재이니, 그 깊은 속마음을 알 수 없기 때문이 아닐까. 하늘을 자유롭게 날아가는 구름은 인간이 꾸는 꿈이라면, 끝없이 출렁거리는 바다는 그 속을 알 수 없는 인간 영혼의 심층(深層)이 아니랴.

『구약성경』의 「창세기」(創世記)에서도 하느님은 첫날 하늘과 땅을 창조하셨는데, "어둠이 심연을 덮고, 하느님의 영(靈)이 그 물 위를 감돌고 있었다."고 하였으니, 어쩌면 구름이 있기에 앞서 '심연의 물' 곧 바다가 창조되었던 것으로 보이기도 한다. 사실 바다는 생명이 시작된 곳이기도 하다. 나는 바다가 내려다보이는 산중턱에서 태어났고, 네 살때(1946) 어른들 손에 이끌려 해운대(海雲臺) 바닷가에서 찍은 사진을, 나 자신의 전생(前生)처럼 흥미롭게 바라볼 때가 있다. 어릴 때부터 노인이 된 지금까지 바닷가에서 놀기를 유난히 좋아하니, 내가 죽은 다음은 한 줌의 재가 되어 바다로 돌아가겠다고 마음을 먹었다.

말하자면, 나의 사후세계는 바다가 될 터인데, 그 때는 아무 두려움 없이 깊은 바다 속을 마음대로 살펴볼 수 있기를 바란다. 마치 양서류가 물에서 나와 땅 위를 돌아다니다가, 다시 물속으로 돌아가듯이, 나의 호 '운해'는 구름과 바다를 오가며 양쪽에서 살고 있다는 뜻도 된다. 구름

위에서 꿈꾸고 바다 속에서 생각에 잠기며, 구름 위에서 놀고 바닷가에서 노래하는 삶을 따르고자 한다.

이 점에서는 분명 현실 세계를 벗어나고 있는 것이라 할 수 있겠지만, 그러나 구름에서 바다로 돌아가는 길은 항상 시골마을 앞을 흐르는 냇물이 되기도 하고, 도시를 가로지르는 강물이 되기도 하니, 어찌 현실을 떠났다고만 할 수 있겠는가. 다만 나의 호인 '운해'는 어디서나 뛰어들어 변화를 시키는 존재가 아니라, 하늘에서나 바다에서나 어디를 가서도 구경꾼으로 방관하면서 살고 있는 소극적이고 소심하고 은둔적인 '운해'가 아닌가 생각한다. (2017.10.26)

06
움직이지 않는 구름, 파도소리 없는 바다

　물고기는 제가 사는 호수나 강이나 바다 바깥의 세상을 모르고, 매미야 제가 사는 여름 한철밖에 모르고, 숲을 벗어난 세상을 모를 것이다. 나도 얼마동안 시끄럽고 먼지 많은 도시에서 개미 쳇바퀴 돌듯 분주하게 살아가다가 도시의 콘크리트 숲 속에서 일생을 마칠 터이니, 다른 세계를 사실 이해하지도 못하고 말았을 것이다. 잠깐 국내여행이나 해외여행을 하였던 것은 문틈으로 바깥을 내다본 것이지 바깥세상을 제대로 이해한 것은 못된다.

　그런데 뜻하지 않게 늘그막에 원주 흥업면 산골 대수리마을 청향당(淸香堂)에서 금년 한 해 동안 살면서 전원생활을 하였던 사실은, 나로서는 단조롭고 평범한 삶에서 벗어나서 하나의 새로운 세상을 만날 수 있는 전환의 계기를 열어주는 소중한 기회였다. 그만큼 내 인생을 풍부하게 해주었던 축복이었음을 새삼 깨닫고, 이처럼 좋은 기회를 열어주신 하느님께 감사드린다.

내가 내년에도 청향당에서 살게 될지, 그렇지 않으면 어디로 또 옮겨 갈지 알 수야 없다. 이 집 주인은 아내에게 이 집에서 오래 살아주면 고맙겠다고 말했고, 아내도 이 집이 너무 마음에 들어 집 주인에게 양로원으로 갈 때까지 이 집에서 살았으면 좋겠다고 말했다고 한다. 그렇지만 남의 집이라 주인의 마음이 아무 때나 바뀔 수도 있고, 또 아내나 나의 사정이 갑자기 바뀔 수도 있으니, 이 집에서 오래 살 수 있을지 기필(期必)할 수는 없다.

또 내가 얼마나 더 살지, 남은 세월동안 건강을 얼마동안이나 현재 상태로나마 유지할 수 있을지, 아무 것도 보장할 수가 없는 처지이다. 올해 (2015)에 우리 나이로 73세이니, 사실 친구 화경(和鏡 朱一晴)의 말대로 "작년에 죽어도 호상(好喪)이야."라는 말이 틀린 말은 아니다. 오래 살아야겠다고 안간힘 쓸 것도 없고, 하늘에 다 맡기고 따라가며 '순수천명'(順隨天命)하겠다는 마음이니, 아쉬울 것도, 걱정할 것도 없다.

내가 젊었을 때 가평군 설악면 사룡리 용문내 마을 시골집에서 살아보았으니, 전원생활을 예전에도 한번 경험해본 일이 있다. 그러나 그 시절에는 농사야 아버님이 짓고, 나는 며칠 놀다가 서울로 돌아왔으니, 제대로 전원생활을 했다고 하기 보다는 전원에서 놀아보았다는 정도였다. 이제 노년에 원주 대수리 마을에서 봄부터 가을까지 살면서 한 해 동안 농사짓는 아내를 따라다니며 전원생활을 해보았으니, 내가 살아온 평생과 나 자신의 사람됨을 다시 조용하게 되돌아 볼 수 있게 되었다.

"나는 어떤 사람인가?" "나는 어떻게 살아왔던가?" 청향당의 테라스 관산루(觀山樓)에 한가롭게 나와 앉았거나, 뜰의 그네 자유호(自由號)에서 무심하게 흔들거리면서, 나 자신에게 무수히 되물었던 질문이었다. 하기야 이제 한 평생을 거의 다 살았고, 남은 세월은 하느님께서 덤으로 내게 내려주신 선물이다. 그러니 이 소중한 시간에 눈을 안으로 돌려 나 자신을 좀 더 분명하게 알고 이 세상을 떠날 수 있다면 얼마나 좋을까 하는 생각을 하고 있다.

내가 살아온 평생을 돌아보니, 어린 시절부터 겁이 많고 모험심이 없었던 것 같다. 어머니가 바다에 들어가지 말라고 주의를 주셨지만, 그렇다고 어릴 때부터 바다에 무수히 다니면서 끝내 수영을 못 배웠던 아이는 내 주변에서 나밖에 없지 않았을까 하는 생각이 든다. 1956년 중학교를 서울로 올라온 뒤로 고등학교를 졸업할 때까지 나는 내 주위에 최소한의 친구들에 관심을 가졌고, 자신만의 굴을 파고 숨어사는 토끼와 같이 살았다. 내가 언젠가 중고등학교 시절을 회상하는 글을 쓰면서 선생님이셨던 조병화(趙炳華)시인의 시 구절에서 '소라껍질'이라는 말을 끌어다 나 자신의 생활을 그려보았던 일이 있었다. 이렇게 소극적이고 폐쇄적인 성격은 소년시절 만이 아니라, 지금도 그대로 남아 있는 것을 발견하게 된다.

1962년 대학에 들어와서 나는 책 속에다 나의 굴을 파기 시작했다. 책 속에서 글자를 파먹고 사는 '좀벌레'(좀 더 높여 말하면 '책벌레')가 되었다. 제법 글자의 맛을 느끼며 기뻐했고, 어쩌다가 황홀한 기분에 도취되었던 일도 있었다. 그러나 가장 큰 문제는 책 속에 갇혀서 살다보니 책을 벗어나는 시야를 잃고 말았다. 말하자면 스스로 생각하는 창의적 '사상가'의 길이 아니라, 책에 매달려 글자를 풀이하는 '훈고학자'가 되고 말았다는 한계를 절실하게 느낀다.

1966년부터 4년 동안 군복무를 하면서 무척 방황했던 것 같다. 가장 큰 문제는 제대를 한 뒤에 취직을 해야 할지 학문을 계속해야 할지 결단을 내릴 수 없었다. 집안 사정으로 보면 취직을 해야 하고, 내 취향으로는 학교를 계속 다녀야 하는데, 어느 길로 갈지 결정을 못하고 있으니, 동료들과 어울려 술만 마시고 세월을 보냈다. 이것은 내 일생에 가장 치명적인 부담을 안겨주었던 것을 뼈저리게 느끼고 있다. 제대하고 나서도 한동안 직장과 학교사이를 오락가락하며 방황했었다. 그래도 1966년 입학했던 석사과정을 1971년에 마치고 나서, 1972년에 박사과정에 들어가면서 대학의 시간강사를 하게 되어, 학문의 길로 방향을 확실하게 굳히기 시작했다.

1977년 동덕여대 교양학부 전임강사가 되고, 1980년 성균관대학 유학과(儒學科)의 조교수로 옮겨가며 대학에 자리를 잡는 과정에서, 지도교수와 선배교수가 내 앞길을 열어주었다. 이렇게 은덕을 입었지만, 나로서는 시어머니와 시누이의 고된 시집살이의 괴로움을 견뎌내야 했다. 그래도 그 시절 지면(紙面)이 있는 데로 열심히 논문과 잡문을 발표했지만, 대부분 요구하는 데따라 글을 쓰는 '주문배수'(注文拜受)였다. 그래서 원고료야 벌었더라도 문제의식과 이론적 심화는 매우 빈약했다는 사실을 인정하지 않을 수 없다.

문제는 이때부터 나의 건강에 심각한 문제가 드러나기 시작했다. 1980년대초 〈유학근백년〉을 한국경제신문에 연제하면서, 무리하여 병을 키우고 말았던 것같다. 그래도 1985년 서울대 종교학과로 옮기면서 비로소 자유를 느끼게 되었고, 논문발표나 강연은 무수히 많이 했지만, 이미 굳어진 사유의 타성으로 창의적 이론을 제기하지 못하는 한계를 벗어날 수 없었다. 54세 때인 1996년 연구년(研究年)으로 1년 동안 미국 칼리포니아의 버클리대학에 가서 지낼 때, 병이 발견되어 뇌종양수술을 받은 것은 내 일생에서 가장 큰 전환기를 만나게 된 것이다.

1996년 이전은 사실 십여년 동안 병을 앓고 있었고 여러 고명한 의사들을 찾아다녔지만 각각 다른 병명만 받았을 뿐 무슨 병인지도 몰랐다. 내가 논문을 쓰는 것도 그때그때의 요청에 따른 것이 대부분이요, 나 자신이 계획하여 논문을 쓴 것은 30%도 되지 않았다. 그러나 1997년 미국에서 돌아온 뒤로 나의 병이 뿌리가 깊어 심각하다는 것을 확인하면서, 나는 내 생명에 위협을 느끼기 시작했다. 정년퇴직이 13년 남은 상태인데, 그 때는 내가 정년퇴직 할 때까지 만이라도 살아 있을 수 있기를 마음속으로 기도했다.

그래서 나는 남은 시간이 얼마 없다는 각성을 하면서, 학회의 모임이나 친지의 경조사(慶弔事)에 일체 나가지 않았고, 외부의 원고청탁도 내 계획에 맞지 않으면 전부 거절했다. 그때부터 나는 내 계획에 따라 논문을 쓰는데 몰입하였고, 부지런히 책으로 간행하였다. 지금 점검해 보면 1996년 이전에 집필한 저술로 학술서 19권은 여기저기 발표된 논문들을 같은 영역끼리 모은 것이 거의 대부분이었지만, 1997년 이후에 출판한 저술로 학술서 42권은 처음부터 계획을 세워 체계적으로 저술한 것이다.

현재까지 나의 저술은 학술서가 61권이고, 그 밖에 수필 수상집이 7권이고, 중국여행기 1권과, 한시(漢詩)감상 1권이 있고, 번역서는 공역 3권을 합치면 모두 4권이다. 돌아보면 저술한 책이 많다고 할 수 있는 것은 사실이다. 때로 주위의 아는 사람들 가운데, "저술한 책이 몇 권이나 되느냐?"고 묻는 사람이 더러 있는데, "학자가 저술을 말할 때는 창의성으로 말하지, 저술한 책의 숫자로 말하면 부끄러울 따름이지요."라 대답했다. 솔직하게 내 저술에서 정말 세상에 오래도록 남길만한 책이 단 한 권이라도 있다면 행복하겠다.

나는 정기적으로 병원에 다니면서 온갖 검사를 받아야 하고, 매일 4

가지 약을 세 번에 나누어 먹고 있다. 그러나 수술후 남아있는 뇌종양이 커지지는 않고 있다니, 그만해도 천만 다행이라 생각한다. 그러나 신체적 기능은 마치 가을날 은행나무가 점점 노랗게 물들어 가듯, 나 자신이 점점 쇠잔해가고 있다는 사실을 피부로 느끼고 있다. 바람이 불면 낙엽이 후두둑 떨어지듯이, 나도 머지않아 속절없이 떨어지는 날이 온다는 사실이 눈앞에 보이는 것 같다. 나의 시력은 갈수록 쇠퇴해 점점 눈이 어두워지고, 기운은 갈수록 쇠약해지니, 항상 얼마나 버틸 수 있을까 걱정을 한다. 골다공증도 심해져서 담당의사는 체중을 58kg까지 줄이고 운동을 계속하지 않으면 못 걷게 된다고 여러 차례 경고를 했는데도, 여전히 체중은 66kg 아래로 내려가지 않고 있으며, 게으른데다가 의지도 나약하기만 하여, 운동은 5분도 계속하지 못하니, 아내가 안타까워하고, 나 자신도 답답할 뿐이다.

그래도 나는 낙천적 성격을 지니고 있다. 마음이 울적한 일, 속상한 일, 걱정스러운 일에 사로잡혀 있다가도, 아내가 밝은 목소리로 이야기를 걸어오면, 한 순간에 온갖 걱정 근심이 다 사라지고, 얼굴에 웃음이 활짝 피어난다. 어떨 때는 나 자신에게 "어찌 이렇게도 속이 없단 말인가."하고 나무라지만, 나의 천성은 무척 단순하고 낙천적인가 보다. 가만히 생각해보니 바로 이 점은 아버지의 성격을 물려받은 것 같기도 하다.

나는 원래 내성적이고 소극적인 성격을 타고났지만, 높은 산 위에서 발아래 구름이 햇솜 이불처럼 깔려 있는 광경을 너무 좋아하여, 내 호를 '운해'(雲海)라 지었다. 그런데 구름(雲)은 하늘에서 흐르고, 바다(海)는 지구 위에서 출렁거리며 파도치고 있는데, 이제 나의 구름은 움직임이 점점 느려지고 있어서 거의 움직이지 않는 구름이 되고 말았다. 또 나의 바다는 점점 물결이 잔잔해져서 이제는 파도소리도 거의 없는 바다가 되고 말았다. 이제 노년에 '움직이지 않는 구름'으로 고요히 명상을 하고, '파도소리 없는 바다'로 깊은 사색을 하며, 나를 찾아보고 싶다. 죽기 전에 나를 알 수 있다면, 그것이 나로서는 진리(道)를 깨달을 수 있는 길이고, 세상을 알 수 있는 길이 되지 않겠는가.

07
컴퓨터 유감

지난 9월15일부터 22일까지 한 주일동안 서울에 올라가 지내는 동안 내가 머무는 천산정(天山亭)에서 사용하는 노트북으로 작업을 하는데, 시동속도가 갑자기 느려져 무척 답답했다. 9월23일 원주에 내려와서는 청향당(淸香堂)에서 쓰는 낡은 desktop으로 작업을 하는데, 시동 속도가 엄청 느려서 바이러스에 감염된 것이나 아닌지 걱정했다.

9월26일에는 시간을 재어보니 컴퓨터가 시동되는데 30분이나 걸려서, 아예 쉴 때도 컴퓨터를 끄지 못했다. 나로서는 어찌할 도리가 없어서 둘째딸 희경에게 전화로 나의 불편함을 호소했더니, 희경이 다음날 (9월27일) 아침 원주로 내려와서, 내 컴퓨터를 점검해보니, 본체로 쓰는 desktop이 고장난 사실을 확인하고, 지난번에 희경이 내게 주었던 노트북을 쓸 수 있게 해 주었다.

지난 세월을 돌아보면 내가 성균관대학에 재직하던 1983년 무렵에 갑자기 심한 견비통(肩臂痛)을 앓게 되어, 펜을 잡기조차 어려웠다. 그래서 그때까지 원고지에 손으로 글을 쓰던 일을 더 이상 할 수 없게 되고 말았다. 이때 아내가 타이프라이터 사용법을 내게 가르쳐주어, 책상 위에 타이프라이터를 올려놓고 타이핑하여 원고를 쓰게된 '타이프라이터 시기'를 맞게 되었다. 타이핑은 손가락으로 자판을 콕 콕 찍어가기만 하면 되기 때문에 어깨 통증에 큰 무리가 없어서 아마도 4년 정도 되는 기간에 책 3권이 넘을 분량은 열심히 타이프라이터를 두들겼던 것 같다.

1986년 무렵, 같은 학과 선배인 정진홍(鄭鎭弘)교수가 컴퓨터를 처음 배워 그 편리함과 유용함을 자랑스럽게 이야기 하자, 나도 컴퓨터를 배우기로 마음을 먹었다. 그래서 아내에게 컴퓨터교육을 먼저 받아 나에게 가르쳐달라고 부탁했는데, 정말 적응하기가 어려워, 'digger'라는 게임만 하며 밤을 세우기도 했다. 내가 노래를 못하는 '음치'(音癡)요, 운동을 못하는 '몸치'라는 사실은 진작부터 알았지만, 이때부터 내가 '기계치'(機械痴)라는 사실을 처음으로 절감했다. 당시 나는 40대 중반이었는데, 갑자기 기계가 생활 속에 파고들어오자 마자, 자신이 낙오자가 되었음을 깨닫게 되었으니, 정말 자존심 상하고 서글픈 일이었다.

컴퓨터에 적응을 못해 힘들어 하는 내 고충을 듣고서, 대학후배인 경희대 철학과의 김수중(金守中)교수가 우리 집(잠실5단지)으로 여러 차례 찾아와 간단한 교재까지 만들어서 '흔글' 프로그램 사용법을 열심히 가르쳐주었다. 이때부터 내가 컴퓨터에 점점 익숙해지기 시작했다. 타이프라이터를 넘어서는 컴퓨터의 가장 유용한 점은 입력한 자료를 언제든지 다시 꺼내 볼 수 있고, 몇 번이고 다시 수정할 수 있다는 말을 처음 들었을 때, 어느 동화 속의 이야기처럼 환상적으로 들렸다. 이제 컴퓨터로 원고 집필이 자유로워지자, 밤낮 없이 컴퓨터에 매달려 살았던 세월이 만 30년을 마지하게 되었다.

그러고 보니, 지금까지 내가 살아온 기간을 글쓰기 도구로 구분해볼 수 있을 것 같다. 태어나서 초등학교에 입학하기 전까지 7년간(1943-1949)은 유년기로 접어두어도 좋을 듯 하다. 1950년 초등학교에 입학하자, 정부에서 국어교과서 한권과 양철필통 하나를 무상으로 나누어주었는데, 그 양철필통 속에는 연필 2자루와 고무지우게 하나, 연필 깎는 칼이 하나 들어 있었다. 이때 받은 연필이 내가 가졌던 최초의 연필이었던 것 같다. 그러나 이 연필로 글을 썼던 기억은 남아있지 않는다.

　　부산에서 초등학교 3학년때 글짓기대회에 나갈 대표를 뽑는 시험에 나갔다가 낙방한 일이 있었다. 이때 처음으로 원고지에 연필로 글을 쓰는 작문이라는 것을 해본 기억이 있다. 초등학교에 들어간 이후 40세 때까지의 30여년간(1950-1982)은 '연필 시대'였다. 그 다음 40세부터 44세까지 5년간(1982-1986)은 '타이프라이트 시대'였다. 그러고 나서 45세때부터 75세인 올해까지 30년간(1987-2017)은 '컴퓨터 시대'라 해야겠다. 크게 보면 '연필 시대' 30년과 '컴퓨터 시대' 30년이 두 기둥이라면 그 중간에 끼어 있는 '타이프라이터 시대' 5년은 과도기라 할만하다. 물론 앞으로 남은 세월동안 할 수 있는 한 컴퓨터로 글을 쓸 터요, 새로운 글쓰기 프로그램이 나온다 하더라도 이제는 다시 적응할 수 없을 것 같다.

　　나는 '컴퓨터 시대'에 가장 편리하고 신속하게 글을 쓸 수 있었던 것이 사실이었지만, 기계와 마주하여 살던 이 시대는 나에게 가장 심한 고통도 주었던 것이 사실이다. 컴퓨터를 사용하던 초기에 한때 대우컴퓨터에서 생산한 'Remo2'라는 한글작업 전용 컴퓨터를 사용했던 일이 있었는데, 밤중에 작업하다가 심한 피로감 때문에 무슨 키를 잘못 눌렀었나 보다. 한해동안 집필했던 책 한권을 훨씬 넘는 분량의 원고를 한 순간에 날려 버렸던 일도 있었다. 이 사고를 겪고 나서 나는 한동안 심장에 통증을 느끼기도 했다. 'Remo2'의 상실된 파일이 복구되지 않는다는 것을 알게 되자, 그 날로 'Remo2'를 쓰레기통에 내다 버렸다. 다시 본다는 것만도 나에게 너무 고통스러웠기 때문이다.

하기야 며칠을 밤새워 작업했던 파일을 잘못 지우다가 한 순간에 잃어버렸던 일은 헤아릴 수도 없이 많다. 요 며칠 전에도 짤막한 수필 원고 하나를 끝내자 마자 날려버리기도 했다. 이런 일이 있을 때마다 나의 부주의가 원망스러웠지만, 기계 앞에서 제대로 적응하지 못하고 절망하는 자신을 발견하게 되는 슬픔과 쓰라림을 느끼지 않을 수가 없다.

붓으로 글씨를 썼던 옛 사람들은 많은 저술을 하기는 어려워도 깊이 사색한 글을 남길 수 있었다. 나의 '연필 시대'는 그런대로 아무 걱정이 없었다. 다만 팔이 너무 아파 쉬어야 할 때가 있었을 뿐이었다. '컴퓨터 시대'에 들어와서 노쇠한 머리로 생각하는 속도보다 손가락이 움직여 자판을 치는 속도가 더 빨라서인지, 오타(誤打)가 너무 많이 나오는 것이 사실이다. 아내가 내 원고를 읽고 고쳐주어 큰 도움을 받았지만, 생각이 미쳐 다듬어 지기도 전에 활자로 찍어지니, 글의 맛은 점점 떨어지는 것이 아닐까 걱정스럽기도 하다. 그러나 이제는 컴퓨터 앞에 앉지 않으면 한 줄의 글도 쓰기 어려우니, 컴퓨터가 나의 글쓰는 도구가 아니라, 내가 컴퓨터에 예속된 노예가 아닌지 심히 걱정스러울 때가 있다.

08

이름을 부르며

　도시의 번잡한 거리에서 많은 사람들이 강물처럼 흘러가는 속에서, 문득 아는 사람을 보았을 때, 그의 이름을 부르자, 그 사람이 고개를 돌리면서 눈길이 마주치는 순간, 그의 관심과 감정과 영혼 전부가 내게로 향한다. 물론 나의 관심과 감정과 영혼도 마찬가지로 그를 향한다. 반가운 미소가 서로의 얼굴에 피어나고, 다가가 마주 손을 잡고 인사를 나눌 때에는, 두 사람의 의식 속에 그 많은 사람들은 하얗게 사라지고 세상에는 그와 나 두 사람만 남는 것을 경험한다.

　혼자 한가롭게 있을 때에도 친구가 그리워지면 그의 이름을 마음속으로 불러보는데, 이름을 불러보는 순간 그 친구의 모습이 떠오르고, 그와 함께 했던 일들의 추억이 밀물처럼 밀려와 가슴에 가득 차오른다. 그 이름을 부르는 순간 세상에는 모든 존재가 희미해지고, 그와 나 둘만이 마주하고 있음을 발견하게 된다. 밝은 달을 보면서도 그리운 사람의 이름을 불러보면 달은 어느새 그리운 사람이 내게 다가올 수 있는 문을 열어준다.

사람과 사람 사이만 그러한 것이 아니다. 가을날 시골길을 지나가다가 길가에 피어난 코스모스를 바라보고서, "코스모스다," 하고 이름을 불러주는 순간 세상의 모든 것은 사라지고 내 눈에는 코스마스만 가득 차오른다. 사람과 생명 사이만 아니라, 사람과 사물 사이에도 그러하다. 내가 방학동(放鶴洞) 남(南)선배 댁에 놀러갈 때 마다 그 댁 아파트 마당에 서서 "인수봉(仁壽峯)이구나."하고 산봉우리 이름을 부르는데, 그 순간 인수봉은 내 의식 속에서는 오직 나만을 위해 존재한다.

이름은 어떤 대상에 대해서나 그 영혼을 불러올 수 있는 '주문'(呪文)이다. 내가 그 이름을 부를 때마다, 그 대상은 그 순간 내게로 향하고 나만을 위해 존재한다. 그런데 이름을 모르면 그 혼령을 깨우고 그 생명을 불러 일으킬 수가 없다. 나는 시골집의 작은 뜨락에서 꽃나무와 풀꽃 사이를 왕래하면서 노년을 보내고 있는데, 이 작은 뜨락에도 내가 이름을 모르는 나무와 풀들이 여럿 있어서, 이름을 부르지 못해 목이 막히고 가슴이 답답할 때가 자주 있다.

노처(老妻)도 같은 마음인가 보다. 마당가에 풀꽃 무리가 왕성하게 자라나 꽃대가 솟더니 노란 꽃을 피웠는데, 이름을 몰라 여러 날 답답해 하더니, 별명을 지어주었다. 곧 잘 자란다는 '달'(達)자와 노란 꽃의 '황'(黃)자를 끌어다가 '달황나물'이라 별명을 붙여서 부르기 시작했다. 그래서 노처는 자기 친구에게 이야기 할 때도 그 꽃의 별명을 불러가며 자상하게 이야기해주곤 한다. 그러다가 둘째 딸이 찾아왔을 때 부탁하여, 그 이름이 '겹삼(麻)잎 국화'(학명: Rudbeckia laciniata goldquelle)임을 알고 나서는, 별명으로 부르던 친구의 본명을 알게 된 것처럼, 꽃 앞에만 가면 큰 소리로 이름을 불러주며 좋아하는 모습이 재미있었다. 본명을 알았으니 더 깊이 친해질 수 있는 것으로 느끼는 것 같다.

극장에 사람들이 가득 들어차 있어도, 내가 이름을 불러볼 아는 사람이 아무도 없으면, 나는 타자(他者)들로 둘러싸인 깜깜한 바다에 혼자 떠 있는 상태로 놓여 있을 뿐이다. 이름 모르는 낯선 사람은 내 감정이 닿지 않는 벽 너머에 있는 것으로 느끼게 된다. 그래도 사람은 전차안이나 공원 어디에서나, 감정이 차단된 벽 속에 홀로 고립되어 있는 것이 싫으면, 곁에 있는 낯선 사람과도 말을 건네고 주고받는다. 그 때는 임시로 이름 대신 부르는 호칭을 사용하여 부른다. '할머니', '할아버지', '아저씨', '아주머니', '언니', '노형', 이런 호칭으로 이름을 대신하며 이야기를 주고받기도 한다. 그런데 여전히 상대방의 이름을 모르면, 나와 그가 친해지는데 여전히 건널 수 없는 강이 흐르는 것이 사실이다.

노자는 "이름 부를 수 있는 '이름'은 영원한 이름이 아니다."(名, 可名, 非常名.〈『도덕경』, 1장〉)라 하여, 이름이 실재의 전체를 가리킬 수도 없고, 실제의 변화를 모두 반영할 수도 없다는 한계를 제시하였다. 물론 이름(名)과 실재(實)는 언제나 일치하는 것은 아니다. 때로는 이름만 남고 실재는 없어져 '유명무실'(有名無實)한 경우에 이름은 공허한 것이 될 수도 있다. 이름과 실지가 일치하는 '명실상부'(名實相符)한 경우가 오히려 드물 수도 있다. 그래도 모든 실재는 그 이름을 얻고자 하며, 이름이 있어야 그 정체성을 확인할 수 있게 된다.

'사람'이라는 이름에는 온갖 다양성과 이질성이 내포되어 있겠지만, 그래도 자신을 '사람'이라는 이름으로 확인하는 순간 '사람다운' 자신을 추구하고자 한다. 공자가 말한 이름을 바르게 한다는 '정명'(正名)은 실제에 맞게 이름을 바로잡아야 한다는 말이지만, 동시에 그 이름에 맞게 실재를 바로잡아야 한다는 의미도 지니고 있는 것이라 하겠다. 이름이 잘못되어도 안되지만, 이름에 맞도록, 곧 그 '이름답게' 실재를 바로잡아가야 한다는 말이다.

　노자가 "'이름 없음'(無名)은 천지의 시원이요, '이름 있음'(有名)은 만물의 어미다."(無名, 天地之始, 有名, 萬物之母.〈『도덕경』, 1장〉)고 했다. 세상의 모든 사물은 이름이 있으니, 낱낱의 사물이 태어남에는 이름이 따라온다. 그래서 이름을 '만물의 어머니'라 하지 않았던가. 물론 이 우주의 시원에는 이름을 붙일 수가 없다. 그런데 천지만물을 창조하는 이 우주의 시원에 대해 인간은 온갖 이름을 붙여서 부르고 있는 것이 현실이다. '한울님', '하느님', '하나님', '알라', '상제'(上帝), '신'(神), '부처', '도'(道) 등등 여러 가지 이름이 있다. 이름이 없으면 부를 수가 없고, 이름을 부르지 못하면 두려워할 수도 친할 수도 없으니, 이름이 없는데로 놓아둘 수는 없지 않겠는가.

　이름은 모든 존재를 불러올 수 있는 '주문'이다. 관세음보살도 부르고, 예수도 부르고, 돌아가신 분이나 살아있는 분 누구라도 불러올 수 있다. 이름을 부르는 순간 자신의 마음속에는 그 대상이 자기 앞에 다가오고, 어떤 호소나 푸념도 다 들어주고 자신을 위로해준다. 내가 부를 수 있는 이름이 나에게 있고, 이름을 부르며 만날 수 있는 한, 나는 결코 외롭지도 않고, 절망할 필요도 없다. 그래서 이름을 부를 수 있다는 사실이 나의 삶을 즐겁고 풍성하게 해주며, 나를 구원해주는 힘이 있는 것이 아닐까 생각한다.

09
샘(泉)과 우물(井)

　오늘날에는 웬만한 시골마을에서도 수돗물을 먹기 때문에 생활 속에서 멀어진 감이 있지만, '샘'(泉)과 '우물'(井)은 오랜 세월 인간의 생활 속에 깊이 침투되어 있었다. 이 둘은 모두 땅속을 흐르던 맑은 지하수가 솟아나는 곳으로, 그 물은 사람이 마셔야 살아갈 수 있는 생명수라는 공통점이 있다. 실지로 우물도 그 속에 물이 솟아나는 샘이 있어야 하기 때문에 '우물'을 '샘'이라 일컫기도 하고, 두 글자를 합쳐서 '정천'(井泉)이라 하기도 한다.

　그러나 '샘'과 '우물' 사이에는 여러 가지 차이점이 있는 것도 사실이다. 한문글자로 보면, '샘-천'(泉)은 바위 아래서 솟아나는 모습을 형상한 글자라면, '우물-정'(井)은 사람이 우물을 보호하기 위해 만들어놓은 우물난간의 모습을 형상한 글자이다. 그렇다면 '샘-천'는 물이 솟아나는 사실을 위주로 말한 것이지만, '우물-정'은 난간을 만들어 놓은 형태를 위주로 말한 것이라는 차이를 드러낸다.

　또한 이루어낸 주체에서 보면, 샘은 산기슭의 바위 아래서 물이 솟아나는 곳으로, 사람의 손길이 닿기 전에 저절로 이루어진 것이니 '자연'의 결과라 하겠다. 그러나 우물은 집안이나 마을 안에 사람이 땅을 깊이 파서 만들었으니, '인공'으로 이루어진 것이다. 이에 따라 거리에서 보면, 샘은 집이나 마을에서 멀리 떨어져 있는 경우가 대부분이지만, 우물은 집이나 마을 안에 가까이 있다.

이와 더불어 물이 넘치는지 아닌지로 보면, 샘은 물이 넘쳐서 흘러나가지만, 우물은 깊어서 넘치는 일이 없다. 샘은 「용비어천가」(龍飛御天歌)에서 "샘이 깊은 물은 가뭄에 아니 그칠새, 내 이루어 바다로 가나니."라 노래하였던 것처럼, 넘쳐흘러서 다른 물과 끊임없이 합쳐서 냇물이 되고 강물이 되어 멀리 바다에 까지 흘러나갈 수 있기 때문에 넓은 세상으로 나가는 진취성과 자꾸 커가는 발전의 상징일 수 있다.

이에 비해 우물은 그 자리에 머물러 있을 뿐 움직이지 않는다. 우물 안에서는 시야가 우물의 테두리만큼 밖에 보이지 않기 때문에, 견해가 비좁은 사람을 '우물 안 개구리'(井底之蛙: 井蛙)라 비웃기도 한다. 따라서 샘은 활발하다(動)는 점에서 남성적이고, 우물은 고요하다(靜)는 점에서 여성적이라 대비시켜 보기도 한다.

우물이 고요하고(靜) 움직임이 없다(不動)하여, 여성적으로만 보아야 할 것은 아니다. 오히려 우물의 고요함은 중심의 심지가 확고하여 흔들림이 없음을 형상하거나, 고요히 정좌(靜坐)하여 수양하는 선비나 참선하는 선사(禪師)의 기풍을 지니는 것으로 볼 수도 있다. 더구나 우물은 집안에 있으면 온 집안사람들이 살아가는 생명수가 되고, 마을에 있으면 온 마을 사람들이 살아가는 생명수가 되는 큰 공덕이 있지 않은가.

『주역』에서는 '우물'의 덕을 설명하면서, "그 자리에 머무르지만 옮겨간다."(居其所而遷.〈繫辭下7〉)라 하였다. 곧 우물은 움직이지 않고 한 자리에 있지만, 살아갈 수 있게 하는 덕을 만물에 널리 미침을 말하여, 고요함 속에 온갖 생명이 살아 움직이게 하는 힘을 내포하는(靜中動) 덕이 있음을 보여준다. 이와 더불어 우물은 "의리를 분변한다."(辯義.〈繫辭下7〉)라 하였다. 곧 깊고 고요하면서 그 속에서 맑은 물이 샘솟는 우물은 고요한 가운데 깊이 사색하여 옳고 그름을 분별하는 형상이 있음을 말하였다.

또한 『주역』에는 64괘 가운데 우물을 형상한 '정괘'(井卦)가 있는데, 그 특성을 드러내어 "고을을 바꿀 수는 있어도, 우물을 바꿀 수는 없다."(改邑不改井.〈井卦〉)고 하였다. 고을에 우물이 마르면 고을을 옮겨 갈 수밖에 없지만, 물이 잘 솟는 우물을 바꾸어 옮기지는 않는다는 말이다. 어디에서나 마실 물이 없이는 사람이 살아갈 수 없으니, 우물이 고을의 존립을 결정하는 중대한 조건이 되는 것임을 확인해주고 있다.

깊은 산골짜기 바위 아래서 솟아나는 샘은 물맛에 따라 물이 차고 시원한 것을 '냉천'(冷泉) 혹은 '한천'(寒泉)이라 일컫기도 하고, 물맛이 달아 '감천'(甘泉)이라 일컫기도 한다. 또 건강에도 이로워 '약수'(藥水)라 하고, 전설 속에는 마시면 죽지 않고 오래 산다는 '단천'(丹泉)이 있다고 한다. 그러나 깊은 땅 속에서 뜨거운 물이 솟아나는 '온천'(溫泉)은 마실 수야 없지만 목욕을 즐길 수 있게 한다. 그러나 시신을 묻는 깊은 땅 속을 '황천'(黃泉) 또는 '구천'(九泉)이라 하니, 샘은 삶과 죽음의 두 세계에 모두 뻗어있는 셈이다.

우물도 맛이 달고 사원하면 '유정'(乳井) 혹은 '감정'(甘井)이라 일컫는다. 우물에도 신령한 기운이 있다고 믿어, 새벽에 처음으로 길러낸 물을 '정화수'(井華水)라 하여, 천지신명에게 기도할 때 '정화수'를 떠놓고 빌기도 한다. 우물은 고향집이나 고향마을을 생각할 때 가장 잘 떠올리게 되니, 그리운 고향을 '향정'(鄕井) 혹은 '이정'(里井)이라 일컫기도 한다. 우물은 깊어서 한번 빠지면 밖으로 나오기가 어렵기 때문에 짐승을 잡기 위해 땅을 파놓거나 남을 곤경에 빠뜨리는 계략이 땅을 깊이 파놓은 우물의 형태와 유사하다 하여 '함정'(陷穽)이라 일컫기도 한다.

고대중국 주(周)나라의 토지제도로 '정전제'(井田制)는 농민에게 균등하게 토지를 분배하는 토지제도의 이상형으로 오랜 세월동안 중시되어 왔다. 이때 하나의 '정'(井)은 '우물-정'(井)자 형태로 9등분된 토지를 8호(戶)가 고르게 나누어 경작하고, 남는 하나는 공동경작하여 세금으로 납부하는 제도이다. 이처럼 '우물-정'자의 형태가 토지분배라는 기본적인 사회제도로 응용된 경우임을 알 수 있다.

고대부터 오늘날 까지 놀이로 널리 쓰이는 '바둑'의 판을 보면 가로 세로 줄이 18칸씩 되어 있다. 9개의 화점(花點)을 중심으로 상하 좌우로 3칸씩, 곧 가로 세로 6칸을 한 구역으로 나누면, 바둑판 전체는 9구역이니 '우물-정'자의 형태를 이룬다. 다시 한 구역에서 가로 세로 2칸 곧 '밭-전'(田)자 형태를 한 단위로 하면, 9단위로 '우물-정'자의 형태가 된다. 그렇다면 바둑판은 '정전법'의 토지구획을 응용한 것으로 볼 수 있을 것 같다. 이렇게 '우물-정'자는 토지제도와 나아가 바둑놀이에도 활용되었다고 하겠다. (2017.9.17)

10

하늘을 엿보고 바다를 측량하다

천산정(天山亭)에서 하늘을 내다보면, 앞에 늘어서 있는 여러 고층 아파트에 가려져 조각조각 오려진 하늘이 조금 보인다. 또 건물 틈 사이로 멀리 토막토막 잘려진 산줄기도 조금 보일 뿐이다. 원주 산골에 살면서 상리원(桑李園)의 돌난간에 나가 앉으면, 하늘은 아득히 넓고, 앞뒤로 덕가산(德加山)과 명봉산(鳴鳳山)의 두 우람한 산줄기도 힘차게 흘러가니, 가슴도 시원해지고 마음도 편안해진다.

그런데 서울에 올라와 천산정에 들어와 베란다에 나와 앉으면, 때로는 감옥에 유폐된 듯한 답답한 느낌을 털어내기 어려운 것이 사실이다. 그래도 나에게 천산정이 안겨주는 매력은 때로 단단한 껍질 속에 숨어 있는 소라처럼 편안함을 누리게 하기도 하고, 때로 바깥을 향해 내다보는 시야가 너무 좁아지자, 그 대신 안으로 자신의 삶을 돌아보거나, 자신의 내면을 들여다보게 되는 새로운 시야가 열리는 경험을 하기도 하였다.

그러나 나 자신이 바깥으로 세상(하늘과 산)을 내다보거나, 안으로 마음을 들여다 보는 시야가 과연 얼마나 넓고 얼마나 깊은지를 생각해 보니, 나의 세상을 내다보는 시야는 너무 좁고, 마음을 들여다보는 시야는 너무 얕아, '우물 개구리'의 신세를 벗어나지 못하고 있다는 사실을 절실하게 깨닫게 된다. 바로 반고(班固)의『전한서』(前漢書)에서, "대롱으로 하늘의 넓이를 엿보거나, 표주박으로 바다의 분량을 헤아린다."(以管窺天, 以蠡測海〈『前漢書』권65, 「東方朔傳'〉)는 말이 떠오른다. 이 두 구절을 합쳐서, '규천측해'(窺天測海: 蠡測管窺. 蠡酌管闚)라 한다. 이처럼 나의 안목은 너무 비좁고 천박하니, 어찌 답답하고 한심하지 않겠는가.

이렇게 시야가 비좁고 천박함에 대한 탄식은『장자』(莊子)에서도 찾아볼 수 있다. 곧 제자백가(諸子百家) 가운데 명가(名家: 論理學派)에 속하는 공손룡(公孫龍)에게 위(魏)나라의 공자모(公子牟)가 타이르는 말 속에, "대롱으로 하늘의 넓이를 엿보고, 송곳으로 땅의 깊이를 헤아린다."(用管闚天, 用錐指地.〈『莊子』, 秋水〉)라는 말도, 안목이 아주 좁고 얕음을 보여준다.

서양 중세의 신학자 어거스틴(St.Augustine)이 삼위일체(三位一體)의 이론을 사색하면서 바닷가를 거닐 때, 한 소년이 조개껍질로 바닷물을 모래 웅덩이에 퍼다 넣고 있는 모습을 보고서, 무엇을 하는지 물었더니, 그 소년은 "이 웅덩이에 바닷물을 모두 퍼다 넣으려 합니다."라고 대답했다. 이에 어거스틴은 불가능한 일이라 타일렀는데, 그 소년은 다시 대답하기를, "내가 이 일을 할 수 있는 것보다 지금 생각하고 계신 삼위일체의 신비를 완전히 깨닫는 것이 더 어려울 것입니다."라 말하고 사라졌다는 이야기가 있다. 탁월한 능력의 신학자도 신(神)존재에 대해 이해한다는 것은 '표주박으로 바다의 분량을 헤아리는 것'(以蠡測海)처럼 한계가 크다는 사실을 잘 보여준다.

하물며 우둔한 나는 내 평생을 돌아보아도, 모든 일에서 '수박 겉핥기'로 겉만 더듬으며 지내왔고, 늙어서 나를 찾아보아도 짙은 안개 속처럼 몽롱하기만 할 뿐, 분명하게 잡히는 것이 없어 답답할 뿐이다. 젊어서 여러 책들을 열심히 읽었지만, 작자의 혼은 오리무중이었고, 마음에 드는 구절 몇 개를 마음속에 간직했었는데, 이제는 그것마저 연기 속에 사라지고 말았다. 법학,경제학,물리학,의학 등 실용적 학문에는 눈길 한번 돌리지 않았고, 종교학,철학,미학 등 관념적 세계를 찾아다녔는데, 그야말로 '대롱으로 하늘의 크기를 엿보고'(以管窺天), '표주박으로 바다의 깊이를 재어보는'(以蠡測海) 좁은 안목을 벗어나지 못하고 말았다. 결국 스스로 깨달은 바는 아무 것도 없고, 남의 말이나 몇 구절 주워섬기며, 반평생 대학에서 학생들을 가르쳤던 사실이 말할 수 없이 부끄러울 뿐이다.

노년에 산골에 숨어들어 살면서, 매일같이 해와 달과 별이 떠오르고, 구름이 흘러가며, 비 오고 눈 오고 바람 부는 하늘을 바라보기면 하면서도, 가슴에 울려나오는 노래 하나 부를 줄 모르니 어찌 답답하지 않겠는가. 또한 철따라 꽃이 피고 녹음이 짙어지고 단풍이 곱게 물들다가 낙엽마저 지고 마는 산이 눈앞에 다가와 있지만, 하염없이 바라보기만 할 뿐, 가슴에 벅차오르는 시(詩) 한줄 읊을 줄 모르니, 어찌 한심하지 않겠는가.

어디 하늘과 산을 멍하니 바라보기만 할뿐인가. 세상이 어떻게 돌아가는지, 나라가 어디로 흘러가는지 관심도 이해도 없으니, 눈도 귀도 멀어버린 캄캄한 세상에서 방향도 모르고 살아가는 꼴이 아닌가. 그래도 산골 생활은 온갖 잡다한 걱정근심에서 벗어날 수 있으니, 답답한 가슴을 조금은 풀어주어서 좋았던 것은 사실이다. 그렇다고 철따라 피는 꽃이나 찾아다니며 춤추는 나비나 잉잉거리며 노래하는 벌도 아닌데, 어찌 가슴에 충만된 기쁨을 느낄 수 있겠는가.

노년의 나 자신을 돌아보니, 젊은 날 가졌던 어설픈 꿈과 희망과 야심마저 이제는 다 사라지고, 계획도 목표도 방향도 찾아볼 수 없으니, 나 자신이 누구인지조차 알 수가 없는 처지에 놓이고 말았다. 더구나 가장 가까운 부모와 아내와 자식들의 마음 마저 제대로 헤아리지 못해, 쏟아지는 비난과 원망의 말을 들을 때는 부끄러울 뿐이다. 또한 평생을 종사했던 분야에서 깊이도 넓이도 이루지 못하였음을 깨닫게 될 때마다 깊은 공허함과 절망감을 벗어날 수가 없었다.

해마다 10월말이면 서울의 천산정(天山亭)에 올라와 겨울동안의 추위를 피해왔는데, 올해는 9월말에 서울에 올라왔지만, 거리의 번화함이 내 마음에 아무런 위로가 되지 않았고, 한달이 넘도록 한강으로 나가는 산책길도 나가지 않았다. 그렇다고 옛친구들과 만나 회포를 풀고 싶은 생각도 없어, 종일 방안에서 흘러간 드라마를 보고 또 보며 희미해가는 감각을 깨우고 있으니, 스스로 "왜 사니. 왜 살어."하고 묻기도 한다.

그래도 한가지 살아있다는 기쁨을 느끼는 것은 내가 먹고 입고 자는 일을 보살펴주고, 건강을 걱정해주는 노처의 얼굴을 바라보면서, 아직도 내가 아내의 사랑을 받고 있다는 사실에 너무 행복하다. 또 큰 딸이 매일 찾아와 내가 좋아하는 음식을 해다 주고, 가끔 늙은 아빠와 손잡고 동내를 산책하게 해줄 때, 내가 살아있다는 사실에 무한한 기쁨을 느낀다. 이제 나는 남은 세월 동안 모든 욕심과 계획들을 다 버리고, 작은 일에 기뻐하는 법을 익히고자 한다. 넓고 깊음을 찾는 것이 아니라, 좁고 얕은 세상에서 만족하는 삶을 살고자 한다.

11

물은 흐르고 꽃은 피어나는구나

심심해서 옛날 수첩을 뒤적이다가, "정좌시, 공산무인, 묘용처. 수류화개."(靜坐時, 空山無人, 妙用處. 水流花開)라 적혀있는 구절이 눈에 들어왔다. 언젠가 어느 서화전에 갔다가 유심히 보았던 구절인데, 앞 구절에서 4글자가 초서라 읽지를 못해, 집에 와서 찾아보려고 수첩에 적어두었던 기억이 희미하게나마 떠올랐다. 전체적으로 불교적(佛教的) 분위기를 느끼게 하는데, 내 컴퓨터에 있는 여러 가지 자료를 이용해 찾아보았지만, 끝내 실패하고 말았다.

그래도 뒤늦게나마 이 구절이 다시 눈에 띄어, 그 출전을 찾고, 못읽었던 글자를 확인하고 싶어서 이리저리 찾다보니, '묘용처, 수류화개'(妙用處, 水流花開)라는 구절도, '묘용처'와 '수류화개'가 연결된 문장을 찾지는 못했다. 그렇지만, '수류화개'와 연결된 구절로는 북송(北宋)때 소동파(東坡 蘇軾.1036-1101)의 글 「18대아라한송」(十八大阿羅漢頌:『東坡全集』卷98) 가운데, 「제16존자」(第十六尊者) 항목 속에 "산은텅 비었고 사람은 아무도 없는데, 물은 흐르고 꽃은 피어나는구나."(空

山無人, 水流花開)라는 구절이 유명하였었나 보다. 많은 사람들이 여러 문헌에서 이 구절이 인용되고 있음을 확인할 수 있었다.

또한 송(宋)나라 때 스님 석도찬(釋道璨)의 「송눌봉기탄죽주복축서(送訥蓬寄坦竹州卜築序:『柳塘外集』卷3)에는 "산은 텅 비었고 달은 밝은데, 물은 흐르고 꽃은 피어나는구나."(山空月明, 水流花開)라는 구절이 있다. 이와 더불어 이번에는 "물은 흐르고 꽃은 피어나는구나."(水流花開)라는 구절이 앞에 오는 경우도 몇 가지가 보인다.

먼저 명(明)나라 때 스님 석묘성(釋妙聲)의 「송천명」(宋泉銘:『東皋綠』卷下)에는 "물은 흐르고 꽃은 피어나는데, 산은 높고 달은 자그마하구나."(水流花開, 山高月小)라 하였다. 다음으로 명나라 황순요(黃淳耀)의 「제엽석농 청전수도」(題葉石農聽田水圖:『陶菴集』卷17)에서는 "물은 흐르고 꽃은 피어나는데, 물길이 끝나는 곳에서 구름이 일어나는구나."(水流花開, 水窮雲起)라는 구절이 있었고, 또한 명나라 당지순(唐之淳)의 「제조장민공 서위소주시후」(題趙丈敏公書韋蘇州詩後:『唐愚士詩』권3)에서는 "물은 흐르고 꽃은 피어나는데, 매는 하늘에서 날고, 물고기는 물에서 뛰어오르네."(水流花開, 鳶飛魚躍)라는 구절이 보인다.

이 구절들은 모두가 한 점 티끌이 없는 자연의 맑고 순수한 모습을 노래한 것이라 하겠다. 여기에는 사람의 자취가 전혀 없어야 하는 것으로 보인다. 자연의 순수함은 인간의 온갖 욕심과 상념과 의지기 자연의 순수함을 오염시키고 타락시키니, 인간의 숨결이 없어야 한다는 입장을 잘 보여주고 있다. 그러나 과연 사람의 노력이 없이 자연이 스스로 이루어내는 아름다움이라야 정갈하고 순수한 아름다움이라 할 수 있을까. 자연풍경의 아름다움을 인간은 누구나 좋아한다. 이러한 자연의 순수한 아름다움을 알아주고, 또 그 순수하고 아름다움을 생각하며 인간 자신을 순화시킬 수 있다면, 어찌 좋은 일이 아니겠는가.

그렇다면 사람의 손길이 전혀 미치지 않은 자연의 아름다움이 가장 높은 수준의 완성된 아름다움일까 하는 의문이 남는다. 인간이 없는 세상이 아름답고 순수한 세상이라면 인류가 태어나기 이전의 상태나 인류가 전멸한 이후의 상태가 되어야 한다는 말이 된다. 오히려 인간이 자신의 탐욕이나 간교함을 벗어나, 자연의 순수함과 일치하는 마음을 갖는다면, 인간과 자연이 조화를 이루어, 순수하고 아름다움의 극치를 이룰 수 있을 것이라는 생각을 하게 된다.

퇴계선생도 "깊은 산 우거진 숲속에 한 포기 난초가 있는데, 온종일 향기를 뿜지만, 스스로는 그 향기로움을 모른다."(深山茂林中有一蘭草 終日熏香而不自知其爲香.〈『退溪先生言行錄』卷1〉)는 것이 바로 군자의 '자기를 위한 학문'(爲己之學)과 일치하는 것이라 했다. 곧 군자의 인격과 덕행은 자연으로 이루어지는 것이지, 의식하고 의도하는 것이 아님을 말해주고 있다. '난초가 향기를 뿜지만, 스스로는 그 향기로움을 모른다.'는 말은 난초가 자신의 향기로움을 자랑하거나 뽐내는 일이 없이 무념무상으로 향기로움을 실현한다는 말이리라. 이른바 연암(燕巖 朴趾源)이 말하는, '자랑하는 마음'(兢心), '이기려는 마음'(勝心), '권력을 쥐려는 마음'(權心), '이익을 차지하려는 마음'(利心)을 버려야 세상이 온전한 모습을 이룰 수 있다는 견해를 깊이 되새겨 볼 필요가 있으리라.

사실 내가 애초에 서예전시회에 가서 이 구절에 눈길이 끌렸던 것은, '물은 흐르고 꽃은 피어나는구나.'(水流花開)라는 4글자 때문이다. 나는 50대 초반 무렵, 해마다 이른 봄이면, 서울에서 꽃소식을 기다리다가 지치면, 아내가 운전하는 차로, 둘이서 이른 봄날 통영으로 내려가 '통제영'(統制營)에 올라보고, 한산도(閑山島)를 가끔 들어가 보기도 한다.

그다음 연육교로 창선도를 지나 남해도(南海島)에 들어간다. 남해에서는 이순신의 전몰지에 세워진 이락사(李落祠)나 충렬사(忠烈祠)를 둘러본다. 이 코스는 충무공(李舜臣)유적을 순례(巡禮)하는 코스였다.

그 다음은 남해대교를 건너 하동(河東)으로 가면, 나의 어릴 적 추억의 음식인 '재첩국'을 먹는 즐거움을 만끽할 수 있다. 내가 어릴 적에는 낙동강이 오염되지 않았던 시절이라, 낙동강에서 재첩이 많이 나왔었나 보다. '재첩국'장수 아주머니들이 이른 아침이면 내가 살던 고향집, 곧 부산항구가 내려다 보이는 수정산 중턱의 산동내까지 무거운 '재첩국'통을 머리에 이고, 골목마다 다니며, "재첩국 사이소."를 외친다. 그때 어머니는 나에게 냄비하나를 주시며 재첩국을 사오라는 심부름을 시키신다. 나는 신이 나서 달려나가 재첩국장수 아주머니를 부르면, 뽀얀 국물 한 그릇과 재첩조개 살 한 종지를 냄비에 담아주신다. 어머니가 끓여주시던 재첩국의 향기가 언제나 가슴속에 아련한 추억으로 남아 있었다. 아내는 그 맛을 잘 모르지만, 내가 하도 좋아하니까, 어쩔 수 없이 따라서 먹는 것 같다. 우선 재첩국을 배불리 먹고 나서, 하동의 매화꽃밭을 찾아가 매화가 핀 모습을 한참 바라보고 나서 나온다.

섬진강은 아직도 오염이 되지 않아 섬진강을 거슬러 올라가면서 끼니마다 재첩국의 향기를 즐기면서, 꽃구경도 하고, 옛 사찰과 유적들을 찾아다녔다. 특히 하동은 지역 명칭 가운데, 중국에서도 경관이 아름답기로 유명하여, 시인묵객(詩人墨客)들이 몰려들었던 호남성(湖南省) 동정호(洞庭湖) 주변의 명칭이나, 강소성(江蘇省) 소주(蘇州) 주변의 명칭을 따오면서 멋과 운치를 뿜어내고 있는 곳이 많다.

하동군 악양면(岳陽面)에는 중국의 옛 거문고 악곡인 '평사낙안'(平沙落雁)에서 따온 '평사리'(平沙里)라는 마을이 있는데, 섬진강 강가의 넓은 모래밭에 기러기 떼가 차례로 내려앉는 '평사낙안'(平沙落雁)의 아름다운 풍광을 보는 듯하다. 또 평사리에는 '동정호'(洞庭湖)라는 멋진 호수가 있고, 호수가에는 전망이 아름다운 악양정(岳陽亭)이 있다. 이것은 중국의 장강(長江) 남쪽에 붙어있는 아득히 넓은 동정호의 동쪽 가에 악양루(岳陽樓)가 있는 것을 본따서 붙인 이름임을 알겠다.

송나라의 범중엄(范仲淹, 989-1052)은 「악양루기」(岳陽樓記)에서, "파릉(巴陵: 岳陽의 옛 지명)의 훌륭한 경치는 동정호 하나에 있다. 먼 산을 머금고 긴 강을 삼켜, 호탕하고 끝없이 펼쳐졌으며, 아침 햇볕에서 저녁 어스름 사이에 기상이 천만가지이니, 이는 악양루의 큰 구경거리로 옛사람의 기술(記述)에 갖추어져 있다."(夫巴陵勝狀 在洞庭一湖, 銜遠山 呑長江, 浩浩蕩蕩 橫無際涯, 朝暉夕陰 氣象萬千, 此則岳陽樓之大觀也, 前人之述備矣.)고 하여, 아득히 넓은 동정호와 사방의 풍광이 아름다운 악양루를 찬탄했는데, 이곳 평사리에도 동정호와 악양정을 갖추어두고 있음을 보게 된다.

이와더불어 소설가 박경리(朴景利)의 대하소설 『토지』의 무대가 바로 평사리였으며, 이곳 언덕에는 소설 『토지』를 TV드라마로 연출한 나의 옛 친구 주일청(朱一晴)PD가 만든 야외 촬영장이 있어서 언제나 발길이 이곳을 찾아든다.

또한 평사리에는 신라 때 산성(山城)이라는 '고소성'(姑蘇城)이 있는데, 중국의 소주(蘇州) 시내 서쪽에 '고소산'(姑蘇山)이 있고, '고소산' 서쪽 경항운하(京杭運河)의 곁에 유명한 한산사(寒山寺)가 있다. 당 태종때 한산(寒山)과 습득(拾得) 두 스님이 이 절에 머물었다는 인연으로 '한산사'라 하였다 한다. 당나라 시인 장계(張繼)는 운하를 따라 배를 타고 내려오다가 소주를 지나며 밤중에 한산사에 이르렀을 때 지었던 「풍교야박」(楓橋夜泊)이라는 시 한수는 '고소성'(姑蘇城)과 '한산사'의 이름을 온 세상에 알려주었다 한다.

月落烏啼霜滿天, 달은 지고 까마귀 우는데, 천지에 가득 서리 내리니,
江楓漁火對愁眠, 강풍(江村橋 楓橋)의 고깃배들 등불 마주보며 시름
　　　　　　　　속에 졸고.
姑蘇城外寒山寺, 고소성 바깥 한산사에는
夜半鍾聲到客船. 한 밤중 종소리 울릴 제 객선이 닿았네.

하동군에는 악양면(岳陽面) 북쪽에 있는 화개면(花開面)에는 '화개장터'가 가장 유명하다. 화개장터에서 쌍계천을 따라 쌍계사(雙溪寺)까지 구불구불 뻗어있는 '십리벗꽃길'에 들어섰을 때는 이제 막 벗꽃이 필 준비를 마친 듯이, 몇몇 나무에 몇 송이씩 벗꽃이 피어나고 있었다. 나는 '화개'(花開)라는 말에 깊이 매력을 느끼고 있다. 꽃나무 아래를 오가며 꽃이 피어나기를 기다려본 사람은 누구나 꽃이 피어나는 신비로움을 경험할 수 있었을 것이다.

꽃이야 때가 되면 저절로 피어나지만, '아름답게 피어난다'는 것은 꽃이 피어나는 아름다움일 뿐만 아니라, 모든 인간의 꿈이라 하겠다. 누구나 자신의 인생이 아름답게 활짝 피어나 보고 싶어한다. 그런데 제대로 피어나 보지도 못하고 고생만 하다가 시들어가야 하는 인생은 스스로 얼마나 깊은 아픔을 느끼겠는가. 자식들이 하나하나 아름답게 피어나기를 간절히 바라는 부모의 마음도 마찬가지라 생각이 든다.

하동에서 쌍계사에 들어서면 육중한 고찰의 무게를 느낄 수 있는데, 절 마당 가운데 천년을 버티고 서있는 비석이 눈길을 사로잡는다. 곧 최

치원(崔致遠)이 지은 '사산비문'(四山碑文)의 하나인 '진감선사대공탑비'(眞鑑禪師大空塔碑)가 그 육중한 고찰의 무게를 받치고 있다는 느낌을 갖게 된다. 무엇보다 나는 그 비문의 첫머리에서 언급한, "진리(道)란 사람에 멀리 있지 않고, 사람은 나라에 따라 다르지 않다. 그러므로 우리 나라의 젊은이들이 불교도 하고, 유교도 한다."(道不遠人, 人無異國, 是以東人之子, 爲釋爲儒.)라는 한 마디 말에서, 진리의 개방성과 포용성을 간직한 열린 정신에 깊은 감명을 받지 않을 수 없었다.

다시 화개장터로 나와서, 하룻밤 자며, 저녁과 이튿날 아침을 재첩국을 먹는다. 그리고 나서 섬진강을 거슬러 계속 올라가면 구례에 이르게 되는데, 이곳에서 하룻밤자며 재첩국을 마지막으로 즐기고 서울로 올라 간다. 구례에서는 화엄사(華嚴寺)의 웅장한 고찰을 찾아가는데, 갈 때 마다 '화엄'(華嚴)이란 이름은 무겁지만, 그래도 절이 너무 밝아, 얼마간 어둠에 싸여있는 쌍계사 보다 가볍다는 느낌을 받는다. '쌍사자석등'까지 한 바퀴 둘러보고 내려와서, 바로 서울로 올라가, 이번 여행길은 끝내는 경우가 많았다.

그러나 가끔 근처에 있는 한말(韓末) 유학자요 시인인 황현(梅泉 黃玹)의 사당 매천사(梅泉祠)를 찾아가기도 한다. 황현은 1910년 한일합병으로 대한제국이 멸망하였다는 소식을 듣자, 비분강개(悲憤慷慨)함을 참지 못하여, 「절명시」(絶命詩)를 남기고 자결하였던 인물이다. 그의 「절명시」(絶命詩) 4수(首) 가운데는 세 번째 수(第3首)가 가장 유명하다.

鳥獸哀鳴海嶽嚬 새 짐승도 슬피 울고 산과 바다도 찌푸리니,
槿花世界已沈淪 무궁화의 땅 우리나라가 침몰하고 말았구나.
秋燈掩卷懷千古 가을 등잔불 아래 책을 덮고 옛 역사를 회고하니,

難作人間識字人 지식인이 사람노릇 하기란 참으로 어려워라.

특히 "가을 등불 아래 책 덮고 옛 역사를 회고하니, 지식인이 사람노릇 하기 참으로 어려워라."(秋燈掩卷懷千古, 難作人間識字人.)는 구절은 나라가 멸망하는 상황에서만이 아니라, 혼란한 시대를 살면서 모든 지식인에게 가슴깊이 파고드는 아픔을 느끼게 한다.

'꽃은 피어난다'(花開)는 말이야 아름다움이 펼쳐져나오는 자연의 모습이지만, 동시에 인간에게도 자신을 아름답게 실현시키고 싶은 마음을 각성시켜준다. 이와 더불어 '물은 흐른다'(水流)는 말은 어디서나 물이란 위에서 아래로 흘러내리는 성질을 갖고 있지만, 그 흐르는 물이 맑고 물소리가 맑아야 아름다우며, 흐르는 물이 풍성해야 보는 사람의 마음을 즐겁게 해주고 맑게 해준다. 이처럼 '물이 흐르고 꽃이 피어나는' 자연의 현상은 인간이 없이도 일어나는 자연현상이지만, 인간이 그 아름다움과 향기로움을 알아주며, 그 맑음과 겸허함을 배우고 실현시켜 줄 수 있다는 생각이 든다.

나는 50대 후반에 통도사 반야암(通度寺 般若庵)에서 두 번이나 여름방학 동안에 여러날 지냈던 일이 있었다. 이때 반야암의 주지이신 지안(志安)스님의 호의로, 맑은 냇물소리가 쉬임없이 들리는 냇가에 자리잡고, 방의 두 방향이 통유리라 솔숲에 둘러싸여 쾌적하게 지낼 수 있는 건물인 '수류정'(水流亭)에서 지냈던 잊을 수 없는 추억이 있다. 그 시절 지안스님이 '수류화개'(水流花開)라 붓글씨를 쓰시는 것을 보았지만, 그 말의 출전을 묻지 못한 것이 못내 아쉬웠다. 이렇게 나는 '수류화개'를 가까이 만나면서 지날 수 있었던 것이 내 삶의 가장 즐거웠던 추억이기도 하다.

12
낙엽 따라 가버릴 인생

천산정에서 놀다가 하루에도 여러 번 담배를 피우려고 밖으로 나간다. 나가서는 아파트 앞 길가에 있는 벤치에 앉아 한가롭게 놀다가 돌아온다. 내가 살고 있는 아파트단지는 40년을 훌쩍 넘긴 낡은 건물들이지만, 정원이나 길가에 서 있는 나무들이 고목이라 할만큼 키가 5,6층 높이로 크고 줄기는 굵은데다 가지가 넓게 벌어져 있어서, 숲을 이루니, 나는 이 숲에 매우 만족한다. 봄이면 줄지어 서 있는 벚나무들에 화사한 벚꽃이 만발하면, 벚꽃이 강물을 이루어 흐르니, 노인의 텅빈 가슴도 설레게 한다.

이제 11월 중순에 들어섰으니, 가을이 깊어져 저물어 가는데, 온갖 나무들의 잎새는 서로 빛깔이 다른 단풍으로 곱게 물들어 찬란한 가을을 만끽할 수 있게 한다. 벤치에 앉아 고개를 들어 위를 쳐다보면 온갖 나무들의 화려한 빛깔로 물든 단풍잎들이 하늘을 가리고 있어, 오래도록 내 눈길을 사로잡는다. 그러다가 고개를 숙여 땅을 굽어보면 바닥에 떨어져 쌓여있는 무수한 낙엽들이 바람에 딩굴며 흩어지거나, 빛깔이 변하고 삭아가는 모습은 쓸쓸함이 가슴에 밀려오게 한다.

지금 한창 고운 단풍잎들이 아직도 가지에 매달려 하늘에 떠 있지만, 머지않아 낙엽으로 속절없이 떨어질 것이다. 땅바닥에 떨어진 낙엽들은 바람따라 이리저리 딩굴다가 부스러지고 흙이 되어버릴 터이지. 하늘에 떠 있는 고운 단풍잎들을 쳐다보고, 바닥에 떨어져 칙칙하게 변색한 낙엽들을 굽어보며, 언젠가 낙엽으로 떨어질 신세인 나 자신을 생각하게 된다. 이 가을에 차중락이 노래한 〈낙엽따라 가버린 사랑〉을 즐겨 듣고 있는데, 나 자신을 돌아보니, '낙엽 따라 가버릴 인생'이라는 생각이 가슴 저리게 밀려온다.

"태어난다는 것은 조각구름 하나 일어나는 것이요, 죽는다는 것은 조각구름 하나 흩어지는 것"(生者一片浮雲起, 死者一片浮雲滅)이라는 불가(佛家)의 말이 절실하게 느껴진다. 그렇다고 허무하다는 탄식만 하고 있을 것인가. 백년도 못사는 인생이 너무 짧고 허망하다는 사실에서 벗어나기 위해, 이 허망함을 벗어나기 위해 저 세상이 있다는 신앙이나, 생명이 다시 태어난다는 윤회(輪回)를 믿는 신앙도 나왔고, 오래살기 위한 방법을 찾기 위해 온갖 노력을 기울여왔던 것이 사실이다. 그렇다면 '불사약'(不死藥)을 찾아다니게 했던 진시황(秦始皇)이나, '양생술'(養生術)을 수련하고 있던 도사(道士)들이야 말로 허망한 꿈에 빠져있었던 것이 아니겠는가.

우리 속담에 "개똥밭에 굴러도 이승이 낫다."는 말처럼, 대부분의 사람들은 저세상의 천당에 가기 보다는, 아무리 풍진세상이라도, 이 세상에서 오래도록 살고싶어 하는 것이 사실이다. 건강하게 오래사는 방법의 하나로 운동이 중시되고 있다. 그래서 바람을 쏘이러 산책길을 나가보면 걷기 운동을 하는 사람들이 가득하고, 가까운 공원에 나가보아도 벤치에 앉아 책을 읽거나 한가롭게 담소하는 사람들의 모습은 좀처럼 보이지 않고, 운동기구에 매달려 운동하는 사람들이 가득하다. 물론 병에 걸려 고통받지 않게 하기 위해서도 육신의 건강이 중요한 것은 사실이다.

눈부시게 고운 단풍잎이 땅에 떨어져 밟히거나 쓸어내어 버려지는 것을 보면서, 쓸쓸하고 허전한 느낌에 사로잡히기 쉽다. 그렇다고 자신의 삶이 낙엽처럼 허망한 것이라 탄식할 필요는 없을 것이다. 비록 인생이란 '낙엽따라 가버릴 것'인줄 알고 있다하더라도, 단풍이 시들어 낙엽으로 떨어지겠지만, 그것이 끝이 아니라 볼 수 있다. 겨울이 와서 눈보라가 몰아쳐도 나무는 말없이 견딘다. 그리고 다시 봄이 돌아오면 연두빛 새싹이 돋아나고, 또 화사한 꽃도 피워내지 않는가.

그렇다면 우리네 인생도 '낙엽 따라 가버릴 인생'이지만, 동시에 '꽃이 피면 다시 돌아올 인생'이라 할 수는 없는 것일까. 둘러보면 나무는 분명 가을이 깊어지면 낙엽으로 떨어져 빈 가지만 남지만, 봄이 오면 다시 살아나는 생명인데, 인간의 생명은 한번가면 다시 돌아올 수 없는 일회적 생명이란 말인가. 물론 한번 다른 세상으로 가버린 뒤로는 다시 돌아올 수 없다고 주장하는 종교도 있고, 허공으로 살아지는 연기처럼 사라져버리고 마는 것이 상식이라 생각하는 사람들도 많은 것은 사실이다. 그렇다면 천리 만리 멀리 떨어져 있거나, 아득한 저 세상으로 가버렸어도, 내 가슴속에 추억으로 그리움으로 생생하게 남아 있는 생명은 한 낱 나의 기억이나 감정일 뿐이란 말인가.

우리는 '저 세상', '다음 세상' 등 죽은 다음의 세상에 대해 당연한 듯이 말하고 있다. 그런 세상이 과연 있기는 한 것인가. 정말 '저 세상'으로 가버려, '이 세상'에서는 완전히 사라져 없어지는 것이라 볼 수 있을까. 우리의 전통사회에서는 살아있는 사람들이 죽은 사람에 대해 너무 많은 배려를 해왔다. 오랜기간에 걸쳐 상례(喪禮)를 치르고 나서도, 다시 조상을 한해에도 몇 차례씩 모셔와 대접하는 제사를 드리는 까닭이 무엇일까.

우리 전통의 이런 생명관에서는 조상이 저세상에 가버린 것이 아니라, 다른 모습으로 자손들과 함께 이 세상에서 사는 것으로 믿는 것이 아닐까. 또 나도 죽으면, 귀신(鬼神)이나 혼백(魂魄)의 모습으로 조상들을 만나고 함께 어울려 후손들의 가까이에서 살게 되는 것이 아닐까 하는 생각이 든다. 그래서 자손들이 정성껏 제물(祭物)을 장만하여 제사(祭祀)를 드리면, 조상의 혼백이 바로 이 제물에 흠향(歆饗)하고 복을 내려주신다는 믿음은 어떤 의미가 있고, 얼마나 진실성이 있는 것인가.

남녀의 사랑이야 '낙엽따라 가버린 사랑'일 수 있지만, 그래도 그리움이나 아련한 추억으로 남아 있을 것이다. 그러나 인생은 과연 '낙엽따라 가버릴 인생'이라 하기에는 너무 깊은 아쉬움이 남는 것 같다. 한번 가면 다시 돌아오지 않는 인생이라 말한다면 너무 허무하지 않겠는가. 낙엽을 떨군 나무도 다시 봄이 되면 새싹이 돋아나고 꽃이 피는데, 인생도 죽은 뒤에 다시 저 세상에서든 이 세상에서든 다시 살아있고 싶다는 것은 허망한 집착일 뿐인가.

학생시절 어느 선생님이 "영원이란 시간이 끝없이 지속되는 것이 아니라, 한 순간에서 얻어지는 것."이라 하신 말씀이 오래 마음에 남아있다. 그렇다면 사랑도 '낙엽따라 가버리는 것'이 아니라, 화사한 꽃으로 피어있는 순간, 눈부신 단풍으로 남아있던 순간 순간에 영원한 아름다움을 성취한 것이 아니겠는가. 인생도 죽음으로 끝나는 것도, 다음 세상에 살아있는 것도 아니라, 살아있는 순간 순간에 결코 가버릴 수 없는 영원한 삶을 얻을 수 있지 않겠는가. '낙엽따라 가버릴 인생'은 단지 삶에 집착하는 나의 어설픈 감상(感傷)일 뿐이요, 살아있는 동안에 경험하는 뜨거운 사랑이나, 행복감이나, 환희나, 깊은 깨달음을 통해 사라질 수 없는 영원한 삶을 얻을 수 있으리라 믿는다.

13

아내 무오설(無誤說)

　지난주에 대학시절 선배 두분인 남선배(潁棲 南基英), 오선배(霽月 吳剛男)와 함께 남양주시에 있는 수종사(雲吉山 水鍾寺)를 다녀왔다. 오는 도중에도 끝없이 이어지는 담소 가운데, 오선배가 '4무오설(無誤說)'을 재미있게 소개하였다. 곧 '성경(聖經) 무오설'과 '교황 무오설'(곧 教皇無謬說), '사시(司試) 무오설'과 '아내 무오설'의 네 가지다. 누가 만들어냈는지 재치가 넘치는 유모어였다.

　첫째, '성경 무오설'은 기독교 신앙인에게 지극히 당연한 사실로 확고하게 믿겠지만, 성경 속에 기록된 온갖 기적을 일으켰다는 언급은 그 의미를 음미해 볼 필요야 있겠지만, 모든 구절을 글자 그대로 아무 오류도 없는 사실이라 인정하기에는 어려운 점이 없지 않을 것으로 보인다. 원래 성경의 4복음서는 예수가 직접 쓴 것이 아니라, 제자가 적은 것이거나, 제자의 제자로 이어가면서 후세에 보충된 것이라, 전해지는 기록에는 자신의 생각이 덧붙여진 것도 상당수 있으니, '한 글자도 잘못된 것이 없다'고 주장하는 것은 자신의 믿음을 선언하는 것이기는 하지만, 무리가 많은 것으로 보인다.

오래 전에 경험했던 일이지만, 미국에서 성서신학자들이 모여 4복음서에 『도마복음』까지 합친 『5복음서』를 간행했는데, 이 책은 복음서의 모든 구절을 검토하여, 예수가 분명히 말씀하셨던 구절, 확인할 수는 없으나 예수의 말씀일 가능성이 높은 구절, 매우 의심스러운 구절, 결코 예수의 말이나 행적이라 볼 수 없는 구절들을 색깔를 달리하여 보여주었다. 이때 놀랐던 것은 분명히 예수의 말씀으로 확인할 수 있다는 구절이 의외 별로 많지 않다는 사실이었다. 실제로 여러 종교의 경전들 가운데는 창시자가 직접 말하거나 기록했던 경우는 별로 없고, 그보다 뒷날에 덧붙여진 내용이 많은 경우를 볼 수 있다. 그렇다면 '성경무오설'은 신자들의 믿음 속에서만 성립하는 것일 뿐이라 할 수 있겠다.

둘째, '교황 무오설'(교황 무류설)은 가톨릭교회에서 교황이 신앙과 윤리에 관해 내린 결정으로 교회전통의 가르침에 모순되지 않는 다면 오류가 없다는 교리이다. '교황 무류설'의 교리는 1870년 제1차 바티칸 공의회에서 확정되었고, 교황 비오9세에 의해 천명되었던 것이라 한다. 물론 교황의 개인적 발언이나 행위에 오류가 없다는 것은 아니라는 단서가 붙어 있다. 그러나 교황이 유교사회의 제사(祭祀)를 금지하는 명령을 내렸다가 그 후의 교황이 허용하는 명령을 내리기도 하였다. 이처럼 교황의 공식적 판단에도 뒷날 번복되는 일이 있으니, 교황의 결정에 오류가 없다는 주장을 받아들이기는 쉬운 일이 아니다.

실제로 '교황 무류설'에 대해 개신교에서는 '비성경'적이고 '비이성'적이라 비판하고 있을 뿐만 아니라, 저명한 가톨릭신학자인 한스 큉(Haans Kùng, 1928-2021)도 '교황 무류설'을 비판하다가 신학교 교수직을 박탈당했던 일도 있었다. 이처럼 강한 비판을 받으면서까지 '교황 무류설'을 굳게 지키고 있는 것은 가톨릭교회의 사회적 적응에도 무리를 불러올 수 있음을 유의할 필요가 있다.

셋째, '사시(司試) 무오설'은 사법고시에 합격한 사람들 모두에 적용되는 말이 아니라, 그 가운데 일부가 술집에서 폭행을 하거나 파출소에 가서도 파출소 기물을 파손하는 등 법규를 어겨도 처벌받지 않는 현실에서 나온 말이라 한다. 나도 그런 소문을 들었던 일이 있다. 물론 장차 법을 집행하고 수호해야 할 사람이 스스로 법과 질서를 지키지 않고, 사람들의 지탄을 받아야 할 일을 저지른다면 마땅히 처벌을 받아야 한다. 그런데도 처벌을 받지 않는다면, 그 '무오설'은 사시 합격자들이 오류가 없다는 것이 아니라, 그 과오가 있어도 처벌되지 않는 현실을 풍자하여 냉소적으로 말한 것이라 보인다.

우리사회에는 법 위에 노는 사람들, 곧 법으로 규제되지 않는 사람들이 있다는 사실은 우리사회가 건전한 상식이나 공정한 법질서가 제대로 자리잡지 못하고 있음을 말한다. 실제로 권위나 권력에 억눌리기도 하고, 인정에 이끌리고 있음을 말한다. 죄를 짓고도 친분관계나 뇌물로 빠져나가기도 한다면, 그 사회는 비록 풍요하다고 해도, 사회기강이 무너진 상황이라, 쉽게 허물어질 위험을 안게 된다.

넷째, '아내 무오설'은 집안에서나 밖에서 아내가 무슨 실수를 했더라도 남편은 아내의 어쩔 수 없었던 사정을 이해해주고, 아내와 다른 사람 사이에 시비가 일어나는 경우에도 시비가 분명하지 않은 경우에는 말할 것도 없고, 설령 아내에게 잘못이 있다 하더라도 남편은 무조건 아내의 편이 되어 아내를 옹호하고 나서는 일이 많은 현실을 풍자한 말이라 보인다.

건강한 상식을 가진 사람이라면 반드시 옳고 그름을 잘 살펴서, 아내가 잘못한 경우에는 사과를 하게 하거나 변상을 하게 하는 것이 마땅한 일이다. 그러나 잘못이 분명한데도 어거지를 쓰거나 소리를 지르는 경우를 흔히 보게 된다. 그래서 의견이 대립할 때에는 "목소리 큰 사람이 이긴다."는 말이 있지 않은가. 그만큼 우리사회에 남을 배려하는 마음이나, 서로 양보하는 마음이 부족한 현실을 보여주는 것이다.

나 자신은 남들과 시비가 생기면 체질적으로 맞서지를 못하고 물러서는 유약한 성격이라, 살아오면서 누구에게도 이겨본 일이 없다. 더구나 아내에게도 무조건 내가 사과하고 물러난다. 물론 나의 천성이 게으르고 의지가 약해서 어떤 일을 지속하지 못하니, 아내가 나에게 항의를 하거나 나무라는 일이 있을 때, 늘 내가 잘못하였고, 아내의 말이 옳다는 것을 인정한다.

예를 들어, 잠자고 깨는 시간을 규칙적으로 하라고 아내가 요구하였지만, 그 말이 옳다는 것을 알면서도 못하고 있으니, 아내가 옳고 내가 잘못이다. 방이나 책상 위를 단정하게 정돈하라고 여러 차례 요구했지만, 내가 돌아보아도 언제나 어질러만 놓고 치우지를 못하고 있다. 아내는 내 건강을 염려하여 운동을 하도록 무수히 강조하지만 나는 귀찮게만 여기고 따르지를 못한다. 어쩌다 산책길을 따라 나서더라도, 나는 벤치만 보면 앉아서 쉬려고만 드니, 내가 생각해보아도 게을러터진 남편을 바라보면서 아내가 얼마나 답답해 할지 넉넉히 짐작된다.

아내는 내게 담배를 끊으라고 무수히 요구하고 때로 화를 내기도 했지만, 나는 아내의 말이 백번 옳은줄을 알고, 나 자신도 끊고싶지만 나약한 의지 때문에 온갖 구박을 받으면서도 끊지를 못하고 있으니, 스스로 답답할 뿐이다. 그러니 아내가 옳고 내가 잘못이라는 사실을 나는 확신하고 있다. 아마 아내는 나같은 나약한 게으름뱅이와 결혼한 사실을 후회하고 있을 것임에 틀림없다. 요즈음 유튜브에서 김호중의 〈고맙소〉라는 노래를 자주 듣는데, 노년에 아내를 돌아보면서 "고맙소,"라는 말이 입안에 자주 맴돈다. 그래서 나는 나의 아내에 대해, '아내 무오설'을 적극 지지하며 굳게 신봉하고 있다.

14
자신을 찾아가는 삶의 모습

원주에서 이웃 마을에 사는 청안(靑眼 郭炳恩)선생은 내가 평소에 마음 깊이 존경하는 분이다. 어느 날 원주에서 만나 담소하는 도중에, 나에게 "나는 누구인가?"라는 질문에 어떻게 대답하겠느냐고 물었다. 그때 나는 그 질문에 제대로 대답을 할 수가 없었다. 집에 돌아와서도 곰곰 생각해 보았으나 뚜렷한 대답이 떠오르지 않았다. 아마 나 자신이 진지하게 자기존재에 대해 성찰을 못하고 살아왔기 때문이었을 것이라는 생각이 들었다. 그러나 한평생을 살고 나서도 자신이 '누구인지', '어떤 존재인지'를 분명하게 모르고 있다니, 스스로 생각해도 황당한 일이 아닐 수 없었다. 나는 원주 산골의 겨울 추위를 피해, 가을이 깊어가면 일찌감치 서울에 올라와 지내고 있는데, 며칠 전에 내가 존경하는 선배 영서(潁棲 南基英)형을 댁으로 찾아뵈었다. 그를 만나 이야기를 듣다보면 언제나 내 잠든 영혼이 깨어나는 듯하여, 참으로 고마운 선배요 유익한 벗(益友)이라 생각한다. 그러나 좋은 말씀을 듣고도 아득하게 잊어버리는 나의 건망증이 문제이다.

내가 영서형의 좋은 말씀을 듣고도 건망증이 심해 마치 바위처럼 흡수를 못하고 튕겨져 나가는 것이 안타깝다고 말씀드렸더니, 그는 웃으며, "망각은 신이 주신 귀한 선물이야."라 위로하는 말을 하였다. 그 말은 사실 나의 건망증에 해당하는 것이 아니라, 자신의 과오에 괴로워하는 사람에게 해당되는 것이리라 짐작되지만, 나도 웃고 말았다.

둘이 함께 산책도 하고, 점심도 먹고, 커피도 마시며, 오래도록 정겨운 담소를 나누었다. 돌아올 때 영서형이 쓴 「차와 이야기」라는 글이 실려 있는 책을 한권 얻어서 집에 돌아온 뒤에 세 번을 읽었다. 읽으면 읽을 수록 글이 감주(甘酒)처럼 감칠맛이 있어서 좋았다. 이 글에서 영서형은 차와 우정을 연결시켜 논하면서, "우정은 향기이며 따끈함이다. 우정은 너와 내가 함께 거리를 만드는 즐거움이다."라는 말이 마음에 오래도록 여운을 남겨주었다.

또 영서형은 그 글에서, "알려고 하면 알려고 할수록 알 수 없는 것이 사람이고, 나타내려고 하면 나타내려 할수록 나타나지 않는 것이 자신이다."라 했는데, 과연 사람과 자신, 곧 너와 나의 존재는 무한히 깊어 명확하게 확인하기가 어려운 것은 사실이다. 그만큼 사람과 자신은 살아가면서 끝없이 새로운 모습으로 드러나는 존재이니, 가볍게 단정하기는 어려운 일이 아닐 수 없다.

사람은 죽고 난 뒤에라야 올바르게 평가할 수 있다는 뜻으로 '개관사정'(蓋棺事定)이라는 말이 있다. 사람에 대한 평가는 계속하여 변하기도 하는 존재이니, 살아있을 때 그 인물됨을 평가하기는 불충분한 것이 사실이다. 그렇다고 한 사람이 죽고 난 뒤라 하여 완전하게 평가하기도 어렵다. 한 사람에 대해 후세 사람의 평가가 얼마든지 달라질 수 있으니, 참으로 사람을 알기가 어렵고, 또 자신을 알기도 어려운 일이 아닐 수 없다.

그제 노처가 받아온 『춤 소중한 당신』(2021년 12월호)을 뒤적이다가 청안선생의 글 「나는 누구인가」를 읽을 수 있어서 반가웠다. 그가 전날 내게 던진 질문과 같은 제목이라 더욱 세심하게 읽었다. 청안선생은 이 '나'(자신)의 존재에 대해 꿈과 연관시켜 정의하면서, "꿈을 이루어가는 과정이 인생이 아닌가...저의 꿈은 인간에 대한 봉사였습니다."라 하였다.

과연 청안선생은 대학시절에 고통 받는 사람을 위해 봉사하겠다는 뜻을 세우고서, 의사가 된 다음부터 오늘날까지, 감옥에 갇힌 죄수, 창녀, 노숙자, 밥을 굶는 사람들, 지체부자유자들, 치매환자들 등, 우리사회에서 소외받은 많은 사람들을 위해 헌신적으로 봉사해왔다. 나의 주변에도 지위가 높거나 재산이 많은 사람이 더러 있지만, 이렇게 고통받는 사람들을 위해 봉사하는 사람을 본 일이 없다. 물론 나를 포함해서 말이다.

공자도 사람을 알 수 있는 방법을 제시하면서, "원인하는 바를 바라보고, 경과하는 바를 살펴보고, 안주하는 바를 자세히 들여다보면, 사람이 어찌 숨길 수 있겠는가? 사람이 어찌 숨길 수 있겠는가?"(視其所以, 觀其所由, 察其所安, 人焉廋哉, 人焉廋哉.〈『論語』2-10〉)라 하였는데, 청안선생이 꿈꾸고 실천하고 만족하는 바를 듣고 보면서 그가 누구인지 알 수 있을 것 같다.

세상에는 지위가 높고 낮은지, 재물이 많고 적은지, 지식이 많고 적은지에 따라 사람을 평가하고 구분해보는 경우가 흔히 있다. 그러나 청안선생은 산골에서 홀로 사는 노파나, 원주천(原州川) 다리 밑에서 움막을 치고 사는 사람을 만나서도, 마치 친한 친구를 만난 것처럼 다정하게 이야기를 나누는 모습을 보면서, 나는 '그 사람'을 상당히 이해할 수 있을 것 같았다.

그래도 나는 청안선생을 제대로 알았다고 생각하지는 않는다. 한 사람의 내면은 우주처럼 넓고 깊으니, 어찌 다 알았다고 하겠는가. 그 사람의 '꿈'을 통해 이루어 놓은 모습은 지극히 작은 일부분이리라 짐작한다. 그가 서예를 하고, 여행을 하고, 시를 쓰는 그의 예술세계나 취미생활을 통해 이루어놓은 세계도 있으며, 그가 친구를 사귀고, 담소를 통해 사람들과 교류하고, 신앙생활을 통해 형성한 세계도 있을 것이니, 어찌 그 자신인들 자기가 누구인지 다 알았다 할 수 있겠는가.

나 자신을 돌아보면, 나에게도 꿈이 있었고, 그 꿈을 실현해보겠다고 나름대로 노력도 해 보았으며, 비록 미미하나마 성취도 있었을 것이다. 그러나 나에게는 회한과 좌절의 아픔이 나를 형성하는 큰 부분이라 생각된다. 또한 나의 나약한 의지로 아직도 담배도 끊지 못하고 있으며, 나의 나태함으로 운동도 하려들지 않는 사실에 대해 아내의 질책을 받을 때마다 부끄러워한다. 이러한 허물들이 모두 감출 수 없는 나의 모습임을 알고 있다. 나의 욕심이나 무지나 자만심으로 가족이나 남들에게 상처를 입히고 말았던 허물도 내 모습의 아픈 상처로 남아있다. 그래서 누가 '너는 어떤 사람인가.'라 묻는다면, 나 자신이 '상처투성이의 인생'이라 대답해야 할지도 모르겠다.

세상이 끊임없이 변하듯이, 사람도 무시로 변하는 존재이니, 어찌 나를 알았다거나 너를 알았다고 쉽게 말할 수 있겠는가. 자신이 영광이라 생각했던 것이 허물로 변할 수도 있고, 자신이 허물이라 생각했던 것이 영광으로 변할 수도 있다. 그렇다면 현재에도 나는 누구인지 잘 모르고 살아가며, 사후에도 내가 누구인지 모를 터이다. 그러나 비록 내가 누구인지 모른다는 것이 사실이라 하더라도, 그렇다고 '모른다'는 대답이 사람으로 살아가는데 충분하지는 않을 것이다.

　사람은 살아가면서 끊임없이 자기존재를 확인하려 하고, 또 자기존재를 수립하기 위해 노력한다. 그렇지 않으면 '자기상실증'에 빠지고 말 것이 아니겠는가. 인생은 틀리는 답안이 되더라도, 자신이 맞다고 생각하는 답안을 시험지 위에 써놓고 나가야 하는 것이 아닐까. 자신이 능력을 지녔다고 생각하면 그 능력을 발휘할 것이요, 자신이 죄가 많다고 생각하면 그 죄를 씻기 위해 노력하며 살지 않겠는가. 그렇다면 자신이 어떤 사람인지 온전하게 알 수 없다 하더라도, 끊임없이 자신을 살피고 알아가려 노력하고, 또 자신을 실현하기 위해 노력해가는 것이 바람직한 삶의 모습이 아닐까.

15
늙은이답게 늙어가는 법

지난번에 영서(穎棲)형 댁을 찾아가 만났을 때, 한가롭게 담소하는 가운데, "늙은이답게 늙어가야 한다."라는 영서형의 말이 가슴에 깊이 와 닿았다. 돌아온 뒤에도 오랫동안 그 말을 음미하면서, 노인답게 늙어가는 법이 무엇일까를 생각해 보았다. 이제 해가 바뀌면 80노인이 되는데, 나 자신은 건강이 나빠져서 괴로울 때가 아니면, 내가 늙은이라는 사실을 잊어버리고 있을 때가 많았던 것은 사실이다.

"젊은이는 미래를 위해서 현재를 희생하지만, 늙은이는 현재를 위해서 미래를 잊어야 한다."는 영서형의 말도 늙은이답게 사는 지혜로운 방법이라 생각된다. 짐승들도 겨울동안에 먹을 것을 미리 준비해두고 있지 않은가. 실제로 젊은날에는 미래를 꿈꾸며 미래를 위해 열심히 일하느라 현재를 소모하였음을 인정한다. 젊을 때에 현재를 희생하면서 열심히 노력하였기에, 늙어서 여유롭게 살아갈 수 있는 기반이 마련되었으니, 그 젊음의 희생이 결코 헛된 것은 아니다. 그러나 노인이 되어서도 미래를 위해 현재를 희생하고 일만 한다면, 그것은 어리석은 일이 되기

쉬울 것이다.

　그만큼 현재를 여유롭게 즐길 수 있는 것은 늙은이의 특권이라 할 수 있지 않겠는가. 우리에게는 흔히 즐기는 것을 부정적으로 생각하는 경향이 있다. 여기서 영서형은 "행복은 신(神)의 것이요, 쾌락은 동물의 것이요, 즐거움은 사람의 것이다."라 하여, 즐기는 것이 허물이 아님을 지적하기도 했다. 그렇다면 '늙은이답게 늙어가는 법'의 한가지로, 즐길 줄을 알아야 한다는 말이기도 하다.

　무엇을 즐길 것인가. 노래와 담쌓고 살아왔던 나는 노래듣기를 즐길 줄 알아야겠고, 붓글씨를 쓰거나 그림을 그릴 줄은 몰라도 감상하며 즐길 줄 알아야겠다. 물론 산이나 강이나 바다의 경치좋은 곳을 찾아 여행은 다녀왔지만, 앞으로 여행을 자주하며 즐겨야겠다. 이런 즐거움은 바로 '취미생활'인데, 취미를 계발하여 노년을 즐겁게 살도록 마음을 써야겠다. 내 친구나 아는 사람 가운데는 이 취미생활에 깊이 젖기도 하고 높은 경지를 이룬 사람들이 많은데, 이를 부러워 하기만 할 것이 아니라, 나도 취미를 길러야겠다는 생각을 한다.

　노인의 미덕이 너그러움과 여유로움에 있다면, 이것 역시 늙은이답게 늙어가는 법이라 하겠다. 너그러움은 자기 주장을 고집하는 일이 없이, 다른 사람의 의견을 쉽게 받아들일 수 있어야 하며, 남의 일이나 세상 일에 대해 옳고 그름을 엄격하게 따지려 하지 말고, 서로 부딪치는 양쪽 입장을 두루 이해하여 포용할 수 있는 자세라 하겠다. 이런 의미에서 다투는 두 사람 모두에게 "너 말도 옳고, 너 말도 옳다."고 하였던 노재상(老宰相) 황희(厖村 黃喜)는 늙은이답게 늙을 줄 알았던 사람이라 하겠다.

　마음이 너그러우면 얼굴도 온화해지고 말하는 가운데도 사랑이 담

겨있게(和顏愛語) 될 것이니, 어찌 가까이 있는 사람들이 기뻐하고, 젊은 사람들도 따르지 않겠는가. 늙은이는 평생을 살면서 세상의 온갖 일들을 경험하였으니, 기뻐하거나 노여워하거나 슬퍼하거나 즐거워하는 감정을 가볍게 드러내지 않을 수 있다. 감정이 절제될 수 있을 때 잘못한 사람에 대해서도 그 잘못의 원인을 살펴서 심하게 나무라지 않을 것이요, 잘한 사람에 대해서도 그 허점을 살펴서 가볍게 칭찬하지 않을 수 있으니, 두루 포용하는 너그러움을 드러내게 된다.

너그러움은 남의 사정을 깊이 이해할 수 있는 능력이요, 동시에 자기와 다른 입장이라도 받아들일 수 있는 열린 마음이다. 너그러우면 남들을 편안하게 해주고, 자신의 마음도 즐거울 수 있게 한다. 세상에서 일어나는 온갖 대립과 충돌은 너그러움을 잃고 자신의 이익이나 주장만을 내세울 때 발생하게 된다. 가정이나 사회생활 속에서는 비록 엄격함이 필요할 때가 있다 하더라도, 그 엄격함이 너그러움을 잃지 않았을 때라야, 남들의 원망을 받지 않고, 화합을 깨뜨리지 않을 수 있다.

늙은이가 너그럽게 포용할 줄 모르는 것은 자신의 감정이나 믿음 속에 빠져있기 때문이다. 아직은 풍속이 늙은이를 대접해주려 한다고 늙은이에게 무슨 권위나 특권이 주어져 있는 것은 아니다. 포용력을 잃고 전통적 도덕규범만 고집하여 새로운 사회풍조를 받아들이려 하지 않는 늙은이는 '편벽된 늙은이'(僻老)일 뿐이요, 늙은이가 욕심을 드러내거나 고집을 부리다가 분란을 일으키는 꼴은 '늙은이의 추태'(老醜)가 되고 말 뿐이다.

이와 더불어 노인의 삶은 여유로워야 한다. 젊은 시절 바쁘게 일하다 보면 한가롭게 보낼 수 있는 시간의 여유가 그리 많지 않다. 가정에서도 젊을 때는 자식들을 기르고 가르치거나, 때로 어른을 모시느라 마음을 쓰는 일이 많다. 그만큼 젊은이는 무거운 짐을 지고 살 수 밖에 없다. 그러나 노인이 되면 직장에서도 물러나고, 집안에서는 자식들도 장성하였으니, 마음도 몸도 한가로운 것이 사실이다.

여유로움은 비움에서 오는 것으로 보인다. 공간에서 물건을 비우면 공간이 여유로워지듯이, 마음에서 온갖 욕심이나 걱정 근심 등 온갖 생각들을 비우면 마음이 여유로워 진다. 청년시절이나 장년시절에는 미래의 안락한 생활을 위해 부지런히 모아들이고 쌓아놓았지만, 중년을 지나 노년에 접어든 뒤로는 더 이상 모으지를 못하고 쌓아놓은 것을 흩어 내보내는 때이다. 집에서도 자식들이 결혼하여 분가해 나갔으니 방이 비게 되고, 생활용품들 속에도 불필요한 것이 많아서 내보내게 되니, 공간적으로 여유롭기 마련이다.

살펴보면 공간만 여유로워지는 것이 아니라, 마음도 여유로워져야 늙은이다운 삶이라 할 수 있을 것이다. 여유로운 마음으로 자연을 바라보면 자연의 아름다움이 더 생생하고 깊게 느껴진다. 사회를 바라보아도 더 넓고 온화한 시선으로 여유롭게 바라볼 수 있으니, 한가지 소식에 기뻐했다가 다른 소식에 한탄했다가 하여 일희일비(一喜一悲)하지는 않을 터이다. 늙은이가 여유롭게 살려고 한다면 마음에서 욕심이나 생각을 비워버리는 일부터 해야 한다. 마음이 여유로우면 몸도 편안해지고, 세상도 아름답게 보이고. 인생도 즐거운 것으로 느껴진다. 늙은이답게 늙고자 한다면 여유로운 마음으로 아름다운 세상을 즐기고, 즐거운 인생을 즐길 줄 알아야 한다.

늙은이답게 늙어가기 위해 무슨 일이나 너그럽게 받아들일 수 있고, 마음의 여유로움으로 평화롭고 안정된 삶을 살아갈 수 있어야 한다. 그렇게 하면 하루하루의 삶이 즐거워질 수 있을 것이다. 가족들과 만남에서도 나무라거나 타이르는 일이 없으니, 함께 즐거워 웃음꽃이 필 것이요, 친구들과 만남에서도 즐거웠던 추억 속에 젊은 날로 돌아갈 수 있지 않겠는가. 마음이 여유로운 늙은이는 바깥에 나가 낯선 사람을 대해서도 경계하는 마음을 풀고, 누구에게나 손님을 대하듯 정중하고 친밀하게 할 수 있을 것이다. 그 속에 하루하루가 외롭거나 쓸쓸하지 않고, 즐거움과 편안함의 깊은 맛을 즐길 수 있는 노인다운 삶이 있지 않겠는가. 노년에 하루하루가 즐겁다면 이 또한 인생의 큰 축복이 아니겠는가.

16
세상을 살아가는 모습

 지난번 영서(穎棲)형을 만났을 때, 재미있게 들었던 이야기 한토막이 생각났다. 기억이 분명하지는 않으나, 베이컨(Francisi Bacon)의 말인데, 그 취지는 "사방에서 (먹을 것이나 쓸모있는 것을) 모아들이기만 하는 '개미'는 경험론자의 모습이요, 속에서 실을 뿜어내어 그물망을 치는 '거미'는 관념론자의 모습이요, 모아들인 것을 더 가치있게 만들어 내보내는 '벌'은 철학자의 모습이다."라는 내용이다. 그 말이 재미있어서 아직도 기억에 남아있다. 생각해보니 철학의 유형만 곤충(개미-거미-벌)의 생활모습에 비유할 수 있는 것이 아니라, 사람이 살아가는 모습도 여기에 견주어볼 수 있는 것이 아닐까 하는 생각이 들었다.

 먼저 '개미'형의 인간이란, 열심히 일하여 사방에서 거두어들인 것을 곳간에 쌓아두기를 즐거워하니, 저축을 위해 전심전력하는 생활상을 보여주는 인간이라 할 수 있을 것 같다. 우리 사회는 반세기 전까지만 해도 심한 빈곤에 시달렸었다. 그렇기 때문에 열심히 일해서 벌어온 것을 절약하여 쓰고, 최대한 저축해야만 가족들이 굶주리지 않고 자식들도 가르칠 수 있었다. 그래서 사회적으로 저축이 장려되고 그만큼 소비가 억제되고 저축이 미덕으로 인정되었던 것이 사실이다.

사실 나 자신도 '개미'형으로 살았던 부모님이 절약한 덕으로 끼니를 굶지 않았고 학교도 다닐 수 있었다. 이렇게 절약하여 극심한 빈곤을 이겨내고 난 뒤에도, 절약이 체질로 몸에 배어들어 절약과 저축만 하고 살아가는 사람들이 적지 않다. 그러나 모아들일 줄만 알고 소비할 줄을 모른다면, 쌓여둔 것이 순환을 하지 못하니, 썩거나 녹슬어서 써보지도 못하고 버려야 할 경우도 생길 것이니, 어리석은 일이 된다.

때로는 재물을 모아들이는데 악착같고, 쓰는데는 매우 인색한 사람을 수전노(守錢奴)라 비난을 받기도 한다. 그러나 어느 넝마주이 할머니처럼 힘들게 일해 푼돈을 뭉쳤다가 나중에 세상을 위해 쓰이도록 기부하는 경우를 보면, 어찌 개미처럼 모으기만 하는 일을 잘못이라 비난 할 수가 있겠는가. 문제는 자신이 모은 것은 자신만이 쓰는 것이라 움켜쥐기만 하는 행동에 비난받을 수 있는 여지가 남아 있다.

다음으로 '거미'형의 인간이란, 물려받거나 자신이 모아놓은 재물을 사방으로 퍼다 날라 뿌리고 다니는 소비생활에 빠져있는 모습에서 볼 수 있다. 살아가기 위해서는 누구나 기본적인 소비를 하기 마련이다. 때로는 부유한 사람들이 사치스러운 소비를 하는 경우도 있다. 자신의 살림규모에 맞다면, 값싼 물건을 소비하던 값비싼 물건을 소비하던, 잘못이라 나무랄 수 없는 일이다.

나는 젊을 때 가난한 형편에서 살았으니, 최소한의 소비가 생활습관이 되었다. 그러다가 1970년대 초에 누가 우리사회의 미래를 내다보는 견해를 소개하면서, "소비가 미덕인 사회"라는 말을 했는데, 처음에는 그 말이 이해가 되지 않았다. 그러다 보니 우리사회도 산업화가 빨리 진행되어, 국민이 소비를 해주지 않으면 공장이 문을 닫아야 할 어려움을 겪는다는 사실을 알게 되었다. 이제 우리사회도 '소비가 미덕이 된 사회'에 이르른 것이라 보인다.

그렇다면 소비를 부정할 수 없음은 분명하다. 다만 절제를 잃고 심한 낭비를 하다가 파산 당하는데 이르는 경우를 깊이 경계하지 않을 수 없다. 소비가 절제를 잃고 낭비에 빠지거나, 방탕한 생활을 한다면, 잠깐 사이에 자기 집안을 거덜내기도 한다. 옛날부터 부유한 사람이 그 자식이 기방(妓房)을 드나들거나, 술이나 도박에 빠지거나, 마약에 중독되어, 모든 재산을 날려버리고 폐인(廢人)의 신세가 되어버린 일이 허다하였다 한다. 따라서 소비가 절도를 잃으면 인간의 삶에 파탄을 가져올 수 있는 위험이 있음을 경계하지 않을 수 없다.

그 다음으로 '꿀벌'형의 인간이란 자신이 경험하고 배운 것을 바탕으로 새로운 지식이나 기술을 계발하여 새로운 지식이나 작품을 창작해내는 창조적 삶이라 할 수 있겠다. 곧 문인(文人)이 시, 소설, 산문 등 문학작품을 창작하거나, 음악가가 새 곡을 작곡하고, 화가가 새 작품을 그려내고, 도예가가 새 도자기를 구워내는 일이나, 과학자가 새로운 법칙을 발견하거나 새로운 기술을 계발하는 등은 창조적 삶이라 할 수 있다.

그렇다면 '꿀벌'형 인간의 창조적 삶이 가장 수준 높은 삶의 모습이라 하겠다. '개미'형 인간의 축적활동이나, '거미'형 인간의 소비(배출)생활이 필요한 측면이 분명히 있지만, 축적과 소비는 물질적 삶의 영역이라면, '벌'형 인간의 창조적 삶은 물질적인 것도 있지만, 무엇보다 정신적인 세계가 확장되어가니 어찌 고귀한 일이 아니겠는가. 인간의 창조적 삶은 인간을 다른 동물들과 차원을 달리하는 정신적 세계를 열어주고 있기 때문이라 할 수 있다.

그러나 '꿀벌'형 인간의 창조적 삶에도 문제가 없는 것은 아니다. 인간의 마음에 사악하거나 난폭함이 발동하면, 그가 만들어낸 창작물이 다른 인간의 삶을 해치는 유해물질이 되기도 한다. 대량살상무기나 미생물무기가 잇달아 발명되고 있지 않은가. 또 인간을 쾌락의 늪에 빠지게 하는 여러 가지 오락거리가 끊임없이 만들어지고 있다. 이러한 현실이 인간의 삶을 해치는 발명이라 하여 모두 없애버릴 수도 없는 형편이다. 이것도 역시 필요악(必要惡)이 아니겠는가.

다시 생각해보면 '개미'형과 '거미'형과 '꿀벌'형의 인간은 사람이 살아가는 세 유형이기도 하지만, 한 사람에서도 시기에 따라 나타나는 현상이라 볼 수 있을 것 같다. 곧 누구나 젊은 시절에는 '개미'형으로 모아들이는데 정열을 쏟으면서 살아가는 경향이 있다. 미래를 위한 투자의 모습으로 보인다. 이른바 "젊어서는 미래를 위해 현재를 희생한다."는 삶의 모습이라 하겠다.

그러나 중년이 되면 가정에서 부모나 자식들을 위한 쓰임새가 커지며, 모아둔 재물이 흘러나가기 마련이다. 그동안 모아들인 온갖 옷가지에서 운동기구까지 생활용품들이 엄청나게 쌓여 있는 현실에 대해 중년이후에는 '수집피로감'이 터져나올 때가 되었다. 이제는 추려내어 흩어버리고 나면, 점점 단출해지게 된다. 중년과 노년에는 홀가분하게 살고싶은 욕망이 일어나고, 흩어버리는 시기이다.

역시 어려운 것은 '꿀벌'형 삶이다. 젊어서 노력한 실력이 중년과 노년으로 가면서 창조적 생산이 나와야 하는데, 아무나 할 수 있는 일이 아니다. 그래도 중년이후에 취미생활을 하여, 비록 높은수준의 창조는 바랄 수 없어도, 나름대로 예술작품을 만들어내기도 한다. 오랜 세월 살아오면서 얻은 인생에 대한 통찰력이나 지혜가 젊은이나 후배들에게 유익한 조언이 될 수 있다면, 헛되게 나이만 먹었다는 말은 듣지 않을 수 있지 않겠는가.

17
시간을 마주한 삶

　나에게는 천성으로 타고난 두가지 큰 병통이 있다. 그 하나는 의지의 나약함이요, 다른 하나는 몸의 게으름이다. 이 두가지 병통에서 오는 나쁜 습관이 여러 가지가 있지만, 그 가운데 가장 나쁜 습관은 의지가 나약하여 담배를 끊지 못하고 있다는 사실과 몸이 게을러서 운동하기를 싫어하는 사실을 들 수 있다.

　먼저 담배를 돌아보면, 대학을 졸업하고 백령도(白翎島)에서 군복무를 하던 1966년 가을부터 피우기 시작했으니, 올해로 55년을 넘어서고 있다. 담배를 피우는 것이 자신의 건강을 해친다는 사실은 접어두고라도, 나쁜 냄새가 나서 남들이 혐오한다. 그동안 담배를 끊어보려고 무수히 시도하면서, 3년도 끊어보았고, 1년도 끊어보았다. 몇 달씩 끊어보았던 일은 여러번 이었다. 그러나 번번이 중도에 실패를 거듭하면서 내 의지의 나약함에 깊은 좌절감을 느껴왔다.

　이번 겨울 원주 산골집의 추위를 피해 서울에 올라와 지내는데, 추운 날씨에 담배를 피우려고 여러번 밖에 나가기가 너무 괴로워서, 베란다에 나가 담배를 피우고 있자니, 가족들이 집안에 냄새가 난다고 비난이 쏟아지고, 아파트관리사무소에서도 베란다에서 담배 피우지 말라는 경고문을 붙였다. 진퇴양난이라 낮에는 나가서 피우고 밤에는 베란다에서 피우며 지냈다.

이번 겨울에 노처는 나의 담배 피우는 나쁜 습관을 끊게 하겠다고 크게 결심하였다 다. 노처의 끊임없는 비난이나 심한 구박은 그래도 잘 견뎌왔는데, 신앙심이 두터운 노처가 나를 위해 담배를 끊게 해 달라고 매일 간절하게 기도하고 있다는 말을 듣고서는 마음에 깊은 충격을 받았다. 그래서 그날 이후 오늘까지 33일째 담배를 끊고 있는데, 이제 다시는 담배를 피우지 않겠다고 매일 스스로 다짐하고 있다.

다음으로 게을러 운동을 하지 않는 나의 병통이 문제다. 하루 종일 문밖에 나가지도 않고, 눕지 않으면 의자나 소파에 앉아서 시간을 보내다 보니, 허리에 통증이 심해지고, 다리에는 근육이 다 빠져나가 조금만 걸어도 다리가 아팠다. 올겨울 노처는 나의 운동을 하지 않는 게으른 버릇을 고치기 위해 발 벗고 나섰다.

아침 밥을 먹고나서 잠시 쉬다가 아내를 따라 가까운 '피천득 산책길'을 걸어갔다오는데, 나의 굽어진 허리를 바르게 펴려 하고, 걸음걸이도 넓은 폭으로 씩씩한 모습으로 걷게 하려고, 단련을 시켰다. 나로서는 나이 80에 다시 훈련소에 입소한 기분이라 무척 힘들고 괴로웠다. 돌아와서 점심을 먹고 조금 쉬다가 다시 한강으로 나가거나 큰딸 집을 다녀오는데, 하루에 만보(萬步)를 걷게 하려는 계획임을 알겠다.

걸어다니는 길 가운데 '피천득 산책길'이 가장 잘 다듬어진 아름다운 길이라 좋아하였다. 더구나 고등학교 때 국어교과서에 실린 피천득(琴兒 皮千得, 1910-2007)선생의 「수필」이라는 글을 배웠던 기억이 있어서, 이 길이 더욱 친근감을 느끼게 한다. 또한 이 산책길에는 피천득선생의 수필 가운데서 좋은 구절을 골라 길가의 벤치 돌판 등받이에 새겨져 있어서, 길을 걷다가 잠시 발을 멈추고, 그 글들을 읽는 맛이 특히 좋았다.

피천득선생의 글에서 뽑아내어 산책길 길가에 새겨놓은 구절들 가운데서 내가 가장 좋아하는 구절은, "위대한 사람은 시간을 창조해 나가고, 범상한 사람은 시간에 실려간다. 그러나 한가한 사람이란 시간과 마주 서 있어본 사람이다."〈치옹〉라는 구절이다. 이 구절은 피천득 산책길 입구에도 새겨져 있는 것으로 보아, 금아(琴兒 皮千得)선생의 글 가운데 매우 유명한 구절인지도 모르겠다,

먼저 "위대한 사람은 시간을 창조해 나간다."는 '위대한 사람'이란, 우리 역사에서 보면, 당나라 대군의 침략을 물리친 고구려의 을지문덕(乙支文得)장군이나, 융합의 논리를 제시한 신라의 고승 원효(元曉), 분열된 후삼국을 통일한 고려 태조 왕건(王建), 한글을 만들어 백성에서 문자를 쓸 수 있게 해준 세종(世宗)대왕, 임진왜란에 무너져가는 나라를 구해낸 이순신(李舜臣)장군 등 우리 역사의 굽이굽이에 우뚝 서서, 새로운 길을 열어준 인물들을 의미하는 것이라 생각한다.

또한 시대마다 별처럼 찬란하게 떠오르는 많은 학자들의 창의적 사상과, 음악 미술 조각 도예 건축 등에서 예술적 가치를 창조하는 업적을 남긴 인물들도 시간을 창조해나간 위대한 사람들이라 할 수 있겠다. 특히 우리 시대에서 뚜렷해진 영역으로, 과학의 법칙을 발견하거나, 신기술을 계발하여, 온 세상의 산업과 삶의 수준을 새로운 처원으로 끌어올리는 사람들도 위대한 사람이라 하겠다.

다음으로 "범상한 사람은 시간에 실려간다."는 '범상한 사람'이란 부

지런히 일하여 가족을 부양하며 살아가고 있지만, 아무런 창의적 발상이 없이 이미 만들어진 틀에 따라 살아가는 사람들이다. 나 자신을 포함하여 많은 사람들이 창의적 발상에 관심도 없고, 새로운 변화를 일으켜 보려는 용기도 없으며, 현실에 적응하고 안주하는 것으로 만족하는 사람들이다. 이러한 사람들이 '범상한 사람'들이요, 이러한 사람들은 시간을 앞서 가보려는 생각도 못하고, 시간의 흐름에서 벗어나려고 시도하지도 못한다. 그저 시간이 흐르는 대로 순응하여 떠내려가고 있으니, 이를 '시간에 실려간다'고 말하는 것이라 하겠다.

나아가 "한가한 사람이란 시간과 마주 서 있어본 사람이다."라 하는 '한가한 사람'이란, 꿈을 실현하기 위해 미래를 바꾸어보려고 뛰어드는 것도 아니고, 현실에 안주하여 바람부는 대로. 물결치는 대로 맡겨두고 대세에 순응하거나는 현재에 안주하는 사람도 아니라 하겠다. 자신의 내면을 돌아보며 깊이 침잠하여 자기존재를 찾아가는 사람일 것이다. 자기를 찾는 길은 자신의 마음을 비우는데서 시작한다.

마음을 비운 사람이라야 진실로 한가로운 사람이다. 텅 빈 마음으로 자기 자신을 찾는 사람에게는 소유한 재물이 많고 적음이나, 사회적으로 지위가 높은지 낮은지나, 자식이 출세하여 세상의 부러움을 받고 있는지 실패하여 고생길에서 헤매고 있는지는 별로 중요한 일이 아니다. 오직 텅 빈 마음으로 자기를 살펴보아야 자신의 제 모습이 보일 것이요, 담담한 마음으로 세상을 바라볼 수 있으니 세상의 제 모습도 볼 수 있을 것이다.

이처럼 마음을 텅 비운 사람이라야 비로소 과거와 현재와 미래의 시간도 눈앞에 흔들림이나 일그러짐이 없는 올바른 모습으로 볼 수 있으니, '시간과 마주 서 있어 본 한가한 사람'이라 할 수 있겠다. 세상에는 이렇게 시간을 창조해가는 사람이나, 시간에 실려가는 사람이나, 시간과 마주 서 있어본 사람 등 여러 가지 사람이 살아가고 있다. 그런데 내 생각에는 어떤 사람의 삶이 가장 고귀한지 등급을 나누는 것은 바람직하지 않은 것으로 보인다. 차라리 이 세가지 방법을 자기 속에서 발굴하여 여러 시야로 세상을 바라보고 살아갈 줄 아는 것이 소중하지 않을까 하는 생각이 든다.

제2부

상리원(桑李園)
숲속

01
상리원(桑李園) 숲속에 숨어

　원주 산골 대수리 마을에서 살고 있는 집 청향당(淸香堂)에는 작은 채마밭과 꽃밭과 마당이 아기자기하게 어우러져 있다. 노년에 산촌생활을 하다보니, 할 일이 없어서 시간은 더디 가고, 심심해서 뜰을 어슬렁거리며 놀고 있는 것이 나의 일과이다. 그래도 노처는 잠시도 쉬지 않고 텃밭을 가꾸고 꽃밭을 가꾸는 일을 하면서 시름을 잊고 있다. 좀 쉬어가면서 하라고 권해도, 마음이 번다하니 이렇게 일을 해서 다 잊어버려야 밤잠을 편히 잘 수 있다고 한다.

　텃밭이 작으니 할 일이 많지 않을 터이다. 그런데 무슨 일을 쉬지도 않고 진종일 하는가. 잡초를 뽑는 일이다. 농촌생활을 하다보면 잡초가 마치 밀물이 밀려오듯 침범해오는 것을 자주 경험하게 된다. 잡초를 막으려고 밭이랑에 검정 비닐을 씌우고 작은 구멍을 뚫어 채소를 심는데, 그 틈에도 잡초가 끼어드니, 잡초의 생명력에는 경외감(敬畏感)을 금할 수 없다. 농사를 짓는 아내는 매일 잡초와 전쟁을 하는데, 번번이 잡초에 패배하는 것 같다.

건강이 부실한 나는 텃밭의 일을 하지 못하고, 단지 서쪽 담장 아래 비탈지고, 가장 척박한 땅 한 조각에다 돌난간을 두르고, 아무 나무나 손에 잡히는 대로 옮겨다 심어놓고, 장차 이 나무들이 자라서 작은 숲 하나를 이루게 하려는 꿈을 경영하고 있다. 이 숲에는 이미 오래전에 터잡아 큰 나무로 뽕나무(桑) 세 그루와 자두나무(李) 한 그루가 있어서, 이 두 가지 나무를 두 축으로 삼은 상리원(桑李園)을 나의 영토로 가꾸기 시작했다. 그밖에도 전부터 자라고 있다가 상리원이 만들어지면서 편입된 나무로 덩굴장미 4그루, 무궁화 4그루, 개나리 2그루, 적(赤)단풍 1그루가 있었지만, 이름도 모르는 나무들이 대부분인 새로 옮겨 심은 어린 나무들까지 합치면 상리원 안에 39그루의 나무가 자라고 있다. 어린 나무들이 자라나면, 상리원은 아주 작지만 매우 빽빽한 숲이 될 것으로 기대하면서, 나는 하루에도 몇 번씩 상리원을 찾아가 자두나무 그늘에 앉아서 쉬기를 좋아한다.

이곳 상리원의 모습이 대강 이루어진 다음에, 나는 노처(老妻)에게 중대발표를 했다. 상리원 안에서는 어린 묘목의 성장을 방해하거나 나의 작은 오솔길과 내가 앉아서 쉬는 평평한 돌을 뒤덮지 않는 한, 모든 잡초에게 자유롭게 살 권리를 부여한다는 것이다. 곧 청향당 뜰과 상리원 숲의 차별화를 분명하게 밝혔다. 내가 잡초를 유달리 좋아해서가 아니라, 밭이나 마당에서야 잡초를 뽑더라도, 상리원은 숲이니 잡초를 뽑을 필요가 없다는 것을 밝힌 것 뿐이다.

잡초도 생명이고, 살기 위해 안간힘 쓰는데, 야채의 성장에 방해된다거나 보기가 싫다고 뽑아내는 것이 그동안 마음 한 쪽에 미안한 생각이 남아 있었다. 그래서 이 척박한 상리원 숲 속에서나마 안전하게 살 수 있게 하자는 생각이었다. 상리원의 여왕이라 할 만큼 위풍당당한 자두

나무 그늘에 앉아 쉬면서 잡초를 바라보면, 잡초들은 모두 나보다 생명력이 왕성하다는 사실에 존경심이 일어나기도 한다. 깨알같이 작은 풀꽃을 피워내는 잡초가 어여쁘게 보이기도 한다. 내 영지(領地)에 들어온 모든 잡초를 환영한다. 그래서 이 잡초들이 잘 어우러져 살도록 '자유방임'(laissez-faire)정책을 펼치는 잡초의 영주노릇을 해볼 작정이다.

그런데 내 잡초방임 정책도 두 달이 못가서 폐기되고 말았다. 상리원의 잡초가 바람에 씨를 퍼뜨리면 꽃밭과 채마밭이 잡초투성이가 되니 버려둘 수 없다는 노처의 강력한 주장 때문이다. 어느날 내가 돌아보지 않는 사이에 상리원의 잡초를 말끔히 뽑아내었다. 이제는 다시 돋아나는 잡초를 나에게 뽑아내도록 강요하니, 뽑는 시늉이라도 하지 않을 수 없는 처지가 되고 말았다.

상리원의 돌난간에는 그늘을 따라, 혹은 햇볕을 따라 옮겨 앉을 수 있는 큼직하고 평평한 돌이 여러 개 놓여있다. 혹시 반가운 친구라도 찾아오면 이 숲속에 들어와 앉아서, 세상의 번다한 소식이야 다 잊고, 정겨운 담소를 나누고 싶다는 생각을 하고 있다. 나야 신문도 안보고 TV 뉴스도 안들은 지가 20년이 넘었지만, 그 옛날 죽림(竹林) 속에 은둔하여 살았던 선비들처럼, 이 세상의 번다한 소리에서 벗어나 바람소리 비 듣는 소리나 즐기다가 한 세상 마치고 싶다.

나는 체질적으로 남 앞에 나서기를 몹시 싫어하니, 혼자 숨어서 살 때가 마음에 평온함을 얻는다. 물론 한달이 가야 찾아오는 사람 하나 없고, 때로는 걸려오는 전화 한통도 없으면 때로 쓸쓸함을 느낄 때가 있다. 그래도 쓸쓸함은 커피의 쓸쓸한 맛처럼 익숙해지면서 즐기고 있는 것인지도 모르겠다. 산골짜기 숲속에서 쓸쓸하게 살면 또 다른 친구가 생기게 되는가 보다.

퇴계(退溪 李滉)는 도산서당(陶山書堂)에 한가롭게 지내면서 '솔, 대, 매화, 국화, 연'(松 竹 梅 菊 蓮)을 다섯 벗(五友)으로 삼고, 그 속에 자신도 끼어드니 여섯 벗(六友)이 세상사람들이 추구하는 영화와 재물을 다 잊고 마음의 평정(平靜)을 얻은 모습을 읊은 시의 구절에서, "천섬 많은 녹봉 취하랴, 여섯 벗 예 있으니 마음이 가라앉네."(千鍾非手搏, 六友是心降.〈「溪堂偶興」)고 하였다. 윤선도(孤山 尹善道)는 해남의 금쇄동(金鎖洞)에 은거할 때, '물 돌 솔 대 달'(水 石 松 竹 月)을 다섯 벗으로 삼아 노래한 시조「오우가」(五友歌) 여섯 수가 『산중신곡』(山中新曲)에 들어 있다.

당(唐)나라 시인 대숙륜(戴叔倫)의 시에, "산에 핀 꽃이나 물에서 노는 새들이 모두 나를 알아주는 벗이로다."(山花水鳥皆知己.〈「暮春感懷」〉)라 읊은 구절이 있다. 이 구절을 나의 벗 정담(靜潭 金基敦)의 천안 이구원(離咎園)에 있는 통나무집 현관 벽에 걸린 액자에서 발견하고 참으로 기뻤다. 자연의 무수한 사물 속에서 몇가지를 골라 벗으로 삼고 즐거워하는 수준을 넘어 주변에 있는 모든 꽃과 모든 새들을 지기(知己)의 벗으로 삼는 은자의 삶이 부러웠던 것이다.

어떻게 마음을 닦으면, 내가 놀고 있는 상리원의 나무 하나, 꽃 하나, 지저귀는 새 하나, 모두와 서로를 깊이 알아주는 벗으로 사귈 수 있을까. 아직도 가슴 속에서 부글거리는 번뇌를 모두 씻어내고, 마음이 거울처럼 맑고 고요하여 평정(平靜)을 이루게 되면, 내 주위의 사물이나 사람을 모두 그대로 비쳐줄 수 있지 않겠는가., 그럴 수만 있다면, 가슴 속에는 쓸쓸함이니 허망함이니 하는 일그러진 감정의 그림자들이 모두 지워지고, 환희의 기쁨이 새벽 물안개처럼 피어올라, 행복에 젖은 하루하루가 되지 않으랴.

2019.5.28.

02

그네에 앉아서

   높은 나뭇가지에 줄을 매고, 그네를 타는 모습은 어릴 적에 여러 번 보아 왔지만, 한 번도 그네에 올라 본 적이 없었다. 1983년 내가 한국정신문화연구원에 파견근무를 할 때, 철학종교연구실의 연구원들과 대학원 학생들이 함께 여주 신륵사로 야유회를 갔던 일이 있었다. 그 시절 신륵사로 들어가는 긴 입구의 남한강 강변에 유원지가 있었는데, 일행은 신륵사를 둘러보고 나온 뒤, 이곳 풀밭에 둘러앉아서 놀았다. 그런데 그 근처에 아주 높은 그네가 하나 있었는데, 그네를 타는 사람들이 심심찮게 있었다.

   내가 그네에 관심을 보이자, 동료들과 대학원생들이 나더러 그네를 한 번 타보라고 권유하니, 떠밀려 차례를 기다렸다가 그네 줄에 올랐다. 사실 별로 내키지 않았지만, 권유를 거절하기도 어려운 난처한 상황이었다. 남들이 즐거워하는 모습을 보고 혹시 내 마음 속에 한 번쯤 타보고 싶은 생각이 있었는지도 모르겠다. 그런데 막상 그넷줄을 잡고 발판에 올라서자 용기고 자신감이고 한 순간에 모두 사라졌다.

뒤에서 가볍게 한 번 밀어주자, 벌써 다리가 후들후들 떨렸고, 두 번째 밀어주자, 이러다가는 추락사 할 것 같은 두려움에 사로잡혔다. 나는 체면을 돌볼 여유도 없이 그만 두겠다는 의사를 강하게 밝혀서, 그네에서 내려오고 말았다. 남들이 내 꼴을 보고 웃더라도, 공포에서 풀려난 것이 얼마나 다행스러웠는지 모른다. 이것이 우리 전통의 그네에 올라보았던 나의 처음이자 마지막이었다.

원주 청향당(淸香堂) 뜰에는 서양식 그네가 하나 있다. 등받이가 있는 두 사람 정도 앉을 수 있는 나무의자를 양쪽에 세워놓은 나지막한 'ㅅ'자형 기둥 위에 올려놓은 중방에 쇠사슬 줄로 매달아놓은 그네이다. 이 그네는 앉아서 혼자 발을 굴러 흔들거리는 정도니, 아무리 발을 심하게 굴려도 아무 위험을 느낄 일이 없다. 나는 이 그네에 자주 올라 앉아 흔들거리기를 즐긴다. 남쪽을 향한 그네라, 앞으로 와불산(臥佛山: 德加山에 내가 새로 붙인 이름)을 바라보며, 혼자서 흔들거리고 놀기를 좋아한다. 때로는 한쪽 팔걸이 위에 등받이로 나무판자를 올려놓고 반쯤 드러누워 흔들거리기를 즐기기도 한다.

이렇게 그네에서 가볍게 흔들거리는 것이 즐거운 까닭이 무엇일까. 내가 어릴 적에 경험해본 적이 없었던 요람에 누워서 흔들거리는 어린 아이의 상태로 돌아가는 것이 아닐까. 어떻던 그네에 앉아 흔들거리고 있노라면, 걱정 근심이 모두 사라지고 마니, 신기한 일이다. 아내도 자주 내 곁에 앉아 그네에 흔들거리면서, 옛날이야기 하기를 즐거워한다.

나는 그네에 앉아 흔들거리면서, 신륵사 앞 강변에서 옛날식 그네에 올랐다가 제대로 타보지도 못하고 내려왔던 그날의 낭패감을 되살리며, 혼자 쓸쓸히 웃는 일도 있다. 그래도 이 서양식 그네에 흔들거리면서라도 옛날 그네의 그 힘찬 비상을 느끼려고 상상을 하기도 한다. 그때는 서정주의 시 「추천사(鞦韆詞)--춘향의 말」을 떠올린다.

> "향단(香丹)아, 그넷줄을 밀어라.
> 머언 바다로 / 배를 내어 밀듯이, 향단아.
> 이 다수굿이 흔들리는 수양버들나무와
> 베갯모에 뇌이듯한 풀꽃더미로부터
> 자잘한 나비 새끼, 꾀꼬리들로부터/ 아주 내어 밀듯이, 향단아./
> 산호도 섬도 없는 저 하늘로/ 나를 밀어 올려 다오./
> 채색(彩色)한 구름같이 나를 밀어 올려 다오.
> 이 울렁이는 가슴을 밀어 올려 다오!/
> 서(西)으로 가는 달같이는/ 나는 아무래도 갈 수가 없다./
> 바람이 파도를 밀어 올리듯이/ 그렇게 나를 밀어 올려 다오. 향단아."

'머언 바다로, 배를 내어 밀듯이' 밀어 올리라는 말은 아주 멀리 다른 세상으로 나가고 싶은 마음이라면, '산호도 섬도 없는 저 하늘로' 밀어 올리라는 말은, 아주 높이 꿈꾸어왔던 이상세계에 닿아보고 싶은 마음이라 하겠다. '바람이 파도를 밀어 올리듯이' 밀어 올리라는 말은 아주 힘차게 자기를 밀어 올리는 생명의 강력한 힘을 느끼고 싶다는 말임을 알 수 있을 것 같다.

그러나 현재 내가 흔들리고 있는 그네는 옛날 그네와 크게 다른 점이 있다. 옛날 그네는 처음에 남이 뒤에서 몇 번 밀어주지만, 그 다음은 자신이 발을 굴러서, 점점 높이 올라가야 한다. 노래 「그네」(김말봉 작사 금수연 작곡)에서, "한번 구르니 나무 끝에 아련하고, 두 번을 거듭 차니 사바가 발아래라."라는 구절처럼, 창공을 향해 아찔하게 높이 올라가야

하지 않는가. 그래도 그네를 타는 마음은 향단에게 말하든지, 춘향 자신이 독백을 하든지, "이 울렁이는 가슴을 밀어 올려 다오."라는 구절처럼, 젊음의 벅찬 꿈이거나 가슴 설레는 연정으로 부푼 가슴을 푸른 하늘에 던져보고 싶은 마음인지도 모르겠다.

물론 이 나무의자로 된 그네에 올라앉아서도 이렇게 흔들흔들 하고 있으면, 나도 아주 멀리 갈 수 있을 것 같기도 하다. 또 한 번 구르고 나면 발은 이미 땅에서 떨어져 있고, 무겁고 지친 육신의 무게도 사라졌으니, 어쩌면 하늘로 높이 날아오를 수 있을 것 같기도 하다. 비록 옛날 그네를 탔을 때처럼 물 찬 제비가 하늘 높이 솟아오르다가 수면 위로 내려오고, 다시 하늘 높이 날아오르기를 반복하는 아슬아슬함과 신바람을 바랄 수야 없다. 그래도 이 그네에 올라앉아 흔들거리고 있노라면, 비록 현실을 떠날 수야 없다 하더라도, 현실에 얽매이지 않는 자유로움을 즐길 수 있다. 나는 이 자유로움이 바로 그네의 가장 큰 미덕이 아닐까.

그네에 앉아 흔들거리고 있노라면, 나는 현실을 떠나 몽상의 세계로 쉽게 날아든다. 고구려의 무사처럼 만주 벌판을 누비며 말을 달려보기도 하고, 혜초(慧超)스님처럼 타클라마칸 사막을 건너고, 천산산맥을 넘고, 또 아득한 초원과 사막을 지나서 인도까지 가거나, 17세기초 루벤스의 그림 「한복 입은 남자」 속의 남자처럼, 동지나해와 인도양과 아프리카 남단 희망봉을 돌아 대서양으로 나가, 유럽대륙으로 흘러들어가 보기도 한다.

그네 위에서 내 몽상은 끝이 없다. 가까이 다산(茶山 丁若鏞)과 정조(正祖)임금을 찾아가서 그 포부를 듣기도 하고, 더 올라가 퇴계선생과 율곡선생을 만나서 어리석은 질문들을 여쭈어 보기도 한다. 더 올라가 정도전(三峯 鄭道傳)과 정몽주(圃隱 鄭夢周)를 만나, 대세(大勢)와 충절(忠節)의 거리를 묻기도 하고, 원효(元曉)대사와 의상(義湘)대사를 따라다니며 설법을 듣기도 한다. 또 더 올라가는 길에 예수와 공자와 석가모니도 만나 뵙고, 그 말씀과 경전기록의 차이를 점검해보기도 한다. 그네 위에서 나의 몽상은 하늘로 오르는 것이 아니라, 시간의 벽을 넘어, 공간의 장애를 자유롭게 넘나들고 있다.

그래도 몽상에 빠지지 않을 때는 그네에 앉아 와불산에서 부처의 모습이 어디에 있는지를 찾아보면서, 부처의 마음이 무엇인지를 살펴보기도 한다. 그러다가 답답한 이 몸을 돌아보며, 한심스럽고 안타까움에 깊이 한숨을 짓기도 한다. 어쩌면 나는 이 나무 그네 위에서 흔들리면서, 마치 옛날 그네를 타고 있는 듯이, 자유인이 되기도 하고, 온갖 속박에 얽매인 죄인이 되기도 하니, 자유와 구속의 사이, 혹은 몽상의 세계와 현실의 세계 사이를 끝없이 왕복하고 있는 자신을 보게 된다.

03
어느 봉사자가 사는 모습

　내가 지금 살고 있는 산촌에는 이웃 마을에 어려운 사람들이나 고통 받는 사람들을 위해 봉사하며 평생을 살아온 곽(郭炳恩)박사가 계신다. 이 산골로 들어오는 길은 제법 가파른 고개를 하나 넘어야 하는데, 이 고개를 넘어서면 원주 대안리(大安里) 좁은 산골짜기가 열린다.

　나는 4시간 마다 한 대씩 다니는 버스를 타고 이 고개를 넘어 대안리 산골로 들어설 때 마다, 차창 밖으로 내다보이는 드문드문 흩어져 있는 산자락의 집들을 살펴 보는데, 곽박사가 이 골짜기에 살고 있다는 사실 만 떠올려도 골짜기는 광채를 뿜는듯 하여, 나도 모르는 사이에 저절로 마음이 가라앉고 고개가 숙여진다. 유우석(劉禹錫)은 「누실명」(陋室銘)에서, "산은 높아서 명산이 아니라, 신선이 살고 있으면 명산이요, 물은 깊어야 신령한 것이 아니라, 용이 살고 있으면 영소(靈沼)이다."(山不在高, 有仙則名, 水不在深, 有龍則靈.)라 하였으니, 이 산골에는 G박사가 신선 같고 용 같은 분이라 하겠다.

　나는 곽박사를 댁으로 찾아가 한 번 뵈었고, 산속의 북 카페에서 커피

한잔을 하며 잠시 한담했던 일이 한 번 있었을 뿐이다. 그러나 곽박사의 소탈하고 겸허한 모습에 나의 존경심이 더욱 깊어지는 것을 알 수 있었다. 나는 〈원주에 사는 즐거움〉이란 책에서 곽박사가 어떤 봉사 사업을 해왔는지 소상하게 알 수 있었다. 그러니 되풀이 열거할 필요는 없을 것 같다.

무엇보다 나는 곽박사가 세운 '입지'(立志)가 얼마나 뿌리깊은 것인지, 그리고 꺾이지도 변하지도 않고 지켜온 그 '의지'(意志)가 얼마나 강인한 것인지 생각해보면 어찌 머리가 숙여지지 않을 수 있겠는가. 내가 곽박사를 마음 깊이 존경하는 것은 봉사의 어려운 일을 그렇게 오래도록 변함없이 해왔다는 사실이다. 그렇지만 나는 언제 곽박사와 마주앉아 허심탄회하게 담소할 수 있는 기회가 주어진다면 물어보고 싶은 것이 많다.

*

첫 번째로, "봉사활동에 투신하게 된 계기(契機)나 전기(轉機)는 무엇이었을까?"하는 질문이다. 온국민이 자기 이익을 위해서 뛰고, 조금도 손해를 안보겠다고 다투고 있는 것이 현실이다. "누구나 재물을 모으고 출세를 하려고 골몰하고 있는데, 곽박사는 어찌하여 남들이 가지 않는 봉사의 길을 외롭게 걸어갔을까?" 신앙적 동기 때문인가. 젊은 날 특별한 인생의 경험 속에 깊은 충격을 받았기 때문일 수도 있을 것이다.

두 번째로, "그렇게 오랜 세월 봉사활동을 하는 도중에 자신의 마음에 동요가 일어나거나, 회의(懷疑)에 빠지거나 후회해본 적은 없는가?" 궁금하다. 방황하지 않는 인생이 없고, 후회하지 않는 인생이 없다는데, 몇 번이나 봉사활동을 포기하고싶은 마음이 일어났었는지.

세 번째로, "이러한 마음의 동요와 위기를 만났거나, 다른 유혹을 받았다면, 이를 이겨내고 다시 마음을 돌이킬 수 있었던 힘은 무엇이었나?" 사실 봉사에 나선다면 가족이 말리고, 가까운 친구가 말릴 것이요, 이웃이 손가락질하고 먼 친구가 비웃을지도 모른다. 밖으로 걱정과 비웃음을 들을 수도 있고, 안으로 마음이 흔들릴 수도 있는데, 모든 유혹을 넘어서고 위기를 이겨낼 수 있기 위해서는 마음을 잡아주는 어떤 말씀이나 확신이 있어야 한다는 생각이 든다.

네 번째로, 봉사활동에는 봉사하는 사람과 봉사를 받는 사람이 있기 마련이다. 봉사하는 사람은 마음씀과 노동과 재물을 제공하는 시혜자(施惠者)라 할 수 있고, 반대급부라면 얼마간의 보람과 명예로움이 있을지 모르겠다. 그러나 봉사를 받는 사람들은 봉사하는 사람의 마음과 노동과 재물을 무상으로 받아 쓰는 처지니 수혜자(受惠者)라 할 수 있다. 그런데 시혜자(봉사자)와 수혜자(봉사대상자) 사이에는, 시혜자가 사랑과 정성으로 도와주고, 수혜자는 마음으로 감사하는 것이 기본일 것이다.

그런데 현실에서는 수혜자가 시혜자에 대해 불만을 토로하거나 비난을 하는 경우도 적지 않게 볼 수 있다. 봉사자들은 때로 자신의 정성과 노고를 알아주지 않는 봉사대상자들이 원망스러울 수도 있으며, 심하면 배신감을 느낄 수도 있을 것이다. 여기서 질문은 "실제로 이런 경우를 당해서 마음에 상처를 입은 경험이 있는가? 이런 상황에 놓였을 때는 어떻게 대처하셨던가?"

*

풍자성이 강한 농담으로 하는 말 가운데, "전지전능하다는 하느님도 모르는 것이 세 가지나 있다."고 한다. 그 가운데 하나가 "청빈을 내 걸고 시작한 프란시스코회의 재산이 얼마인지는 하느님도 모르신다."는 것이다. 가톨릭교회의 역사에서 보면 한 때 교황청이 심각하게 부패하였을 때, 프란시스코 수도회는 '청빈'(淸貧)을 교시로 내걸고 조직되었던 일이 있지만, 청빈을 잊은 지는 오래된 것 같다. 사실 오늘의 우리사회에서도 여러 종교단체들이 모두 갈수록 영성(靈性)은 빈약해지고, 건물과 재산은 늘어가는 것이 현실이다. 종교단체도 외면한 봉사에 나서서, 평생 봉사활동을 했다면, 그 봉사의 길은 하느님으로 향한 길이라 짐작이 된다.

　나는 바다 속의 생물로 치면 소라 같은 존재라 생각이 든다. 항상 제 껍질 속에 숨어서 살고 있다. 그런데 곽박사는 고래처럼 멀리 그리고 넓게 회유(回遊)하는 물고기에 비유될 수 있지 않을까 한다. 곽박사는 사진작품을 모아서 책으로 내어 사진작가로 활동하시기도 하고, 멀리 남아메리카대륙으로 여행을 하시는 여행가이시기도 하다. 이렇게 폭이 넓으니, 결코 소소한 수동적 봉사자가 아니리라 짐작된다. 도리어 그는 한 지역사회 전체의 취약하고 아픈 곳을 살펴서 찾아내어 풀어가는 창의적 봉사자의 면모를 보면서 감탄을 금하기가 어렵다. 　　　2019.4.24.

04
바람이 불어오는 곳

서울을 떠나 산촌에 들어와 산비탈에서 살다보니, 눈에 보이는 세계가 지극히 단순해졌다. 고요히 머무는 것은 위로 하늘과 아래로 산뿐이요, 움직이는 것은 위로 구름과 아래로 바람뿐이라는 사실을 새삼 느끼게 된다. "구름은 용을 따르고, 바람은 범을 따른다."(雲從龍, 風從虎.〈『周易』, 乾卦, 九五〉)했으니, 구름이 피어오르고 바람이 흘러가는 산촌에는 비록 눈에 보이지는 않더라도, 구름을 타고 하늘로 날아오르는 '용'과 바람을 타고 숲속을 달려가는 '범'에 둘러싸여 있음을 각성하지 않을 수 없다.

구름이야 높이 하늘에서 날아다니니 바라보기만 해도 되겠지만, 바람은 쉬임없이 내 곁을 스쳐 지나가고 있으며, 함께 비비며 살고 있으니, 가볍게 여길 수가 없다. 바람이야 어디서나 불고 있지만, 산촌에서 살아가자니 도시생활에 비해 유난히도 바람이 깊이 파고든다. 그래서 산촌에 산다는 것은 채마밭을 왕래하며 지내는 생활이지만, "바람 속에서 놀고, 바람 속에서 일한다."는 말이 나의 하루하루 생활모습을 잘 그려내준다.

풀줄기나 꽃잎이 가볍게 흔들리는 바람, 나뭇잎이 수런거리는 바람, 나뭇가지가 휘청거리는 바람 등, 부드럽거나 거센 바람이 여러 방향에서 늘 불고 있다. 어쩌다 풀잎도 나뭇잎도 꼼짝 않는 무풍지대에 들어서면, 평정(平靜)을 찾았다고 마음이 편해지는 것이 아니라, 하늘과 땅이 모두 숨을 멈춘듯 답답함을 느끼게 된다. 그래서 나도 모르게 숨을 깊이 들이쉬게 된다. 어쩌면 사람 사는 것이 "바람으로 산다."고 말해도 될 것 같다.

거친 바람으로 풍파가 심하면 뱃사공이 놀랄 것이요, 태풍이 한번 지나가면 들판의 곡식이 바람으로 쓰러지기도 하고, 큰 나무도 바람으로 뿌리째 뽑히기도 한다. 어찌 바람을 두려워하지 않을 수 있겠는가. 그렇지만 봄날 양지바른 담 밑에 쪼그리고 앉아서 따스한 봄바람을 맞고 있을 때는 임금님의 비단금침이 부럽지 않다. 또한 여름날 시원한 정자나무 그늘에 앉아 시원한 솔바람을 쏘일 때에는 피서지의 호화로운 호텔 방에서 쉬는 것도 부럽지 않다. 서늘한 가을바람이 옷소매 속으로 파고들면, 여름동안 무더위에 지친 노인의 허약한 몸에도 생기가 돌아오는 것을 느끼게 된다. 그래서 사람은 "바람 속에서 살다가 바람 속에서 죽는다."고 말해도 될 것 같다.

예전에 서울서 살 때는 전혀 모르고 지냈는데, 요즈음 서울에 올라가서 며칠 지내고 있다 보면, 황사(黃紗)나 미세먼지에다 초미세먼지까지 사람들의 걱정이 엄청 높아졌음을 쉽게 느낄 수 있다. 거리에서는 복면을 하듯 마스크를 쓰고 다니는 사람들도 있으니, 미세먼지에 얼마나 예민해져 있는지를 알겠다. 그래도 산촌에 내려오기만 하면, 아무도 미세먼지 걱정을 하는 사람이 없으니, 이런 점에서 보면 나 자신이 '딴 세상'(別有天地)에서 살고 있는 것 같은 느낌을 받기도 한다.

세상에는 항상 바람이 불었고, 또 바람 따라 먼지가 일어나기 마련이다. 그래서 '풍진(風塵)세상'이라 하지 않는가. 그런데 문제는 바람이 분다는 사실에 있는 것이 아니라, 어떤 바람이 우리의 삶에 불어와서 문제를 일으키는지를 살펴볼 필요가 있다. 물론 중국에서 불어오는 황사가 국민건강에 큰 위협이 되고 있는 것은 사실이다. 그러나 이를 막기 위한 대책은 마스크를 쓰게 하는 것 등 다양한 방법이 있을 수 있다.

그런데 우리나라를 이끌어가는 정치인들이 일으키는 바람이 잘못되면, 온 국민의 생존에 해독을 끼칠 수 있고, 국가의 존립자체를 위협할 수 있다. 나라가 국민을 걱정하는 처지라면 그 나라에 희망이 있지만, 국민이 나라를 걱정하는 사태라면 그것은 분명 그 나라가 위기상황에 놓여 있음을 말하는 것이다. 우리시대 정치인들이 일으키는 바람이 과연 어떤 성격의 바람인지를 주의 깊게 살펴볼 필요가 있다.

대지를 불어가는 바람이던, 백성들 속에서 불어오는 바람이던, 정치인들이 일으키는 바람이던, 바람은 다양한 차이를 지니고 있다. 그 바람이 '맑은 바람'(淸風)인지 '혼탁한 바람'(濁風)인지, '순조로운 바람'(順風)인지 '거스르는 바람'(逆風)인지, 살펴서 적응하지 않을 수 없다. 또한 방향이 조화로워 안심을 시켜주는 '올바른 바람'(正風)인지, 어지럽고 거칠어서 불안에 빠뜨리는 '변질된 바람'(變風)인지를 잘 살펴서, 바람직한 바람을 찾아가는 것이 우리에게 주어진 중요한 과제의 하나일 것이다.

대지를 불어가는 바람보다 사람에게서 일어나는 바람이 인간의 삶에 훨씬 더 깊이 파고드는 영향력을 지니고 있는 것이 사실이다. 사람에게서 나오는 바람은 직접 그 말씀을 듣거나 덕행을 바라볼 때에 내 가습 속으로 파고드는 '바람'(風貌)도 있지만, 옛 사람의 말씀과 행적을 듣고 보면서 그 품격에서 풍겨주는 '바람'(風度)은 후세 사람의 가슴속에 깊은 영향을 준다는 사실을 확인할 수 있다. 한 사람에게서 불어나오는 '바람'은 시대와 장소를 넘어서 깊은 감화의 힘으로 많은 사람들의 가슴에 파고들며 인격의 변화를 일으킬 수 있다는 말이다.

곧 맹자는 "백이(伯夷)의 '바람'(風度)을 들은 자는 탐욕스런 사내도 청렴해지고, 나약한 사내도 뜻을 세우게 된다.…유하혜(柳下惠)의 '바람'을 들은 자는 비루한 사내도 너그러워지고, 야박한 사내도 넉넉해지게 된다."(聞伯夷之風者, 頑夫廉, 懦夫有立志.…聞柳下惠之風者, 鄙夫寬, 薄夫敦.〈『논어』10-1:1〉)라 하여, 청렴하고 강직한 인격에서 불어오는 바람이나, 당당하고 관대한 인격에서 불어오는 바람의 감화력을 선명하게 보여주고 있다.

『시경』(詩經)의 체제는 민간의 노래인 '풍'(風: 國風)과 정치의 융성함과 쇠퇴함을 노래한 '아'(雅: 小雅 大雅)와 옛 임금의 공덕을 종묘(宗廟)제사에서 노래한 '송'(頌)으로 이루어져 있는데, 민간의 노래인 '풍'이 가장 큰 비중을 차지하고 있다. 「시서」(詩序)에서 '풍'(風)의 뜻을 "'풍'(風)은 바람이며 가르침이다. '바람'으로 격동시키고 '가르침'으로 감화시킨다."(風, 風也, 教也, 風以動之, 教以化之.)라 하였고, 이어서 "위에서는 '바람'으로 아랫사람을 '감화'(感化)하고, 아래서는 바람으로 윗사람을 '풍자'(諷刺)하는데, 가락을 잘 갖추게 하는 데에 힘을 들이고(主文) 은근하게 간하니, 말하는 사람은 죄를 받지 않고 듣는 자는 경계하기에 충분하다. 그러므로 '풍'이라 한다."(上以風化下, 下以風刺上, 主文而譎諫, 言之者無罪, 聞之者足以戒, 故曰風〈國風, 周南, 關雎〉)

시나 노래에서 사람을 감동시킬 수 있는 힘이 나오는 모습을 '바람'이라 하였다. 바람이 불면 풀이나 나무가 흔들리는 것처럼, 시나 노래로 사람의 마음과 태도가 바뀔 수 있음을 말한다. 훌륭한 인격의 인물이 말과 행동으로 대중을 감화시키는 것은 마치 부드러운 바람이 불어 풀과 나무를 가볍게 흔들듯 '대중의 기풍이나 습관을 바꾸어놓는 일' 곧 '이풍역속'(移風易俗)을 할 수 있음을 말한다. 지도자가 말과 행동에서 모범을 보이면, 풀이 바람을 따라 눕듯이 대중은 그 모범에 감화되어 그 모범에 순응하고 따라 간다.

그렇다면 우리가 어떤 시대의 바람이나 사회의 바람 또는 영향력 있는 인간의 바람을 맞고 있는지 세심하게 성찰할 필요가 있다. 그래서 맑은 바람, 아름다운 바람, 선한 바람을 찾아내어야 한다. 또한 어지럽고 혼탁하고 추악한 바람을 가려내어 막을 수 있을 때에, 비로소 우리 자신이 선하고 맑은 인격을 지킬 수 있고, 우리가 사는 나라가 건강하고 아름다운 나라로 바로 설 수 있을 것이다.

05
산촌에서 살다보니

＊＊ 시작하며

내가 노년에 원주시 흥업면 대안리 대수리마을에 들어와서 전원생활을 하리라고는 전혀 예상을 못했다. 아마 운명의 여신이 아내와 나를 이끌어주는 대로 따른 것이라는 생각이 든다. 2013년 아내가 이곳에 내려와 살기 시작하니, 2014년부터 나도 따라 내려와 살고 있는 처지가 되었다. 결과적으로 산촌에서 노년을 보낼 수 있다는 것은 나로서 큰 축복이라는 생각이 든다.

나는 노년에 시력의 감퇴가 심하여 책 읽기가 어려워졌으며, 집중력의 감퇴가 심하여 더 이상 전공분야의 논문을 쓰거나 저술을 하는 일을 모두 중단하지 않을 수 없게 되었다. 또한 심각한 기억력 감퇴로 앞의 일을 잊어버리고 뒤의 일을 잃어버리는 '선망후실'(先忘後失)의 건망증으로 시달리고 있다. 하루를 지내면 하루를 잊어버리고, 한달을 지내면 한달을 잊어버리는 형편이라, 살아도 산 것이라 확인할 길이 없는 처지이다.

더 이상 머릿속에 기억을 남겨둘 수가 없으니, 그 대신 일기를 써서 글속에다 기억을 남겨놓음으로써, 내가 무슨 일을 하고 살았는지, 무슨 느낌이 일어났고, 무슨 생각을 하며 살았는지 되돌아볼 수 있게 하려고 마음을 먹었다. 그래서 나름대로 기억하고 싶은 일이 있으면 그때그때 일기를 쓰기 시작했다, 2015년부터 2018까지 대수리(大松)마을에서 살면서 기록한 나의 산촌일기가 도서출판 이음의 편집주간인 원상호 선생의 도움으로 『산촌일기: 청산에서 살으리라』(2019)로 간행되었다.

나는 지금도 이 산촌에 살고 있지만, 이제는 산촌일기를 쓰지 않는다. 생활이 너무 반복되고 있으니, 일기로 쓸 거리로 새로운 게 별로 없다는 점이 가장 큰 이유이다. 더구나 이제는 일기를 쓸 기운도 별로 남아 있지 않다는 사실을 외면할 수 없게 되었다. 어쩌다 무엇인가 쓰고싶은 마음이 일어나면, 어떤 형식에도 사로잡히지 않고 편안하게 생각나는 대로 써볼 생각이다. 억지로 무엇인가 써야겠다는 생각을 버린 지는 여러 해가 되었다. 그렇지만 더 이상 아무 것도 써보고 싶은 생각이 나지 않는 때가 오면, 그 때가 바로 나의 숨이 멎을 때일 것이다.

(1) 하늘(天)과 산(山)을 바라보며

내가 이 산골에 처음 들어와 살기시작하면서 아침마다 눈을 뜨면 뜰에 나가서 사방을 둘러보는데, 그 때마다 단지 두 가지만 눈에 들어왔다. 곧 '하늘'(天)과 '산'(山)이었다. 매일 뜰에 나올 때 마다 '하늘'과 '산'만 바라보고 있노라니, 처음에는 무척 심하게 답답해서 괴로웠던 것이 사실이다. 그러다가 차츰 익숙해지자, 어느 날 문득 학생시절에 배웠던 중급불어 교과서에 실린 글 한 토막이 생각났다.

프랑스의 어느 유명한 시인이 등대 하나만 있는 외딴 섬을 찾아갔던 일이 있었다 한다. 그 시인은 이 섬의 등대지기 늙은이가 너무 외롭고 심심할 것이라 생각하여, 자신의 시집 한권을 선물로 주려고 했다. 그때 등대지기의 대답이 너무나 뜻밖이었다. 등대지기는 자신이 평생 책 한 권을 읽고 있는데 아직도 다 읽지 못했노라 하였다. 그 시인은 깜짝 놀라서, 어떤 책인지를 물었다. 등대지기의 대답에 "그 책은 두 쪽짜리인데, 한 쪽은 '하늘'이요, 다른 한쪽은 '바다'라오."라 하였다 한다. 아마 그 시인은 자신이 자랑스러워하는 시집을 더 이상 그 등대지기 앞에 내밀 수가 없었을 것이다.

산골이라 하늘도 사방의 산줄기에 막혀 그리 넓은 하늘은 아니다. 산 줄기 사이에 끼어 있어서 통통한 베게뜨 빵처럼 좁고 긴 하늘이다. 그래서 해나 달도 늦게 뜨고 일찍 지니, 낮이 짧고 밤이 길 터인데, 단조로운 생활이 너무 심심해서 그런지, 서울보다 하루가 너무 길게 느껴진다. 이 비좁은 하늘에도 구름이 흐르고, 매일 해와 달이 동서로 가로질러 지나 간다.

서울에서는 밤이면 온갖 불빛이 밝게 비치니, 밤하늘에서 별을 찾기가 쉽지 않았다. 그런데 이곳 산골에서는 서울의 밤하늘 보다 형편이 조금 나은 정도에 그쳐 아쉬운 마음이 시원하게 풀리지 않았다. 어린 시절 여름날 밤에 어머니 손을 잡고 뒷동산에 올라가서, "별 하나 나 하나, 별 둘 나 둘,…"하고 헤아리며 바라보던 별이 가득한 그 밤하늘을 다시 보리라는 기대는 무너지고 말았다.

위(魏)나라 조조(曹操)가 적벽대전(赤壁大戰)을 앞두고 장강(長江)에 펼쳐놓은 거대한 수군(水軍)함대의 대장선(大將船)에 올라서 술에 취하고 도도하게 일어나는 흥취로 읊었던 시 「단가행」(短歌行)에서는 "술을 두고 노래하니, 인생이란 얼마나 되나."(對酒當歌, 人生幾何)로 시작하는데, 이 시의 끝부분에서 "달이 밝아 별이 드문데, 까치는 남쪽으로 날아가누나."(月明星稀, 烏鵲南飛)라 노래했었다. "달이 밝아 별이 드물구나."(月明星稀)라 읊은 구절에서, 조조는 별이 드물다고 밝은 달을 탓하려 하지는 않았다. 그러나 나는 "가로등 불빛이 밝아 별이 드물구나."(燈明星稀)라 읊으면서, 동내에 가로등이 너무 많아서 별이 드문 것이 안타까워 가로등을 탓하지 않을 수가 없었다.

나도 어린 시절에는 '하늘'과 '바다'와 '산'에 둘러싸여 살았던 추억이 있다. 내가 초등학교를 졸업할 때까지의 유년기에는 마루에서나 창밖으로 부산항이 한눈에 내다보이는 수정산(水晶山) 중턱 '산동네'에서 살았다. 그 시절에도 산동네에는 가난한 사람들이 모여살고 있었지만, '달동네'라는 멋진 이름이 없었다. 뒷동산에 올라가 놀다가, 날씨가 맑은 날에는 멀리 수평선에 파르스름한 섬이 떠오르는데, 우리 동무들은 일제히 손가락으로 수평선을 가리키면서, "대마도가 보인다."라고 합창하곤 했었다.

겨우내 양지바른 곳을 찾아다니며 움츠리고 놀다가, 봄 날씨가 아주 포근하여 졸리울 때가 온다. 이때쯤이면 함께 놀던 동무 가운데 누군가가, "바다에 가자."라 외치며 손을 내밀고 나선다. 그러면 동네 꼬마들이, "나도. 나도"하고 손가락을 걸고 결단식을 하고나면, 그 자리에서 출발하여 배가 고플 때까지 걸어야 바닷가에 닿는다. 빈 바닷가에 와서는 모두 백사장에 옷을 벗어둔 채 발가벗고 바다에 뛰어든다. 바다에 들어가자마자 바닷물이 얼마나 차가운지를 알고는 모두가 동시에 밖으로 튀어나와, 옷을 입고서도 오들오들 떨었던 것이 해마다 우리들이 봄을 맞는 행사였다. 그 시절은 산과 바다는 바라보는 대상이 아니라, 찾아다니고 함께 놀던 대상이었다. 또한 밤하늘을 올려다보고 별을 헤아리며 공상에 젖었던 추억도 나의 어린시절 고향 추억으로 "차마 잊힐리야." 조목에 꼭 끼워넣어야 할 조목이다.

노년에 산촌에 들어와서 하늘과 산을 바라보며 살자니, 생각이 많아진다. 신문이나 텔레비전을 안보고 살아온 지도 20년은 지난 것 같다. 세상을 잊고 살았지만, 산촌에 들어오니, 세상과 단절하고 사는 은둔생활의 분위기를 더욱 절실하게 느끼게 된다. 이웃 사람들에 대한 관심을 꺼버리니, 눈앞에 펼쳐진 것은 '하늘과 산' 뿐이다. 처음에는 답답함이 심했지만, 익숙해지니 은둔이 바로 내가 바라는 삶의 방법임을 새삼 깨닫게 된다. 사실 나는 서울에서 살 때도 숨어서 살기를 좋아했고, 숨어 있는 것이 편안했다.

나는 서울에서 아파트 단지 속에 끼어 있는 낡고 작은 아파트 7층에 살고 있는데, 나의 서재 겸 침실에는 방의 폭과 같은 길이의 좁은 베란다가 딸려 있다. 집 안에서도 나는 이 작은 베란다에서 책을 읽거나 일하기를 좋아한다. 이 베란다에서 담배를 피우다가 윗집 사람의 거친 항의를 받고는 어쩔 수 없이 자주 밖으로 나가기는 하지만, 대부분의 시간은 이 베란다에서 보낸다.

베란다에서 창밖을 내다보면, 하늘은 앞 건물들에 가려서 가위로 잘라놓은 듯 여러 조각 직선으로 잘려나간 작은 조각으로 보일 뿐이고, 앞 건물의 틈사이로 멀리 우면산(牛眠山)의 줄기가 희미하게 조금 보일 뿐이다. 그래도 나는 내가 가장 편안하게 여기는 공간인 이 베란다의 이름을 '천산정'(天山亭)이라 지었다. 하늘과 산을 내다보는 공간이라는 뜻이 아니라, 하늘 아래 솟아 있는 산 속에 숨어 살듯 이 베란다에 숨어서 지낸다는 뜻을 말하려 한 것이다.

『주역』 64괘(卦) 가운데 제33괘인 '천산-둔괘'(天山-遯卦)는 하늘 아래 산이 있는 형상으로 세상을 버리고 산 속으로 숨어드는 모습을 말한다. 세상에 나가서 세상을 위해 그 역할과 책임을 다하는 삶의 길도 있지만, 세상에 적응하기가 어려워 세상으로부터 숨어서 고요히 자신의 마음을 닦고 지키는 삶의 길도 있다. 때로는 젊은 날 세상에 나가서 활동하다가, 늙어서는 세상에서 물러나 산촌에 숨어서 사는 사람도 있다.

나는 기질이 숨어 살 때에 편안함을 느끼는 사람이요, 산은 바로 그 숨어들기에 가장 적합한 곳이라 하겠다. 나의 노년은 바다가 내다보이는 고향인 부산의 수정산 중턱으로 돌아가지는 못했지만, 인연이 이끄는데 따라 대수리마을(원주시 흥업면 대안리)에서 남쪽으로 덕가산(德加山)[臥佛山]을 바라보며, 서쪽으로 명봉산(鳴鳳山)[海濤山/拜佛山]을 등지고, 동쪽으로 이름이 없는 작은 봉우리[雲起峯/ 佛肩峯]를 마주한 시골집[淸香堂]에 깃들어 숨어 살면서 노년을 아주 편안하게 즐기고 있다.

(2) 청산(靑山)에서 살으리라

우리 국토는 7할이 산이라 하니, 우리 선조들은 대부분 산자락에서 살아왔다. 어디를 가더라도 양지 바른 산자락에는 동네가 이루어져 있다. 도시가 발달하기 이전에 우리는 산에서 온갖 산나물을 뜯고 열매를 따다가 먹었으며, 땔나무를 해다가 불을 지펴왔었다. 우리의 전통적인 삶의 모습은 산자락에서 태어나 살다가 죽으면 산중턱에 묻히는 과정을 보여준다. 다시 말하면, 살아서 사는 집 곧 '양택'(陽宅)이나 죽어서 묻히는 무덤 곧 '음택'(陰宅)이 모두 산에서 벗어나지 못한다. 그렇다면 산은 우리에게 삶의 터전이면서. 동시에 죽음의 안식처로 받아들여져 왔다는 말이다.

무덤은 '산소'(山所)라 일컬어질 만큼 산으로 돌아가는 곳이다. 일제 강점기에 만주에 망명하여 독립운동을 하던 유학자 이승희(韓溪 李承 熙)는 "광복이 되기 전에는 죽어도 조국에 돌아가지 않겠다."고 유언까지 했지만, 그가 죽자 만주 벌판에는 묻을 산이 없었다. 그렇다고 들판에 묻는 것은 우리 정서에 맞지 않아 차마 할 수가 없었다 후손과 제자들이 의논한 끝에 하는 수 없이 유언을 어기고서라도 조국에 모셔와 고향의 산에다 그를 묻고 말았다 한다. '산'이 없으면 죽어서도 돌아가 편히 쉴 곳을 얻을 수 없다는 관념을 보여주고 있다.

조선시대 선비들의 생활세계에서는 각자의 앞에 두 가지 방향으로 뻗어 있는 길이 놓여있었다. 그 두 가지 길 가운데서 어느 하나를 선택해야 하였다. 그 하나는 '벼슬로 나가는 길'이다. 서울로 뻗어있는 이 길에는 부귀와 공명이 따르기도 하고, 가슴에 품었던 포부를 펼쳐서 세상을 구원해 볼 수 있는 기회도 있다. 그래서 '벼슬로 나가는 길'에 나선 사람들이라면 충절과 포부로 충만하여, 제갈량(諸葛亮)의 「출사표」(出師表)를 읊으며 그 뜻을 더욱 비장하게 가다듬었을 것이다. 그러나 '벼슬로 나가는 길'에는 온갖 오욕과 좌절의 함정이 도사리고 있기에, 때로는 자신의 마음을 잃기도 하고 목숨을 빼앗기기도 했다.

다른 하나는 '산으로 돌아오는 길'이다. 고향으로 돌아오는 이 길은 단조롭기는 하지만 평화로운 안식과 정겨운 기쁨이 있다. 자신의 심신을 살찌게 하고 생각을 깊고 맑게 가다듬기에 가장 적합한 시간을 가질 수 있다. 산으로 돌아오는 사람들이면 누구나 도연명(淵明 陶潛)이 팽택현령(彭澤縣令)의 벼슬을 내던지고 고향으로 돌아와 즐겁게 사는 모습을 읊은 「귀거래사」(歸去來辭)를 따라 읊었을 것이다. 도연명은 「귀거래사」에서 벼슬에 나갔던 길을 '마음이 육신의 노예가 되었었다'(以心爲

形役)고 후회하였다. 그러니 고향으로 돌아오는 길은 '마음이 육신의 주인이 되었다'고 할 수 있지 않겠는가. 마음이 육신의 주인이 되는 것이 올바른 도리라면, '산으로 돌아오는 길'을 가는 것이 마땅하다는 말이다.

산에는 골짜기 마다 물이 흘러야 제격이다. 우뚝 솟은 산봉우리와 깊은 계곡의 맑은 냇물은 '위와 아래'(上下)로 대조되어 더욱 뚜렷해지고 있으며, 산의 고요한 부동(不動)함과 물의 쉬지 않고 흘러가는 유동(流動)이 '움직임과 고요함'(動靜)으로 서로 대조를 이루고 있다. 곧 산과 물은 '음과 양'(陰陽)으로 서로 보완하고 어울리는 관계이다. 그래서 산골짜기에는 계곡물이 흐르고, 이렇게 '산과 물'(山水)이 어울린 곳에 인간의 삶이 더욱 평안하고, 예술, 학문이 더욱 깊어지며, 종교가 더욱 경건해질 수 있었던 것으로 보인다.

공자는 "지혜로운 사람은 물을 즐기고 어진 사람은 산을 즐거워한다."(智者樂水, 仁者樂山.〈『논어』6-23〉)고 하여, 지성과 덕성이라는 인간의 두 가지 근본적인 덕을 산과 물에서 찾아내고 있다. 청산을 둘러싸고 굽이굽이 흐르는 곡수(曲水) 가에는 유학자들이 머물며 강학하던 곳이 있었다. 주자(朱子: 朱熹)가 무이산(武夷山) 기슭을 감도는 구곡계(九曲溪)인 '무이구곡'(武夷九曲)을 정한 이후로, 조선시대 선비로 퇴계의 '도산구곡'(陶山九曲), 율곡의 '석담구곡'(石潭九曲), 송시열(尤菴 宋時烈)의 '화양구곡'(華陽九曲), 김수증(谷雲 金壽增)의 '화음구곡'(華陰九曲) 등 전국에 선비들의 강학하던 산속에 '구곡'(九曲)이 무수히 쏟아져 나왔던 사실도 볼 수 있다.

또한 옛 한시(漢詩)에 "푸른 산은 말이 없으나 만고에 전해 오는 책이요, 흐르는 물은 줄이 없으나 천년을 이어 들려주는 거문고라네."(青山不言萬古書, 流水無絃千年琴)라 하여, 산과 물의 어울림을 서적과 거문고 곧 학문과 음률에 비유하고 있다. 또한 만고에 푸르른 산은 영원히 변함없는 진리의 세계를 형상화하고 있다면, 쉬지 않고 흐르는 물소리는 끊임없이 변화하는 거문고의 음률(音律)로 드러나는 예술의 세계를 형상하고 있다.

옛사람들은 산자락에 살면서 산과 교류하여 자신의 생명에 편안함과 더불어 활기를 얻고 있다. 산속으로 들어가 한가롭게 노닐면, 산과 더불어 기운이 소통할 수 있다고 믿는다. 산을 유람하며 산과 어울려 노는 '유산'(遊山)으로 일상생활 속에서 억눌렸던 기운을 풀어주면, 가슴 속에서 씩씩한 기상(氣象)이 펼쳐져 나온다고 한다. 맹자가 말하는 시원하게 툭 터진 기상으로서 '호연지기'(浩然之氣)도 산마루에 올랐을 때 잘 솟아나는 것임을 경험할 수 있다.

산마루에 올라 툭 터진 시야와 넓은 세계를 바라볼 때, 걱정 근심 속에 웅크렸던 가슴을 활짝 펴고, 깊은 숨을 들이마시며, 힘껏 소리라도 질러 보면, 막히고 답답했었던 가슴이 시원하게 터지는 것을 느끼게 된다. 그래서 옛 사람들은 숲이 울창하고 바위가 억센 산에 정기(精氣)가 있다 하고, 산의 정기를 받아들여야 인간의 영혼도 더욱 넓고 깊어질 수 있는 것이며, 큰 인물로 성장할 수 있다고 믿어 왔다.

(3) 사물과 어울려 화합으로 살아가는 생명의 세계

16세기 호남을 대표하는 유학자의 한 사람인 김인후(河西 金麟厚)가 읊었던 시조에서는, "청산(青山)도 절로 절로 녹수(綠水)도 절로 절로/ 산(山) 절로 수(水) 절로 산수간에 나도 절로/ 그 중에 절로 자란 몸이니 늙기도 절로 하리라."고 노래했다. 자신의 삶이 산과 물에 어울려 자연 속으로 녹아 들어 하나가 되는 모습을 그려내고 있다. 산과 물이란 본래

인간의 탐욕이나 의도적 조작으로 변질됨이 전혀 없는 자연 그대로이니, 자신도 순순하게 자연을 따라 살아가고 늙어서 죽을 것임을 밝히고 있다. 김인후는 청산에서 살아가는 방법을 가장 올바르게 터득한 분이라 하겠다.

도시에 살다가 산촌에 들어와 보니, 그동안 내 곁에서 멀어졌던 여러 가지 사물들이 갑자기 내 곁으로 몰려와 나를 둘러싸고 있다는 느낌을 갖게 된다. 야채만이 아니라, 온갖 나무와 풀들 속에 빠져있구나 하는 생각을 자주 한다. 벌레들도 여러 가지가 나를 에워싸고 있다. 땅을 파면 땅 속에 벌레가 있고, 잎을 들치면 잎에 붙어 갉아먹고 사는 벌래가 있고, 공중에 날아다는 곤충과 새들도 여러 가지가 나의 이웃으로 서로에 대해 신경을 쓰고 있음을 느끼게 된다. 나를 두려워하는 벌레도 있지만, 내게서 위협을 느끼기만 하면 언제든지 나를 공격할 벌레도 많다.

나는 처음에 잠시 산촌에 숨어서 살며 아무도 만나지 않고 지낸다는 것이 조금은 쓸쓸하고 외로울 것이라는 생각을 했던 일이 있었다. 그러나 그 생각은 전혀 실제상황을 알아차리지 못한 오판이었음을 바로 깨닫게 되었다. 평소에도 가까운 친구 몇 사람과 왕래하며 지냈는데, 산골에 들어오니, 가장 먼저 뜰에서 자라고 있는 나무들과 노처가 가꾸는 야채들이 내 눈에 들어왔다. 나무에 새싹이 터져 나오면, 다음날 아침에 눈을 뜨자마자 뜰에 나가서, 그 새싹이 얼마나 자랐는지 살피게 되고, 그 옆에 아직 싹이 트지 않은 나무는 언제나 싹이 틀까 기다리며 살펴보고 있다.

꽃봉오리가 맺히고, 꽃이 피어나고, 열매가 맺어서 커가고 익어가는 동안, 하루에도 몇 번씩 뜰을 돌며 나무들을 일일이 살피고 있다. 야채도 매일 물을 주면서 얼마나 자라는지 건강한지를 살피게 된다. 나는 나의 자식이 어렸을 때도 이렇게 매일 정성을 기울이며 보살피지는 못했다. 늙은이가 할 일이 없어서 한가하니, 나무 한 그루 풀 한 포기에 까지 빠짐없이 애정 어린 관심을 쏟아 부으며 시간을 보내는 것이라고 웃는 사람이 있을 지도 모르겠다.

늙은이가 할 일이 없어서 시간 보내고 있는 것이라 비웃어도 부정할 생각이 없다. 사실이기 때문이다. 원예(園藝)나 조경(造景)에는 아무것도 모르는 백지상태이지만, 나는 그 나무의 모습을 생각하며 가지를 잘라낼 때는 미용사인 어머니가 딸을 위해 신부화장을 시켜주는 마음과 크게 다르지 않을 것이라 생각한다. 그런데 이렇게 할 일없는 늙은이가 뜰의 나무 한 그루 풀꽃 한 포기와도 어떤 친구 못지않게 정이 오고 간다는 사실을 나 혼자만 알고 남에게 알려줄 수도 없지만 알려주고 싶지 않다. 서정주의 시 「신록」(新綠)에서, "꾀꼬리처럼 울지도 못할 기찬 사랑을 혼자서 가졌어라."라는 노래를 혼자 마음속으로 부르고 있음을 본다.

100미터도 떨어지지 않은 집 앞의 동쪽 산봉우리에 산벚나무 꽃이 만발할 때나, 아카시아 꽃이 활짝 피었을 때는 내 집 담장에 그려져 있는 아름다운 벽화를 바라보며 즐거워하듯이, 주름진 얼굴에 웃음을 가득 머금고 춤이라도 추고 싶은지 어깨와 발꿈치가 들썩거리려 한다. 목청이 고운 이름 모를 새의 노래를 들으면서 그 새가 우리 노부부에게 말을 건네는 것으로 듣기도 한다. 울타리 바깥 전신주 위에서 시도 때도 없이 "까악. 까악."하고 울어대는 까마귀 소리도 오랫동안 귀를 기울여 듣다 보니, 저희들끼리 주고받는 말이 있는 줄은 알겠는데, 아직 통역을 해 줄 정도로 알아듣지는 못하고 있어서 안타깝다.

풀이나 나무나 새들이 나의 주위를 둘러싸고 있는데, 내가 그 이름을 모를 때 무척 답답함을 느낀다. 그래서 나는 주변를 둘러싸고 있는 산봉우리에도 이름을 붙여보았고, 이미 이름이 있는 산봉우리에 대해서도 나의 느낌에 맞게 이름을 새로 지어 부르기도 했다. 잡초 한포기를 만나서도 "너 쇠뜨기구나."라거나, "너 강아지풀이구나."라 부르며 보는 대로 뽑아내기도 하고, "너 쇠비름이구나."라 하던지, "너 명아주구나."하며, 먹을 수 있다고 반가워하며 뽑아두기도 한다. 잡초 한 포기라도 이름을 불러주면, 그 순간 잡초와 나는 둘만이 마주하는 만남이 이루어진다. 그런데, 이름을 몰라서, "너 이름이 뭐냐."라 묻기만 하고 있을 때는 서로 거리감이 좁혀지지 않아서 답답함을 느낀다.

동네에 개들 가운데 이름이 없는 개가 의외로 많았다. 노처가 개 주인에게 개 이름을 물으면, "똥개지 뭐."라 퉁명하게 대답하니, 노처는 근처의 개들에게 이름을 많이 지어주었다. 지나가다가 울타리 밖에서 진돗개의 이름을 불러주는데도 짖어대면, "나를 몇 번이나 만났는데, 아직도 짖고 있다니, 너 진돗개 맞아."하고 자식들 꾸짖듯이 나무라기도 했다. 그래서 나무나 풀은 그 이름을 불러주면 그때 환하게 웃으며 나만을 바라보는 것을 느낄 수 있다.

산과 바다와 하늘의 별들까지 만물이 모두 남이 아니라, 나의 형제요, 친구가 되고, 자연과 어울려 한 몸이 되는 것을 느낄 수 있다. 양희은이 부른 노래 「세노야」에서, "세노야, ~. 산과 바다에 우리가 살고, 산과 바다에 우리가 가네. 세노야, ~. 기쁜 일이면 저 산에 주고, 슬픈 일이면 님에게 주네, 세노야, ~. 기쁜 일이면 바다에 주고, 슬픈 일이면 내가 갖네."를 듣다보면, 산과 바다와 자연 속에 잘 어울려 하나가 되어 살아가는 법을 체득한 사람의 마음을 볼 수 있다.

중국 남제(南齊: 南北朝시대 南朝의 나라)의 종측(宗測)이 하였던 말인데, 율곡(栗谷)이 그 말을 좋아하여 글씨로 썼던 것을, 서울 홍파동의 석벽에 새겨놓았던, "성품은 저 아래 물속에서 노는 물고기로부터 저 높이 하늘을 날고 있는 새들에 이르기까지 모두 같으니, 나의 사랑이 저 멀리 산과 골짜기에 까지 가서 머무르네."(性同鱗羽, 愛止山壑)라는 구절이 있다. 이 구절 속에서는 세상에 생명 있는 모든 생물과 생명 없는 모든 사물에 이르기 까지 모든 존재가 타고난 본질인 성품에서 모두 나와 같다는 일체감을 전제로 확인하고 있다. 모든 사물은 나의 삶을 풍족하게 향유하기 위한 도구가 아니라, 세상의 모든 사물이 내가 사랑하고 또 사랑해야할 존재임을 밝혀준다.

만물을 사랑하는 마음은 자신을 사랑하는 마음에서 나온다고 할 수 있다. 진실로 자기를 사랑하는 마음이라면 마치 어느 산골 바위틈에서 솟아난 샘물이 끊임없이 넘쳐 흘러가서 멀리 바다에 까지 이르는 것처럼, 잔잔한 호수에 던져진 돌 하나가 일으킨 파문이 동심원을 그리며 점점 넓게 퍼져서 호수의 끝에 까지 이르는 것처럼, 그 사랑은 인간이 사는 세상을 모두 적셔서 모든 사람이 서로 사랑하고 행복하게 살아가게 하고, 나아가 자연의 풀 한포기 나무 한그루까지 사랑할 수 있는 힘의 원천이 아니랴.

(4) 비우고 또 비운 '무위'(無爲)의 마음과 삶

노년에 산속으로 들어와 숨어서 사는 사람에게는 더 쌓아가야 할 것은 아무 것도 없다. 그저 평생에 온갖 잡동사니를 쌓으며 살았으니, 그 어지러운 자취를 비우고 또 비워야 하며, 그 고약한 냄새를 지우고 또 지워가야 할 일만 남았다. 이렇게 비우고 지우고 하다보면, 자신의 가슴속이 티끌하나 없이 맑아지고, 맑아지면서 환하게 밝아지고, 밝아지면서, 향기로워질 수 있을 것이다. 죽음을 앞둔 늙은이라면 가장 아름다운 죽음을 맞을 수 있도록 죽음을 준비하는 길이 아니겠는가.

사실 자신을 비운다는 일이 말처럼 쉽지 않을 뿐 아니라, 참으로 지극히 어려운 일임을 절실하게 깨닫게 된다. 나는 이 산촌에 내려와 살면서, 축축하고 곰팡내 나는 나의 마음과 육신을 칼칼하게 될 때까지 햇볕에 바싹 말리고, 또 몸과 마음구석구석에 달라붙은 온갖 게으름과 못된 습관들을 바람결에 먼지 날려버리듯 모두 날려보내어, 이 늙은 몸과 마음이 정갈한 도량(道場)이 되게 하고 싶었다. 그래서 어느 날 옛 친구들을 다시 만나면, 친구들이 깜짝 놀라 눈을 비비고 나를 다시 보게 하리라 마음먹었다. 그런데 나태한 습관과 나약한 의지는 어느 한 모퉁이도 고쳐지지 않고, 한없이 게을러지기만 하니, 스스로 돌아보아도 자신이 몹시 부끄러울 뿐이다.

이렇게 고민하고 세월만 보내다가, 이곳에서 내가 노년에 나 자신을 단속하고 다듬어 갈 수 있는 스승을 두 분 만날 수 있었던 것이 참으로 큰 축복이라 생각한다. 내가 비록 새로 만난 스승의 가는 길을 따라서 걸을 수 있는 역량이나 각오는 없다고 하더라도, 항상 마음에 잊지 않고 간직한다면, 그 감화를 입어 나 자신에게 조금이라도 변화가 일어날 것이라 믿는다. 당(唐)나라 유우석(劉禹錫)은 「누실명」(陋室銘)에서, "산은 높아서가 아니라, 신선이 살고 있으면 이름나고, 물은 깊어서가 아니라, 용이 살고 있으면 신령스럽다."(山不在高, 有仙則名, 水不在深, 有龍則靈)고 했다. 그래서 나는 원주에 와서 이 두 분을 신선이나 용처럼 생각하며, 이 원주가 생명의 빛으로 아름답게 빛나고 있음을 느끼고 있다.

먼저 곽병은 박사는 원주에서 갈거리 사랑촌을 열어 독거노인과 장애인을 위한 봉사활동을 해왔고, 또 부랑인을 위한 급식소 '십시일반'을 열고, '노숙인의 쉼터'를 열어, 이 사회에서 의지할 곳 없고 소외된 사람들을 위해 오랜 세월 봉사활동을 해왔다는 사실에 대해 깊이 감탄하고 존경하는 마음을 품지 않을 수 없었다. 또한 남을 위해 봉사하는 일에 나서본 일이 없는 나 자신을 돌아보면서 너무 부끄러워 고개를 들 수 없었다. 무엇보다 곽박사의 소탈하고 겸허한 인품에 대해서도 깊이 경외하는 마음을 갖게되었다. 그래서 나는 이 산촌에 살게 된 것을 축복으로 생각한다.

조세희의 단편「난쟁이가 쏘아올린 작은 공」에서는 가정교사를 하는 어느 청년의 말이 가슴에 파고 든다. 곧 "사람들은 사랑이 없는 욕망만 가지고 있습니다. 그래서 단 한 사람도 남을 위해 눈물 흘릴 줄 모릅니다. 이런 사람들만 사는 땅은 죽은 땅입니다."라는 말은 나 자신과 우리 사회를 다시 돌아보게 한다. 남을 위해, 힘없고 가난하고 고통받는 사람들을 위해 봉사한다는 것은 아무나 할 수 없는 고귀하고 아름다운 일이다.

다음으로 장일순선생은 내가 원주에 오기 전에는 이름만 들었을 뿐, 아무 것도 아는 것이 없었다. 군부독재 시절에 원주교구의 지학순주교와 함께 민주화운동을 하였다고 하는데, 나는 민주화운동을 하였던 사람들이 정치꾼이 되어 좌파적 노선을 따른다는 말을 듣고서, 민주화운동을 하였던 인물들이 스스로 민주화운동의 정당성을 변질시키고 있는 것이 아닌가 의심하는 편이다.

그런데 장일순선생은 반정부운동으로 권력을 잡으려는 생각을 처음부터 하지 않았던 분으로 보여, 그 순수한 정신을 다시 보게 되었다. 나는 그 분을 생전에 만나 뵌 적이 없고, 그의 사상과 활동에 대해 깊은 이해도 없다. 다만 김삼웅의『장일순 평전』(2019, 두레)을 한번 읽었던 일이 있고, 『무위당 장일순의 노자 이야기』(2003, 삼인)는 책상머리에 올려만 두고 아직 읽지 못한 상태이다. 그래도 원상호 선생을 통해 장일순 선생 추모활동에 대한 이야기를 듣고 자료도 조금 얻어보기는 했다. 그렇다고 장일순 선생에 대해 결코 안다고는 할 수 없지만, 내가 흠모하는 마음으로 알아가야할 분임을 발견하게 된 사실만 해도 나의 원주 생활에 내린 큰 축복이 아닐 수 없다.

장일순 선생의 호는 '무위당'(無爲堂)인데, 노자가 말하는 '무위'(無爲)란 사람의 마음 속에 끝없이 솟아오르는 온갖 욕심과 온갖 잔꾀를 다 비워내어 텅빈 마음으로 세상을 살아가는 것이라 할 수 있다. 결코 속된 인물이 도모할 수 있는 일이 아니다. 자연의 질서를 순순하게 따르는 겸허함이 있어야 한다. 현재 내가 이해하는 범위에서, 장일순 선생의 특이한 시야는, 안으로 노자의 '무위' 사상을 마음에 담고, 밖으로 최시형(海月 崔時亨: 東學 2대 敎主)의 "사람을 하늘처럼 섬겨라,"(事人如天)는 말씀을 사업과 삶의 기본원칙으로 삼았던 것으로 보인다.

장일순 선생은 최시형이 체포된 장소(원주시 호저면 고산리 송골마을)에 추모비를 세우고서, 추모비문에 "모든 이웃의 벗 최보따리 선생님을 기리며"라 썼다. 또한 장일순은 그 말의 뜻을 밝힌 글에서, "해월 선생은 '삼경'(三敬)을 설파하셨어요. '경천'(敬天), '경인'(敬人), '경물'(敬物)의 이치로 볼 때에 인간과 천지만물에 이르기까지 모두를 한 울님으로 섬기고 공경하시고 가셨기에 '모든 이웃'이라는 말을 했고, 벗이란 말은 '삼경'(三敬)의 도리로 볼 때에 선생님께서는 도덕의 극치를 행하셨기 때문에 일체와의 관계가 동심원적 자리, 절대적 자리에 서 계셨기 때문에 '벗'이라는 말을 쓰게 되었습니다."〈『장일순 평전』309쪽〉라 하였다.

하늘을 공경하고, 이웃을 공경하고, 만물을 공경한다는 것이 바로 최시형의 삶의 원리요, 장일순 선생도 이를 받아들여, 한 살림운동과 생명운동을 실천했던 인물이 아닌가 생각한다. 장일순선생의 행적과 사상을 엿보면 그는 철학자가 아니라 '철인'(哲人)이요, 성직자가 아니라 '성인'(聖人)의 경지에 이르렀는데도, 한 없이 자신을 낮추고 하늘과 사람과 만물을 지성으로 공경하고 섬겼던 분이었다. 그가 자신을 낮추는 마음을 드러낸 자호(自號)가 바로 '조 한 알'(一粟子)이라 일컬었던 것으로 보인다.

✱✱ 마치며

분명 산은 도시생활 속에 지치고 시달린 심신을 맑게 '정화'(淨化)시켜주고, 쇠잔한 노인에게도 '생기'(生氣)를 불어넣어주는 힘이 있는 곳이니, 심신을 휴양하려면 산으로 오라고 말하고 싶다. 산으로 돌아온다거나 산에서 산다는 것은 사람이 주인이 되어 사람들 끼리 경쟁하고 만물을 지배하는 세상에서 벗어나는 것이요, 나무 한 그루나 풀 한 포기와 더불어, 자연의 품속에서 함께 더불어 살아가는 세상으로 들어가는 것이다.

산 속에 살더라도 외로울 틈이 없다. 꽃들과 이야기 하고, 새들과 이야기 하느라 하루가 너무 빨리 흘러간다. 잎이나 줄기를 먹고, 열매나 뿌리를 먹으며 감사하고, 잡초를 뽑으며 사죄하게 되니, 산 속에서는 가까이 어울려 살아가는 이웃이 너무 많은 것이 사실이다. 이렇게 많은 이웃과 어울리면서 풀과 나무나 흙과 돌에 대해서도 하나하나 애정어린 눈으로 바라보며 정답게 대화를 주고받는 생활이 즐겁지 않을 수 없다.

젊은이는 산을 오르는 '등산'(登山)을 하며 심신을 단련하러 산을 찾아오게 되지만, 노인은 다리가 허약하니 산을 바라보는 '관산'(觀山)을 하면서 마음에 평안를 얻을 수 있다. '등산'은 오르는 것이요, 향상하는 길이라면, '관산'은 가라앉히는 것이요, 마음을 비우는 길이라 할 수 있다. 마음을 비울 때에 마음이 맑아지고 또 밝아지며, 나아가 넓어지고 향기로우며 정다워지도록 마음을 다듬어갈 수 있다면, 노년의 산촌생활이 인생에 소중한 것이 될 수 있지 않겠는가.

06

기계치(機械痴)의 괴로움

　나는 천성이 게으르고 우둔하여 새로운 변화에 적응을 못하니, 옆에서 보기에도 몹시 답답할 터이다. 그러니 본인은 얼마나 답답하고 괴롭겠는가. 노래를 못하는 '음치'라서 무안을 당한 일도 여러번이요, 운동을 하는 것이 아무것도 없는 '몸치'라 챙피를 당한 일도 여러번이다. 그림도 못그리고, 붓글씨도 못써서 부끄러울 때가 많았고, 기계에 적응할 줄을 모르는 '기계치'라 불편하고 괴로울 때가 많다.

　그래도 오랜 세월 데스크 탑을 사용하여 일을 하다가, 노트북 컴퓨터가 나와서 그래도 편하게 쓰기 시작했는데, 문제만 생기면 대응을 할 줄 모르니, 여러 사람들의 도움을 받아 이럭저럭 꾸려갔다. 세월이 흘러 나도 80을 코앞에 두고 있는 노인이 되고 말았는데, 노트북을 이용해서 할 줄 아는 것이라고는 한글입력과 인터넷 검색과 이메일 사용, 그리고 딸이 다운 받아준 흘러간 드라마와 영화를 노트북에 모니터를 연결하여 사용하는 일 뿐이다.

　내가 서울에 있을 때 사용하던 낡은 노트북 컴퓨터에 켜는 장치가 망

가졌다. 그래서 급한 길에 노트북을 새로 하나 샀는데, 버전이 높아져서 나에게는 너무 생소해 적응을 못하고, 새 노트북을 모셔놓고 바라보기만 하게 되었다. 내가 어려운 사정을 이야기하자, 큰 딸이 자기가 안쓰는 노트북을 나에게 주어, 사용하기 시작했다. 그때 나는 원주 산골에 아내를 따라 내려와서 지내기 시작했는데, 큰 딸에게 얻은 노트북을 원주 산골집 청향당(淸香堂)에 가져와 사용했다.

그러나 내가 건강상 이유로 추위를 못 견디는데, 원주 산골의 청향당이 너무 추워 겨울이면 노모가 계시는 서울의 낡은 아파트 천산정(天山亭)에 올라가 지냈다. 이때 둘째 딸이 켜는 장치가 고장난 노트북을 송곳 등으로 켜는 방법을 알려주어, 그 낡은 노트북을 서울에 올라가 있는 동안 사용해 왔다. 그런데 청향당에서 쓰던 큰딸에게서 얻은 노트북이 어느 분께 보내주어야 할 잡문을 하나 쓰는 도중에 덜컥 고장이 나고 말았다. 하루종일 애태우다가 원주 시내의 컴퓨터 수리점을 알려주어, 다음날 아침 일찍 찾아갔더니, 너무 오래된 노트북이라 수리가 불가능하다고, 내 노트북에 사망선고를 하는 것이었다.

조급한 마음에 그길로 서울에 올라가 천산정에서 사용하던 켜는 장치가 망가진 노트북을 가져와서, 쓰다가 중단된 잡문을 처음부터 다시 써서, 이메일로 보내고 나니, 한 시름 놓였다. 그래서 그 다음날은 옛날 드라마를 보고 또 보는 버릇대로 종일 드라마 한편을 보며 쉬었다. 그런데 서울서 가져온 노트북이 갑자기 켜지지를 않았다. 이 노트북도 20년이 되었으니, 작별해야 할 때가 다 되었다는 신호라 짐작이 된다.

하루를 아무 일도 못하고 텃밭에서 놀다가 그 다음날 노트북을 켜니, 켜지는 것이 아닌가. 한글 입력작업은 할 수 있지만, 인터넷과 이메일은 여전히 연결할 수가 없는 상태였다. 그러니 이 노트북도 언제 사망할지 불안하기 짝이 없다. 내가 답답함을 호소했더니, 큰 딸이 오랫동안 안 쓰고 있던 낡은 노트북 2대를 청향당으로 가져와 내가 쓸 수 있도록 하려고 시험해보았으나, 여의치 않았다. 그렇다면 이제는 살아있는 동안 컴퓨터와 완전히 이별하거나, 버전이 높아 적응하지 못하고 있는 새 노트북에 적응하거나 갈림길에 놓여있는 처지가 되었다.

"만나면 언젠가 이별할 수 밖에 없다."(會者定離)고 하였으니, 컴퓨터가 망가져 내가 컴퓨터와 이별하거나, 내가 죽어 컴퓨터가 나와 이별하거나, 어느 쪽으론가 귀결될 수 밖에 없다. 어떻던 이별의 날은 멀지 않아 올 수 밖에 없음을 인정하지 않을 수 없는 운명이다. 그래도 내가 살아있는 동안 컴퓨터 없이 살 수 있을까. 노처는 나에게 "담배와 컴퓨터의 집착에서 벗어나라."고 강조하고 있다. 나 자신은 지금까지 그 두가지에 매달려 살아 왔었다는 사실을 솔직히 인정한다.

사실 나는 담배를 끊으려고 무수히 노력해 왔으나, 아직도 담배에 매달려 살고 있다. 이에 비해 나는 컴퓨터를 통해 내가 그동안 일하는데 얼마나 편리했던가. 비록 기계치가 컴퓨터라는 기계와 함께 반평생을 살아왔으니, 그동안 겪은 고통이 자심했던 것은 사실이지만, 컴퓨터와 한번 정이 깊이 들고난 이후로는 컴퓨터 없는 세상을 상상할 수가 없었다. 그래서 컴퓨터와의 작별이 마치 내 인생과의 작별인 듯이 몹시도 괴로워했던 것이 사실이다.

내가 아무리 심한 '기계치'라 하더라도, 얼마동안 적응의 고통을 견뎌내고 나면, 'Window XP'를 벗어나 'Window 10'에 편안하게 안착할 수 있을 것이요, '한글 2007'에서 벗어나, '한글 2010'을 자유롭게 사용할 수 있을 것이니, 그때에는 적응을 못해 고통스러워하며 헤매던 날들을 웃으며 회상하게 되지 않겠는가. 그러나 또 다른 길이 있다. 어쩌면 담배도 컴퓨터도 홀홀 다 내던져 버리고, 자연 속을 여유자적(餘裕自適)하게 거닐면서 즐거워하는 날이 되면, 자신이 전날 담배와 컴퓨터에 매달려 살던 어리석은 날들을 돌아보며 가련하게 생각할지도 모를 일이 아닌가.

그동안 사용하다가 고장이 나거나, 새 기종으로 바꾸라는 권유를 따라 컴퓨터를 여러번 바꾸어가며 살아왔다. 그런데 이번에 노트북 한 대와 영원히 작별하고, 또 한 대도 수명이 다해가니, 불원간 버릴 수밖에 없는 형편이다. 버전이 높은 컴퓨터에 적응하느냐, 그렇지 않으면 컴퓨터 없는 세상에서 살다가려느냐. 내 컴퓨터 인생에서 일생(一生) 일대(一大)의 큰 위기를 만났으니, 새로운 길을 찾아가야하는 기로에 놓여있다.

처음에는 걱정과 불안에 빠져서 며칠 동안을 불안하고 초조하게 보냈다. 그러나 이제 어느 길을 가더라도 마음 편하게 가겠다고, 마음속으로 새롭게 다짐을 하였다. 그러고보니, 마치 번뇌의 괴로움 속에 빠져 허덕이고 신음하다가, 마침내 해탈을 한 수도승처럼 마음이 자유롭고 기쁘기 그지없다. 반평생 컴퓨터와 씨름하며 고통속을 헤매던 기계치의 괴로움이 마침내 괴로움에서 해방될 수 있는 희망의 빛을 보았다.

07
향기를 잃은 꽃나무들

내가 살고 있는 원주 산골은 봄이 되면 집집마다 온갖 꽃들이 화려하게 피어나고, 바로 눈앞에 다가서 있는 동쪽 산에는 산벚꽃이 활짝 피어 온 산이 환하게 밝아진다. 그런데 내가 살고 있는 집만의 문제인지는 몰라도, 이 집 뜰에 피어나는 매화도, 자두꽃도, 앵두꽃도, 라일락도 향기가 없다. 나야 후각이 심하게 무디어져 냄새를 잘 맡지 못하지만, 후각이 예민한 노처도 꽃들이 향기를 잃었다고 걱정을 한다.

대학을 다니던 시절 교정에는 키가 큰 라일락 나무가 있었는데, 라일락꽃이 피면 꽃향기가 짙어 지나가다가도 발을 멈추어 꽃향기를 즐겼다. 가끔 친구들과 일부러 이 라일락 향기 짙은 꽃그늘을 찾아가 그 아래에서 오래 머물며 담소를 주고받았던 기억이 생생하다. 법대를 다닌 내 친구 정담(靜潭 金基敦)도 그 시절 라일락 향기에 취했던 기억을 이야기하여, 꽃향기의 추억을 함께 나누기도 했다.

그런데 향기로워야할 꽃나무들이 향기를 잃었다는 사실은, 마치 사람이 선한 본성을 잃어버린 것과 같으니, 심각한 문제가 아닐 수 없다. 그

원인을 노처는 환경오염 때문이라 말하고 있지만, 분명한 원인을 알 길이 없다. 어떻든 꽃나무가 향기를 잃으면 벌이나 나비가 어떻게 찾아들 것인지 걱정스럽다, 벌과 나비가 찾아오지 않으면 꽃나무들이 열매를 맺지 못하거나, 열매가 맺힌다 해도 수정(受精)이 안 된 열매가 될 수밖에 없을 터이다. 어찌 걱정하지 않을 수 있겠는가. 이 문제는 꽃나무만의 문제로 그치지 않는다. 사람들이 결혼을 하지 않거나 결혼을 해도 자식을 낳지 않아서, 인구가 감소되고 있는 우리시대의 현실과 관계는 없을까. 우리사회가 안정과 화합을 잃고 비난과 갈등이 횡행하는 현상과도 관계가 있는 것이 아닐까. 걱정이 되는 것이 사실이다.

당나라 태종(太宗)이 붉은색, 자주색, 흰색의 모란꽃 그림과 함께 모란 씨앗 3되를 보내왔던 일이 있었다고 한다. 신라의 선덕여왕은 보내온 모란꽃 그림에 나비가 없는 것을 보고서, 이 모란꽃은 향기가 없을 것이라 말했는데, 그 씨앗을 심게 해 보았더니, 과연 모란꽃에 향기가 없더라는 기록이 있다.〈『三國遺事』, 卷1, 紀異1, 善德王 知幾三事〉 향기가 없는 꽃에 나비와 벌이 모여들지 않는다는 사실을 보여주고 있다. 그러나 내가 살고 있는 집의 뜰 청향원(淸香園)에서 자라는 모란은 향기가 그윽하고 벌과 나비가 모여드는데,『삼국유사』에서 기록하고 있는 중국에서 보내온 향기가 없는 모란은 종류가 다른 모란인지도 모르겠다.

사람도 인품이 높으면, 그 거동과 말씀에 향기가 풍겨난다. 따라서 사람들이 그의 주변에 많이 모여든다. 그러니 아무 인품도 매력도 없는 사람이라면 향기가 날 이치가 없고, 사람들이 모여들지도 않을 터이니, 그 삶이 공허하고 외로울 수 밖에 없지 않겠는가. 내가 노년에 산골에 살면서 아무도 찾아오는 사람이 없고, 심지어 전화로 안부를 물어주는 사람도 없으니, 바로 나 자신이 인품을 제대로 갖추지 못하였고 따라서 향기를 풍기지 않는다는 사실을 말해주는 것이 아니랴.

산길을 걸어가자면 솔숲에서 불어오는 솔바람에 솔향기가 묻어오니, 즐거움으로 발걸음도 가벼워진다. 산골 냇가에 쉬면서 돌돌거리며 바위 틈을 흘러내리는 물소리를 듣고 있노라면, 가슴 깊은 곳에서 기쁨이 샘솟는 것을 느끼게 된다. 산에도 물에도 향기가 풍겨오니 산길을 걷는 사람의 피로도 풀어주고, 마음속의 근심도 씻어준다. 그래서 산을 오르는 사람들이 많고, 고요한 산사(山寺)를 찾아가는 사람들에게 온갖 번뇌를 씻어내 주고 기쁨을 샘솟게 하지 않는가.

여인들은 사람들의 시선을 끌기 위해 자신을 돋보이도록 값비싼 향수를 바르는 것이 아닌지 모르겠다. 그러나 인공의 향수가 아무리 남들의 후각을 즐겁게 한다 해도, 그 사람의 인품이 풍겨주는 향기에 견줄 수야 없지 않겠는가. 가슴에는 이기심이 가득한 사람이 미사여구(美辭麗句)를 읊거나 향수를 발라서 남들의 시선을 끌고 자신을 드러내려 하는 태도에는 사람을 끄는 매력이 없다. 그러나 세상을 걱정하며 자신을 희생하여, 병들고 가난해 고통 받는 사람들을 보살피는 사랑의 마음은 사람들의 마음에 감동을 불러일으키고 존경심으로 고개를 숙이게 하지 않는가.

나 자신을 돌아보니, 한평생을 살면서 자신을 희생하여 남들을 위해 봉사활동을 해본 일이 없다. 또 고통받는 사람들에게 진정으로 사랑하는 마음을 가져본 적도 없다. 그러고 보니, 나 자신이 이기심에 가득한 속물이었음을 깨닫지 않을 수 없다. 그만큼 나는 향기를 잃은 사람이요, 남들의 사랑을 받을 수 없는 사람인 것이 사실이다. 내가 살면서 만났던 모든 인간관계가 이해타산으로 얽혀 있었을 뿐이라는 말이 된다. 스스로 돌아보아도 얼굴이 붉어지고 부끄럽기 짝이 없을 뿐이다.

내년이면 80이니, 인생을 다 살았다고 할 수 있는데, 이제 와서 내 삶의 방향을 바꾸기도 어렵다. 누가 나를 꾸짖더라도 달게 받아들일 것이요, 누가 나를 욕하더라도 고맙게 받아들일 뿐이다. 내가 공부한 유교에서는 자신의 인품을 닦고(修身), 나아가 집안을 다스리고(齊家), 나아가 나라를 다스리고(治國), 나아가 천하를 평화롭게 한다.(平天下)라 하였는데, 이제 자신을 돌아보니, 나라를 다스리기는 커녕, 집안을 다스리지도 못했고, 더구나 자신의 인품을 닦지도 못했다는 사실을 통렬하게 느끼고 있다. 이른바 내가 평생 공부한 것은 '공염불'(空念佛)이라는 허망함에 빠지고 말았으니, 어찌 괴롭지 않겠는가. 어디가서 내가 유교를 공부했다는 말을 하기도 부끄러울 뿐이다.

　꽃나무가 향기를 잃었다 해도, 여전히 꽃나무인 것을 부정할 수는 없다. 다만 품격이 떨어질 뿐이라 하겠다. 내가 사는 집 뜰의 이름을 청향원(淸香園)이라 붙이고 맑은 향기를 즐거워했는데, 이제 꽃나무들은 향기를 잃었으니, 뜰의 이름도 바꾸어야 할 형편이다. 그래도 나는 향기를 잃은 뜰의 꽃나무들을 사랑하여, 이른 봄부터 꽃가지들을 살피며, 꽃이 피기를 고대해 왔고, 봄이 기울어가는 지금 꽃잎이 져가는 꽃가지를 살피며, 애석해하고 있다. 그러니 향기를 잃었다고 이 꽃나무들을 어찌 외면할 수 있겠는가.

　나는 향기를 잃은 꽃나무를 더 애틋하게 생각하며, 하루에도 몇 번씩 꽃나무 마다 찾아다녀왔다. 언젠가 향기를 되찾는 때가 오기를 바라는 마음으로, 향기 잃은 꽃나무 가지들을 애틋하게 바라보며, 또 인품을 닦지 못한 나 자신을 안타까운 마음으로 돌아본다. 향기를 잃어도 꽃나무는 꽃나무요, 인품이 부족해도 사람은 사람이니, 실망에 빠지지 않고, 더욱 깊은 사랑으로 돌아보아야 하리라 생각한다.

08

알아주는 사람

『무위당 서화자료집Ⅱ』(2012, 무위당사람들)을 보다가 무위당의 난 초화에 화제(畵題)로 "불이무인이불방"(不以無人而不芳: 알아주는 사 람이 없다고 향기를 내지 않는 것은 아니다.)라는 구절이 나의 마음에 깊은 여운을 남겼다. 이 말은 원래 『공자가어』(孔子家語)에서 공자의 말 씀으로 전해지며, "지초와 난초는 깊은 숲속에서 자라는데, 알아보는 사 람이 없다고 향기를 뿜지 않는 것은 아니다."(芝蘭生于深林, 不以無人而 不芳.)이라는 구절에서 나온 말이다. 그 뒤로 사마광(司馬光), 주희(朱 熹) 등 많은 인물들에 의해 인용되었고, 퇴계(退溪)도 인용한 일이 있다.

이 말은 군자가 널리 배우고 깊이 헤아리지만 때를 만나지 못한 처지 를 말하는 것으로, 비록 곤궁한 처지에 놓이게 되었다 할지라도 그 지조 를 잃지 않음을 의미한다. 사실은 깊은 산 그윽한 골짜기에서 피어난 난 초만 아니라, 모든 꽃들은 제가 필 때 피고 질 때 지는 것이지, 사람이 애 정어린 눈길로 보고 있어서 피고, 돌아보는 사람이 없어서 지는 것은 아 니다. 그런데도 사람은 자기중심으로 생각하여, 보통 꽃들과 달리 지초나 난초가 알아주는 사람이 없어도 자신의 향기를 뿜는 사실을 들어 자신을 경계하고 있는 것으로 보인다.

보통사람은 남의 눈길을 의식하지 못할 때, 방자하게 온갖 악행을 저지르다가, 남의 눈길을 의식하면 그제서야 두려워하고 조심하는 경우가 많다. 이에 비해 인격을 닦은 군자라면 남의 눈을 의식하지 않고, 언제 어디서나 자신을 단속하고 악행을 멀리하는 사실을 알 수 있다. 마찬가지로 보통사람은 남이 자기를 알아주거나 칭찬을 하면, 기뻐서 분발하다가도, 남이 자기를 몰라주거나 비난을 하면, 실망하거나 좌절감에 빠지기 쉬운 것이 사실이다. 그러나 군자는 남이 자신을 몰라주더라도 마음에 아무런 동요를 일으키지 않고, 자신이 지켜야 할 도리를 묵묵히 실천해 가는 인간이라하겠다.

그래서 공자도 "남이 자기를 알아주지 않더라도 노여워하지 않으면, 또한 군자가 아니겠는가."(人不知而不慍, 不亦君子乎.〈『논어』1-1〉)라 말했던 일이 있다. '자기를 알아준다'는 것은 통상 자신의 장점을 알아준다는 말이지만, 좀더 나아가면 장점과 단점을 모두 정확하게 알아주는 것을 말한다. '자기를 알아주고 격려해주는 친구' 곧 '지기지우'(知己之友)란 진정한 벗을 가리키는 말이지만, 자기의 장점을 알아주는 친구에 그치지 않고, 자기의 단점도 알아서 충고하고 바로잡아주는 친구를 의미한다.

퇴계는 제자 이담(李湛, 字 仲久)에게 보낸 답장에서, "사람들이 항상 말하기를, '세상이 나를 알지 못한다.'고 하는데, 나도 이러한 탄식이 있다. 그러나 사람들은 자기 포부를 알지 못함을 탄식하지만, 나는 내 허술함을 알지 못함을 한탄한다."(人有恆言, 皆曰世不我知, 滉亦有此歎, 然人則歎不知其抱負, 滉則恨不知其空疎也.〈『퇴계문집』, 권11, '答李仲

久’)고 하였다. 자신의 포부와 능력을 알아주어 격려해주기를 바라는 시선의 방향과 자신의 허물과 약점을 알아주어 경계해주기를 바라는 시선의 방향이라는 관심의 차이를 드러내준다. 나아가거나 올라가고 싶은 사람은 자신의 포부를 알아주기 바랄 것이요, 자신을 바르게 하려는 사람은 자신의 헛점을 알아주기 바랄 것은 당연하다.

바닥을 넓고 단단하게 다져야, 그 기초 위에 건물을 크고 높이 지을 수 있고, 탑을 높이 쌓아올릴 수 있다. 사실 높이 올라가는 방향과 바닥을 단단히 다지는 방향은 어느 쪽도 버릴 수 없고, 양쪽 모두 필수적이다. 다만 반드시 지켜야 할 순서가 있다. 그 순서는 반드시 바닥을 단단하게 다지는 기초작업을 먼저 해야 하며, 그 다음으로 그 기초 위에 높이 쌓아올릴 수 있다는 것이 사실이다. 그러나 마음이 조급하여 기초는 돌아보지 않고 눈에 보이는 성과를 이루려고, 높이 쌓아 올리려고만 한다면, 그 건물이나 탑은 기초가 부실하기 때문에 언젠가 무너지고 말 것이 틀림없다.

그렇다면 겉으로 보이는 성과에 집착하는 사람은 눈에 잘 보이지 않는 기초가 부실하기 쉽다. 이에 비해 난초가 알아주는 사람이 없더라도 향기를 뿜는 것은 바로 그 기초가 탄탄함을 보여주는 것이라 하겠다. 풀이나 나무에서 기초는 땅속에 묻혀있는 뿌리라면, 사람에서 기초는 언제나 눈으로 보이지 않는 마음속을 가리킨다. 이에 비해 쌓아올린 성과는 겉으로 드러나는 지위나 명예나 부유함이라 할 수 있다. 그래서 『대학』에서는, 밖으로 ‘가정을 다스리고’(齊家), ‘나라를 다스리고’(治國), ‘천하를 안정시키는’(平天下) 성과를 이루기 위해서는 반드시 먼저 안으로 ‘뜻을 정성스럽게 하고’(誠意), ‘마음을 바르게 함’(正心)으로써, ‘자신의 인격을 닦는’(修身) 기초 위에 이루어져야 함을 강조하였다.

남이 알아주면 누구나 커다란 기쁨을 느낀다. 그래서 "칭찬은 고래도 춤추게 한다."고 말하지 않는가. 알아주고 칭찬을 받으면 격려되어 더욱 큰 용기를 발휘하게 된다. 그러나 알아주는 것은 밖으로 실현해가는 데는 큰 도움이 되지만, 안으로 마음을 다스리는데는 독이 될 수도 있다. 알아주고 칭찬받으면 자만심이 길러지기 쉬우니, 인격을 닦는데 장애를 일으킬 수 있는 것이 사실이다. 그래서 『명심보감』(明心寶鑑, 正己편)에는 "나를 착하다고 말하는 사람은 나의 적이요, 나를 악하다고 말하는 사람은 나의 스승이다."(道吾善者, 是吾敵, 道吾惡者, 是吾師.)라 말하여, 자신을 칭찬하여 자만심에 빠지게 하는 사람을 경계하고, 자신을 비난하여 스스로 반성할 기회를 주는 사람을 소중히 여겨야 한다는 훈계를 하고 있다.

난초가 깊은 산속에서 피어나 아무도 관심을 기울여주는 사람이 없더라도 그윽한 향기를 뿜듯이, 자신의 인격을 닦는 사람이라면 자기를 알아주는 사람이 없어 적막하더라도 남의 시선을 모두 잊어버리고 자신의 고아한 인격을 다듬어가야 한다는 말이다. 따라서 세상이 알아주지 않아서 큰 뜻을 펼쳐보기는 커녕, 밥벌이를 하기도 어려워 극심한 빈곤 속에 빠지더라도, 그 고통을 견디며 자신의 인격을 닦는데 잠시도 게을리 함이 없어야 한다는 말이기도 하다. 세상에 나가서 높은 지위와 명성을 얻고 많은 재물을 모았던 사람도, 그 인품이 이기심과 탐욕에 젖어서 비루하고 거칠다면 뜻있는 사람들의 비웃음을 살 수 밖에 없지 않은가. 향기로운 난초의 비유를 통해, 품격이 높은 인간 곧 진정으로 인간다운 인간의 길을 확인하고 있음을 보여준다.

09

우리 문화재의 슬픈 운명

　지난 일요일 청안(靑眼 郭炳恩)선생과 점심을 하러 터득골에 갔을 때, 터득골 나무선 대표가 잠시 합석하여 한담하였었다. 이때 나대표께서 고맙게도 나에게 정문수 편저, 『제자리를 떠난 문화재』(원주문화방송, 2017) 한권을 주셔서 감사하게 받아, 집에 돌아와 읽기 시작했다. 그런데 이 책을 읽으면서 우리문화재가 수난을 당하였던 현실이 너무 가슴 아팠다. 원주 MBC PD였던 편저자는 일제강점기 동안 일본의 우리 문화재 약탈 상황과 우리문화재가 사방으로 떠돌았던 과정을 자세하게 조사하여 2003년과 2010년 각각 2부씩 다큐멘타리로 제작 방송한 사실은, 우리 문화재에 대한 우리자신의 무지와 무관심을 절실하게 깨우쳐주는 매우 소중한 일이었다고 생각한다.

　이 책의 부록에 실릴 「제자라를 떠난 원주 문화재 현황」에 수록된 목록을 보면, 원주에 있던 문화재가 다른 곳으로 옮겨진 경우로, 현재 파악된 경우만도 28건이 있다고 하니, 전국에서 문화재를 옮겨놓은 경우가 얼마나 많을지 상상하기도 어렵다. 그런데 그 옮겨진 문화재의 대부분이 국립중앙박물관이나 지방 국립박물관에 전시되고 있는 경우와 일본 등 해외로 반출된 경우가 있다. 이에 대해 편저자는 문화재를 제자리에 돌려놓아야 한다고 주장하는데, 나의 소견으로는 보존과 관리가 제대로 되지 않는다면, 차라리 국립박물관에 그대로 두고 전시하여, 많은 사람들이 둘러볼 수 있게 하는 것도 좋은 방법이라 생각한다.

그 대안으로 문화재가 원래 있던 곳에 방문객이 많으면 꼭 같은 모형을 만들어 비치하는 것이 좋을 것으로 보인다. 그 모형에 유래가 자세히 소개되면 이 또한 뜻있는 일이라 하겠다. 그러나 해외에 유출된 것은 돌려받기 위해 꾸준히 노력하되, 상대방을 비방하여 감정을 상하게 하기보다는 외교적 방법으로 되찾아오기 위해 노력하는 것이 중요하다고 생각한다. 병인양요(丙寅洋擾, 1866)때 프랑스 함대가 강화도를 침공하여 국가의 소중한 의궤(儀軌)들과 서적들이 약탈되었던 일이 있는데, 오랜 반환요구 끝에 국가의 이해관계가 얽히자, 프랑스 정부도 한발 양보하여 소유권은 우리의 것으로 인정하고 영구임대형식으로 바뀌었던 일이 있다. 이렇게 한 발짝씩 진전을 해가야 하는 것이 해외반출 문화재를 되돌려 놓을 수 있는 방법이 아니겠는가.

편저자는 세키노 다다시(關野貞)교수가 1902년 한국의 주요 유적지를 한차례 두루 조사한 일이 있고, 1909년 통감부의 위촉으로 조선의 고건축물을 조사하기 시작하여, 1912년까지 1600여km를 여행하며 우리의 고적을 사료조사와 실측조사까지 하였던 사실, 이때 찍은 사진자료 유리원판이 1,709매가 남아 있으며, 이를 바탕으로 조선총독부에서 1911년『조선예술지연구』(朝鮮藝術之硏究) 속편을 간행한 사실과, 1915년부터 1935년 사이에『조선고적도보』(朝鮮古蹟圖譜) 15책이 간행되었던 사실을 소개하고 있다. 세키노교수의 이 조사가 일제의 조선

문화재를 약탈하기 위한 조사라 매도하기에는 이른 것 같다. 비록 기술과 판단에 문제가 있어서 수리가 잘못된 점이 있었지만, 무너져가는 문화재를 수리하는데도 많은 관심을 기울였던 것이 사실이 아닌가.

과연 조선정부나 유교지식인들이 우리자신의 문화재가 놓인 현황을 조사해본 일이 있었던가. 무관심 속에 무너져가는 문화재를 조사하여 수리하려고 하였던 일제의 공로를 인정하지 않을 수 없을 것 같다. 물론 산야에 방치된 불탑이나 부도탑 등이 조선인의 협력을 얻어 밀반출하여 일본인의 정원을 장식하거나, 일본으로 가져간 경우도 많이 있었지만, 모두가 우리 문화재에 무관심하였던 우리들의 죄이지, 일본인 골동상이나 총독부만 비난하고 있을 수는 없지 않은가.

유일하게 남아있던 『훈민정음 해례본』(訓民正音 解例本)이 어느 집 벽지로 발라놓은 것을 겨우 찾아낸 사실이나, 추사(秋史 金正喜)의 「세한도」(歲寒圖)가 고물상 리어커에 있는 것을 일본인의 눈에 띄어 해방 후 일본에 건너간 것을 오랜 세월 공을 들여 찾아왔다는 사실도, 우리가 우리 문화재에 대해 얼마나 무관심했던지 슬프고 부끄러운 일이다. 편저자는 우리문화재가 유출되는 과정에 우리나라 사람들이 관여하였던 사실도 분명하게 밝혀주고 있어서, 일제의 만행을 규탄하는데만 집중하는 태도를 벗어나 객관적 자세를 잘 보여주고 있다. 또한 그는 책 끄트머리 부분에서, "문화제 훼손과 반출 문제를 얘기할 때면 일제의 소행 탓으로만 여길 뿐, 우리들 스스로의 불찰과 무관심도 한몫하고 있는 것은 아닌지, 세삼 되돌아보게 된다."(219쪽)는 말에 깊이 공감하지 않을 수 없다.

따지고 보면 근본원인은 우리자신의 문화재에 대한 무지와 무관심과 무대책에 있고, 일제의 침탈행위는 그 온상에서 자라난 독버섯 같은 것이라 할 수 있다. 조선왕조가 멸망하면서 나라를 잃은 것도 밖으로 일제의 침략 야욕이 가장 큰 요인이었지만, 안으로 조선정부의 부패와 무능으로 국력은 쇄잔해지고, 백성들은 굶주림에 허덕이던 현실이 근본 원인이 되고 있다고 해야 하겠다. 담장은 무너지고 대문도 방문도 열어두고서, 밖에서 온 도적만 탓하고 있다면, 자신의 허물은 뉘우칠줄 모르는 어리석은 태도가 아닐 수 없다.

우리 역사는 외적의 침입을 끊임없이 당했었다. 삼국시대에도 신라는 왜구의 침탈을 무수히 당했고, 고려때에는 거란족의 침입, 몽고족의 침입, 홍건적의 침입, 왜구의 침입을 잇달아 당하였다. 몽고족의 침입으로 경주 황룡사와 구층탑이 불타버렸고, 얼마나 많은 재물을 노략질 당하였으며, 얼마나 많은 백성들이 목숨을 잃거나 고통을 당했던가. 그러나 침탈이 지나가면 다 잊어버리고 아무 일도 없었던 것처럼 안일함에 빠져 있었다. 전란의 고통을 잊으려고만 했지, 미리 대비하려는 노력은 보이지 않았다.

조선시대에 들어와서도 임진왜란 7년동안 전국토가 왜적에 유린되면서 무수히 많은 백성들이 희생되고, 헤아릴 수 없이 많은 유물들이 약탈당했지만, 군주는 대책이 없고, 신하들은 당파싸움에 급급하였으니, 멸망하지 않은 것만도 천행이었다. 그래도 명나라만 의지하여 매달렸는데, 명나라 원군의 횡포가 얼마나 혹심하였던가. 전쟁이 끝나자 다 잊어버리고 지내다가 여진족 청나라의 침략을 받아 마침내 임금이 항복하는 굴욕을 당하고 말았다. 그러고 나서도 지도층 유교지식들은 더욱 보수화되고, 19세기 들어와 외세의 압박이 심해지자, 쇄국(鎖國)정책으로 버티다가 마침내 무너져 문호를 열었고, 일본의 간계와 이완용 등 매국노의 합작으로 조약에 의해 대한제국이 허무하게 멸망하면서 일본에

합병되고 말았다.

우리는 과거의 역사에 대한 무지와 무관심으로 미래의 꿈을 상실하고, 오직 현재의 안일에 빠져 살아왔던 것 같다. 밖으로 뻗어나갈 기상은 잃어버렸고, 안으로 분열과 갈등을 끝없이 일으키면서 서로 혹독하게 상처를 입히며 살아왔던 것 같다. 게다가 자주의식 마저 희미하여, 오랜 세월 중국에 매달려 살았고, 이제는 미국에 의지해 나라를 지키고 있으니 우리의 슬픈 역사는 아직 끝나지 않은 것이 아닌가. 따라서 우리자신이 우리의 문화재가 지닌 가치를 알아볼 줄도, 아낄 줄도 몰랐다. 문화재로 폐사지의 석탑이 무너져도 그 돌을 가져다가 담벼락을 쌓거나 빨래판으로 쓰더라도 말리는 이웃이나 징계하는 관헌이 있었던가.

남을 탓하고 자기변명만 늘어놓는 태도는 책임감도 없고 반성할 줄도 모르는 것이니, 과연 앞으로도 남을 탓하다가 세월을 흘려보낼 것인지, 스스로 책임을 지고 바로잡아 나갈 것인지 우리가 선택해야 할 몫이다. 『제자리를 떠난 문화재』한권을 읽으며, 많은 생각을 하게 되었다. 우리의 슬픈 역사가 끝나고 당당한 역사를 써갈 수 있을 것인지, 안으로 병들어 앓으며 연명해갈 것인지, 깊이 각성할 필요가 있지 않겠는가.

10
흘러넘치는 사랑

지난 5월23일 청안(靑眼 郭炳恩)선생이 문자로 좋은 글을 보내주셨다. 그 내용은 다음과 같다. "마을 뒷길 약수터 넘어 언덕 윗집 누렁이가 따라온다. 언덕 넘어 순동이와 주택단지 앞 검둥이에 줄 호두과자 두 개를 조금 떼어준다.···검둥이는 멀리 발자국 소리만 듣고도 앞발을 들고 짧은 꼬랑지를 바쁘게 흔들어댄다.···앞집 가출한 깜씨 잡히지 않을 만큼 거리를 두고 따라다닌다.···마당에 와서 잔다. 아무 곳이나 누워서 눈붙이면 잠자리가 된다.···집 없는 깜씨 쉼터인가. 산책길 주머니에는 빵조각이 들어있다."

정겨운 광경을 그려낸 잔잔하고 아름다운 글이다. 나의 답장은 다음과 같았다. "사람을 사랑하는 마음이 동물을 사랑하는 마음으로 흘러넘치시는 모습, 진실로 아름답습니다. 청안선생의 넓고 따스한 마음 깊은 감동으로 만날 수 있어서 너무 감사합니다." 사실 우리의 주변에서 '사랑'이란 말이 너무 흔하게 들리지만, 얼마나 깊은 마음으로 사랑할 수 있는지에 대해서는 이해가 별로 없는 것 같다. 자기 한 몸만 사랑하는 사람, 자기 가족만 사랑하는 사람은 많으나, 이웃을 사랑하고, 모든 사람을 사랑하는 사람은 드물다.

그런데 청안선생은 오랜 세월 사람을 사랑하는 일, 특히 병들고 가난하여 고통 받는 사람들을 사랑하고 이들을 위해 봉사하는 일을 하는데 헌신적인 노력을 기울였던 분이다. 어찌 머리 숙여 존경하지 않을 수 있겠는가. 그런데 그는 사람만 사랑하였던 것이 아니라, 동내 개들도 그의 사랑을 받아 그를 반기고 따르는 모습을 보여주고 있다. 개나 고양이를 사랑하여 항상 곁에 끼고 사는 사람들이 있다. 이른바 '반려동물'을 사랑하는 것이다. 나도 어릴 때 집에서 키우는 개와 함께 놀기를 좋아했다. 그런데 사람들은 자기 개나 고양이 등을 사랑할지언정 남의 개나 고양이를 사랑하지는 않는다. 나는 집에서 개나 고양이를 기르지 않은 지가 60년도 넘은 것 같다. 내가 동물들을 좋아하지 않기 때문이다. 나로서는 사람도 사랑하지 못하면서 어찌 동물을 사랑할 수 있겠느냐는 생각이다.

사실 나는 개를 싫어한다. 사납게 짖는 것도 싫지만, 시끄러운 것이 싫다. 그만큼 나는 세상을 향해 열린 사람이 아니라, 내 속에 갇힌 사람임을 인정하지 않을 수 없다. 〈내셔널 지오그라피〉에서 동물들이 살아가는 모습을 즐겨보기는 한다. 그러나 내가 이런 동물들과 어울려 살고 싶은 생각은 조금도 없다. 곤충은 더욱 싫어한다. 파리나 모기는 물론 벌이나 나방도 싫다. 지내나 송충이는 보기도 끔찍하다. 그래도 식물은 훨씬 나은 편이다. 솔숲이나 대숲은 보면 마음이 편안해지고, 꽃나무나 풀에 꽃이 곱게 피면 보기를 즐거워한다. 그러나 꽃이 아름답지 않으면 눈길도 주지 않는다. 이처럼 나는 자신의 취향에 사로잡혀 살아가는데, 청안선생의 사랑은 모든 사람으로 흘러가서, 동물로 흘러넘치고, 다시 모든 생물과 무생물, 천지 만물에로 까지 흘러가리라 짐작이 된다.

"내 마음은 호수요.…"라 노래하지만, 사실 호수는 갇혀있는 물이라, 큰 사랑이 되기는 어렵다. 큰 사랑은 깊은 산골 샘물처럼 끝없이 솟아나 흘러넘쳐 작은 개울물이 되어 흘러가다가 웅덩이를 만나면 가득 채우고 흘러넘쳐 내려가 냇물이 되고, 강물이 되어, 멀리 바다까지 흘러가는 사랑이 아니겠는가. 『용비어천가』(龍飛御天歌)에서도, "샘이 깊은 물은 내 이루어 바다에 가나니.…"라 읊고 있지 않는가. 청안선생의 사랑은 가까이에서 멀리까지 두루 미치는 큰 사랑임을 알겠다. 천주교 성가(聖歌)에도 "강물처럼 흐르는 사랑, 너와 나로부터 흐르고…"라는 구절은 흘러넘치는 사랑을 노래하고 있다.

나는 노년에 원주 산골에 들어와서 살면서 청안선생을 만나 사귈 수 있었던 사실이 내 일생에 큰 축복이라 생각하고 있다. 청안선생을 만나서 담소하다보면, 누구의 허물을 지적하는 일이 없고, 길을 걸어가다가도 사람들과 반갑게 인사를 나누며, 차를 타고 가다가도 아는 사람을 보면 꼭 차를 세우고 정답게 말을 건네는 모습을 보면서, 그 마음의 아름다움에 깊이 감탄했던 일이 자주 있었다. 이렇게 사람들을 사랑으로 대하니, 많은 사람들이 청안선생을 따르고 존경하는 것이 아닌가. 사실 나로서는 신발 벗고 뛰어도 따라갈 수 없는(足脫不及) 경지임을 알고 있다.

제자 번지(樊遲)가 '어진 덕'(仁)이 무엇인지를 묻자, 공자는 "사람을 사랑하는 것이니라."(愛人.〈『논어』12-22〉)라고 대답하셨던 일이 있다. 청안선생은 사람을 사랑하는 마음이 넘쳐 동물과 사물에 까지 사랑이 미치니, 진실로 '어진 군자'(仁人君子)라 하지 않을 수 없다. 사람을 사랑한다는 것도 말은 쉽지만, 실제로 행동에 옮기기는 지극히 어려운 일이다. 좋아하는 사람이 있으면, 싫어하는 사람, 미워하는 사람도 있기 마련인데, 모든 사람에게 사랑이 흘러간다는 것은 그 가슴이 티 없이 맑고 툭 터지지 않으면 결코 모든 사람을 사랑하는 마음을 실현할 수 없는 일이 아니겠는가.

세상에는 자기주장이나 신념에 사로잡혀 다른 사람이나 다른 집단에 대해 증오하는 사람들이 적지 않다. 어느 광신자가 절에 올라가 불을 지르는 일도 있었다. 가사(歌辭)문학의 거장인 송강(松江 鄭澈)이 반대당인 동인(東人)세력을 숙청하기 위해, 조작된 역모인 정여립(鄭汝立)의 반란을 심판하면서, 반대당의 인물들을 1,000명 이상 죽였다는 말이 있다. 그의 가사문학이 보여주는 아름다움과 그의 당파의식이 지닌 잔혹성이 아무 상관이 없는 것인가. 사랑을 가르치는 종교나 정의를 신봉하는 신념이 전쟁을 일으키거나 학살을 자행한 일이 수없이 일어났던 것도 사실이다. 이런 잔학행위를 하고도 뉘우칠 줄 모르는 종교나 신념을 보면 한없이 슬퍼진다.

청안선생의 흘러넘치는 사랑을 지켜보면서, 내 가슴이 따스해지고, 대안리 산골이 훈훈해지며, 원주가 아름다워지는 것을 느끼게 된다. 그런데 내 가슴은 따스해지지만, 나의 온 몸은 여전히 굳어질 대로 굳어져, 사랑을 실천하는 모습을 본받지 못하고 있으니, 어찌 답답하고 부끄럽고 슬프지 않겠는가. 유행가에 "사랑은 아무나 하나."라는 구절처럼, 툭 터진 가슴으로 사람과 사물을 사랑할 수 있는 것은 그 타고난 품성과 연마된 인격의 바탕이 뒷받침되어야 가능한 것이 아닐까 하는 생각이 든다. 청안선생의 넓고 깊은 사랑의 마음에 진정으로 공경하는 마음을 간직하고 있다.

11

어느 도예가의 삶과 작품

지난 2월말 내가 평소 존경하는 청안(靑眼 郭炳恩)선생과 즐겨 찾아 가던 이웃 동내의 터득골 북카페에서 점심을 하고 커피를 마시며 환담 하던 자리에, 터득골 북카페의 나무선대표께서 동석하시여 즐겁게 담소 하였는데, 돌아올때 나무선대표가 새로 간행하신 책 김기철의 『작은 그 릇 안에 담긴 우주』(터득골, 2020)를 한권 선물해 주시면서, 지나가는 말로 글을 한번 써 보라고 하셨지만, 마음에 부담을 갖지는 않았다.

집에 돌아와 책을 펼치니, 저자 최기철(知軒 崔基哲)선생은 대학에 서 영문과를 졸업하고 교편을 잡으셨던 분이라 그러한지, 글이 유려하 고 재미있었다. 그러나 나의 빈둥거리며 노는 버릇 때문에 한달을 넘기 고서야 겨우 끝까지 읽었다. 책을 읽으면서, 나로서는 오랜만에 신선한 충격을 받았고, 도예(陶藝)라는 미지의 세계를 탐험하듯이 흥분하였다. 또한 저자의 삶 속에 뛰어든 듯 한 경험을 할 수 있어서 너무 좋았다. 그 러나 아무것도 모르는 문외한인 내가 달랑 책하나 읽고 책에 실린 작품 사진을 보고나서 도예가와 도예작품에 대해 입이라도 벙긋한다면 지나

가던 소가 웃을 일이 아닐 수 없다.

　그럼에도 불구하고 감히 말하고 싶어진 까닭은, 이 책은 표제에서부터 심상찮은 문제를 던지고 있었으며, 도예가 김기철선생의 삶이 너무 깊은 인상을 심어주었기 때문이다. 그래서 나는 '작은 그릇 안에 담긴 우주'라는 책 표제를 오랫동안 음미해 보았다. 사실 인간이란 마음속에 욕심과 번뇌로 가득한 존재일 뿐이니, 인간도 우주를 담을 수 없는데, 하물며 한낱 도구인 그릇이 어찌 우주를 담을 수 있다는 말인가. 물론 인간에도 도(道)를 닦아 깨우친 사람이라면 우주를 넉넉히 품을 수가 있으리라 짐작이 간다. 그래도 그릇이 우주를 담기는 어려운 일이 아니겠는가.

　법정(法頂)스님의 말에, "제대로 된 그릇은 숨을 쉰다. 도예가의 혼이 지수화풍(地水火風: 四大)의 조화(造化)와 하나가 되어, 기물(器物)에 생명력을 불어넣어 그릇이 숨을 쉬는 것이다."(128쪽)라는 구절이 수긍이 갔다. 그래서 나는 한 도예가의 열정적 삶과 뜨거운 예술혼이 그릇으로 태어났다면, 그 그릇이 우주를 담을 수 있을 것이라 이해할 수 있을 것 같았다.

　도예가 김기철선생은 국내에서 많은 상(賞)을 받았는데, 그 심사를 맡았던 이 분야 권위자들이 극진한 찬사를 아끼지 않았다는 사실은 그에게 크게 영예로운 일이요, 또 그의 작품이 세계의 저명한 박물관에 소장되고 전시된다는 사실은 온 국민이 자랑스럽게 여길 일이다. 그러나 나는 무엇보다 그의 삶이 나에게 큰 감명을 주어, 그가 나보다 10년 연상이지만, 같은 시대를 살면서도 그를 모르고 살았던 나의 우매함이 한심스러웠고, 그의 작업장인 보원요(寶元窯)를 한번 찾아갈 인연을 못만난 나의 불운함이 안타까웠다. 그래도 이 책을 읽을 수 있는 것이 나에게 큰 행운이요, 이 책을 통해 김기철선생의 삶과 작품세계를 좁은 문틈으로나마 얼핏 볼 수 있었다는 사실이 나에게 큰 축복이 아닐 수 없다.

먼저 김기철선생의 삶에서 큰 충격을 받았던 점은 그가 40대 중반에 안정된 직장인 교직을 버리고 도예가의 길로 뛰어들어가서, 인생의 전환을 하였던 용기이다. 그는 45세때(1977) 옻칠공예의 명인 김봉룡(一沙 金奉龍)의 전시회를 한번 둘러보면서, "사십 중반이 되도록 인생을 헛 산것 같았다. 눈앞이 캄캄했다.…그때부터 '나도 뭔가 만들어봐야지!'하고 단단히 결심했다."(70쪽)고 고백하였다. 마치 석가모니가 성밖에 나갔다가 생로병사(生老病死)로 괴로워하는 가난한 백성들의 삶을 보고나서, 왕자의 영화로운 길을 내던지고 깨달음을 찾아 수도의 고행길에 뛰어들었던 것과 같은 전환의 계기를 찾았던 것이다.

보통사람들은 전환을 꿈꾸면서도 고민만 하다가 실패의 두려움이나 불안감을 넘어서지 못하고 도로 주저앉고 마는데, 그는 이처럼 위험한 인생의 전환을 과감하게 이루어냈다는 사실이 놀랍다. 결과적으로 그는 도예가로 전환을 통해 찬란하게 빛나는 성공을 거두었지만, 내가 아는 사람들 가운데, 그 전환을 시도했던 여러 사람들이 실패를 하고 말아 회한에 빠져 살아가는 경우를 자주 보았다.

또 한 가지 나에게 깊은 인상을 주었던 점은, 그가 자연과 어울려 자연 속에 하나가 되어 살아가는 삶의 모습을 보여준다는 사실이다. 그는 보원요의 울타리로 손쉽게 축대용 돌을 사다가 쌓거나, 콘크리트로 축대를 쌓는 것이 아니라, 직접 냇가에서 돌을 주워다 날라서 축대를 쌓고 돌담을 쌓았다고 한다. 그 자신 "무슨 귀신에 씌었는지, 돌축대를 쌓는다든지 돌담을 쌓는 게 너무나 재미있어…"라 말하고 있는 것처럼, 그가 축대와 담을 쌓고, 정원의 꽃나무를 심으면서 정원을 가꾸고 다듬거나, 집을 지어가면서 신명이 나서 몰두하고 있었던 것은, 그의 삶이 자연 속에 살고, 자연과 하나되는 삶의 모습을 보여주는 것이라 생각된다.

솔직히 김기철선생의 도예작품에 대해서는 나로서 말할 자격도 능력도 없음을 잘 알고 있다. 그러나 나에게 가장 깊은 감명을 주고 있는 사실은, 무엇보다 그가 조선백자의 전통을 이어가면서 우리시대에 새로운 백자를 창작하고 있다는 사실이다. 그는 "옛것의 복제가 아니라, 뿌리와 줄기는 단단하게 전통에 기초를 두고, 이 시대에 또 다른 우리 것을 해보자는 것이 목표라면 목표였다."(74쪽)고 자신의 꿈을 술회하고 있다. 또한 미술비평가 김미진은 "그는 이런 백자의 전통을 온몸으로 받아들이고 또한 새롭게 현대화를 시도하고 있다."(책 머리)고 인정을 하고 있음을 알겠다.

사실 전통과 현대를 연결시키려는 것은 전통문화를 연구하는 모든 사람들의 꿈이지만, 누구도 쉽게 그 성과를 이루어내지는 못하고 있어 안타까워한다. 서양학문을 연구하는 사람들도 모두가 우리시대 우리사회의 현실 속에 들어가서 새롭게 해석할 수 있는 이론을 찾아내려 애를 쓰고 있지만 쉽지 않은 일이다. 나 자신도 평생 한국유교의 전통을 공부하면서 마치 두더지가 땅속을 뒤지고 다니듯이 전통유학자들의 사상만 파고 다녔지, 우리시대의 문제에 대답하는 유교이론을 밝혀야 한다는 과제는 그저 꿈에 지나지 않아 답답하고 안타까웠다. 그런데 김기철선생이 전통과 현대를 연결시켜 전통이 현대에 다시 살아나게 했다는 사실은 획기적인 사건이 아닐 수 없다. 어찌 감탄하고 감명을 받지 않을 수 있겠는가.

또 한 가지는 김기철선생의 도예작품에 대한 인상을 아무 책임감 없이 외람되게 말한다면, 그의 작품은 연꽃 꽃봉오리도 곧 터질듯 생생하고, 활짝 피어난 연꽃의 꽃잎도 생생하여 어디서 은은한 꽃향기가 바람결에 묻어올 것 같고, 바람에 하늘하늘 흔들릴 것처럼 넘치는 생기를 느낄 수 있었다. 그릇이야 분명 정물(靜物)인데, 살아있는 생물(生物)처럼 느껴지는 것은 분명 작가가 실물을 새밀하게 관찰하고, 그 생동력을 그릇에 불어넣어준 것이 아닐까 짐작해 본다.

나는 김기철선생을 뵌 적이 없지만, 이 책을 통해 만날 수 있는 것 만으로도 행복감을 느낀다. 그의 글을 통해 보면, 그는 성품이 사람을 좋아하며, 따뜻하고 너그럽게 품어주는 분이 틀림없다. 이런 분을 자주 만나고 친하게 지내는 사람들은 그를 안다는 사실만으로도 이미 복을 받은 것이라 할 수 있겠다. 또한 우리 주위에 도예가 김기철선생이 있다는 사실만으로도 우리사회에 희망의 등불 하나가 밝게 켜져 있는 것이라 생각한다.

12

전통의 계승과 전통의 파괴
-김상표화가의 전시회를 보고

　(사)무위당사람들의 사무국장이신 고천(古泉 元祥鎬)선생이 초대해
주어, 지난 6월8일 원주 치악예술문화회관 전시장으로 가서 김상표화
가의 〈혁명가의 초상: 무위당 장일순〉 전시회를 관람하였다. 전시작품
은 무위당(無爲堂 張壹淳) 초상의 연작 22점 등 43점이었다. 무위당사
람들의 김찬수 상임이사께서 친절하게 설명해주셨는데, 지금까지 미술
작품의 어느 유파와도 다른 특이한 그림들이라 어떤 화풍에 속하는지
를 알 수 없어 여쭈어보았더니, 김찬수이사는 화가가 자신의 화풍을 '아
나코 회화'(Anarco-Painting)라 한다고 소개해 주었다. 과연 기존의 전
통과 규범이나 체재를 철저히 깨뜨리는 무정부주의적 화풍임을 인정할
수 있었다.
　화가는 전시회의 인사말에서 무위당선생에 대해, "세상 속으로 들어
가 모든 사람들이 서로를 모셔서 살리는 아름다운 공동체를 가꾸는데
도 온힘을 쏟으셨습니다.…무위당 선생님이야말로 삶을 예술처럼 살다

가신 진정한 삶의 혁명가라 생각합니다."라 언급하였다. 무위당선생을 '삶의 혁명가'라 언급한 사실은 깊은 통찰에서 나온 명쾌한 지적이라 나도 크게 공감할 수 있었다.

화가는 또 무위당선생의 『무위당 장일순의 노자이야기』를 읽고, '무위'(無爲)를 "사사로운 욕망을 버리고 만물과 하나되고자 하는 수동적 적극성의 삶"이란 설명에 깊은 감명을 받아, 무위당선생을 삶의 스승으로 삼았다고 하였다. 솔직히 나는 일찍이 이 책을 구해서 읽다가 말았고, 최근에 다시 읽기 시작했으나 절반쯤 읽고서도 특별한 감흥을 받지 못하여, 책을 덮고 관심을 가진 제자에게 책을 넘겨주고 말았다. 그만큼 내가 노자에 대한 이해가 부족하고 무위당선생의 설명을 깊이 이해하지 못했다는 사실이 부끄러울 뿐이다.

무위당선생의 초상을 중심으로 관람하였는데, 인물화이지만, 화가는 붓으로 섬세하게 묘사하는 것이 아니라, 장갑을 낀 손으로 물감을 가득 묻혀서 100호 화폭에 마구 휘저어 그렸다 한다. 그러니 흐르고 휘감기는 많은 선들이 인물의 형상 위에 겹쳐져 있어서, 인물의 형상 보다는 그 내면의 감정이나 의식을 표현하고자 한 것이 아닌지, 짐작을 해보았다. 가까이서 보다가 조금 멀리 떨어져서 보니 인물의 형상이 좀 더 뚜렷해지기는 했지만, 색깔과 선의 흐름이 너무 강렬하여, 속이 울렁거리고 구토증이 생겨서 화장실로 달려가야 했다. 이 초상화들은 나에게 너무 큰 충격을 주어서, 나로서는 감당할 수 없었던 것 같다.

전시장에서 나올 때, 감찬수이사께서 이 전시회에 대한 화가의 인사말과 고원의 평론 을 담은 프린트물과 화가 자신이 그동안 전시회에 출품했던 작품의 사진과 해설이 수록된 두툼한 책 『나는 아나키즘이다: 회화의 해방, 몸의 자유』를 한 권 주시고 점심까지 사주셔서 너무 감사했다. 집에 돌아와 프린트물과 책을 읽어나가니, 작가의 말, "예술가의 파괴적 충동은 창조적 충동이다.…반미학의 미학을 목표로 그림과 그림 아닌 것의 경계에서 화가-되기는 새로운 회화적 스타일을 창조하고자 하는 나의 아나키즘적 지향성의 한 표식이다."(『나는 아나키즘이다…』, 57쪽)을 읽으며, 그가 전통의 미술을 깨고 새로운 창작을 추구하고 있으며, 이미 그의 그림은 아름다움을 지향하는 미술을 멀리 떠나고 있음을 이해할 수 있을 것 같다.

이와 더불어 나는 너무 전통의 그늘에 안주하고 있는 사람이라, 전통을 깨고 새로운 창작을 시도하는 그를 이해하기에는 너무 보수의 틀에 갇혀있다는 사실을 깨달을 수밖에 없었다. 그래도 그동안 나는 자신이 전통을 공부하면서 우리시대에 맞게 변혁되어야 한다고 주장해온 사람이라고 생각해왔는데, 나자신은 여전히 전통의 틀에 갇혀있는 사람임을 새삼 각성하였다. 실재로 요즈음 젊은이들의 음악에 호감을 느낄 수 없는 것이 사실이다. 화가가 좋아한다는 Nirvana의 음악을 일부러 찾아서 들어보았는데, 너무 생소하여 두 번 다시 듣고싶지 않았다. 이제는 나도 자신이 전통의 알껍질을 깨고 싶어 하지만 여전히 그 껍질 속에 갇혀 있음을 인정한다.

시대는 쉬임없이 변해가는 것이니, 시대의 변화를 모르면 겨울에 여름 옷 입거나 여름에 겨울 옷 입은 채 버티고 있는 꼴이 아니랴. 북송(北宋)의 정이천(伊川 程頤)은 "때를 알고 형세를 알아차리는 것이 역(易)을 공부하는 가장 중대한 방법이다."(知時識勢, 學易之大方.〈『易傳』〉)라 하였다. 그러나 전통을 극복하고 시대에 맞는 새로운 사상이나 문화를 창조하기는 너무 어려운 일이다. 그러다보니 우리는 우리 스스로 전통의 틀을 깨고 새로운 창조를 해나가지 못하고 항상 다른 나라의 새로운 물결을 받아들여서야 개혁을 해 나갔던 것이 아닌가 한다. 오랫동안 중국의 새 물결을 받아들였고 이제는 서양의 새 물결을 받아들이고 있으니, 우리는 뿌리가 없이 새 물결을 따라가기만 해 왔던 것이 아닌가.

과연 김상표화가는 해체주의나 다른 어떤 서양의 새로운 사조에 영향을 받은 것인지, 얼마나 독창성이 있는지 나로서는 판단할 수 없지만, 나의 좁은 견문으로는 어느 곳에서도 보고 들은 적이 없으니, 그의 독창성을 기대해 보고 싶다. 그런데 우리의 아름다움이라는 감성이 전혀 무시되는 그림이 얼마나 영향력과 지속성을 지니고 있을지 궁금하다. 잠시 물위에 생겼다 사라지는 포말처럼 지속성이 없다면, 예술로서 가치도 그만큼 줄어들 수 밖에 없지 않겠는가. 그렇지만 평론가들의 논평이 매우 긍정적이니, 기대를 해 본다.

창조는 전통의 기반 위에서 전통을 극복하는 것이 바람직하지 않을까 생각한다. 공자도 "옛날 배운 것을 익혀서 새로운 것을 알아낸다."(溫故而知新.〈『논어』,2-11〉)하였다. 창조에는 전통의 제도나 형식이나 규범을 파괴하는 측면이 있지만, 맹목적이고 전면적인 파괴가 아니라, 전통의 가치를 새롭게 발견하는 바탕 위에서 창조하는 것이 바람직하지 않겠는가. 인간심성의 바탕에 뿌리를 내리고 가지가 더 높이 더 넓게 뻗어나가듯이 뿌리를 잃지 않는 것이 진정한 창조라 생각한다. 그렇다면 김상표화가의 창조에는 그 뿌리가 무엇인지 알고 싶다.

솔직히 나는 그의 그림을 현재로서는 좋아할 수가 없다. 그렇다고 그의 창조적 시도를 부정하지는 않는다. 다만 그의 '반미학의 미학'이 어떤 미학인지 아직은 이해를 못하고 있어서 답답하다. 이에 비해 무위당선생은 그의 말처럼 '모심과 살림'의 철학이 멀리 노자를 비롯하여 불교와 유교와 그리스도교의 경전은 말할 것 없고 가까이 최해월(海月 崔時亨)

의 사상까지 그 혁명의 튼튼한 사상적 뿌리를 이루고 있지 않은가. 뿌리
는 생명이니 뿌리가 없는 사상은 생명력을 확보하기 어려울 것으로 보
인다.

13

적당한 신앙은 없는가

　　지난번(2019년 11월27일) 내가 평소 마음으로 깊이 존경하는 곽병은(青眼 郭炳恩)박사의 메일을 받았는데, 곽박사는 독락재(獨樂齋)에서 독서하는 즐거움을 말씀하셔서 부러운 마음으로 읽었다. 그런데 내가 메일의 본문만 보고 그 뒤에 이어서 〈추신〉이 있는 줄을 모른 채 답장을 보내고 말았다. 그러다가 어제(12월15일) 우연히 메일을 다시 보다가 〈추신〉을 발견하고, 거듭 읽어보고서 곽박사께서 던진 문제 "적당한 신앙은 없는가."에 대한 대답으로 나의 소박한 생각을 한번 정리해 보고나서 곽박사께 올려 가르침을 받고자 한다.

** 곽박사의 <추신>: "적당한 신앙은 없는가?"

　　요새…최인호의 『인생』을 봤다. 10여년 전 암투병을 하면서 쓴 글들이다. 주로 하느님과의 대화이고 신앙 이야기이다. 작가는 신앙인이 되려고 무단히 노력했다. 고민하고 하느님께 질문도 하고 …하느님께 의지하려고 무단히도 노력한 흔적이 많다. 과연 작가는 지금 하느님 곁에

가 있을까. 그렇게 원했던 부활을 겪었을까. 단지 죽음의 순간까지 신앙 (의 힘)을 믿으며, 하느님이 계심을 믿고, 그분께 가려고, 부활하려고 노력했던 그 순간들이 행복했던 것은 아닐까. 죽고 난 후 지금 어떤지는 중요한 것 같지 않다. 당시 작가와 같은 병동에 있었다던 이태식신부님도 마찬가지 아닐까.

내가 너무 신앙이 없어서 떠드는 말일지 모르겠다. 매주일 성당에 앉아있으면서 말이다. 집사람에게 며칠 전 "나는 신앙이 적당히 없어서 다행"이라고 했다. 모든 것을 하느님께 의지하려고 하지 않아서 좋다는 말이다.

나는 근본적으로 죽음은 자연의 변화에서 작은 부분일 뿐이라 생각하여 받아들이고 있다. 낮과 밤이 바뀌듯 길가 들풀이 봄 여름 한철 살다가 없어지듯이 씨를 퍼뜨려 종족을 유지하는 것은 다음 일이다. 우주의 보일 듯 말 듯 수 없는 미물들의 변화의 하나이고 긴 여정에서 눈에 보이지도 않을 찰라에 불과한 것이 인간의 삶이 아닌가. 종교도 그 짧은 삶속에서 인간이 만든 여러 삶의 방식 중의 하나가 아니던가. 살고 죽음에 대한 근본적인 나의 생각은 자연의 한 변화일 뿐이고, 몸뚱이는 잠시 빌려온 것일 뿐으로, 죽음을 담담히 받아들이고 있다.

그리고 주일 성당에 가서 주님의 말씀을 들으며 선한 마음을 기르고 나를 반성하며 삶을 깨끗이 할뿐이라고 생각한다. 너무 이기적인 사고일지는 모르겠다. 그래서 어느 시인의 말처럼 죽음을 앞두고 소풍 잘 마치고 돌아간다고, 어느 스님의 말처럼 죽음을 앞두고 거울을 보고 자신에게 "너와 내가 이별을 하는구나. 잘 가거라." 했다고, 그리고 나는 옆사람에게 그리고 지인들에게 그동안 고마웠다고 말하고 싶다.

최인호의 인생을 보고 내 생각은 적당한 신앙은 없는가이다.

＊＊ 나의 답신: "신앙은 삶의 응답에서 중간값이 아니라, 삶의 발화점이 아닐까?"

나는 작가 최인호의 단편집 『가족』이나 소설 『상도』, 『길 없는 길』 등을 재미있게 읽어왔지만 『인생』을 읽어본 일이 없다. 암투병을 하면서 쓴 글이라 하니, 생사의 갈림 길에서 '인생'을 절실하게 고뇌했을 것이요, 하느님과의 만남과 대화도 절절하였을 줄 짐작이 된다. 죽음을 눈앞에 마주하면 인생의 한계를 직시하게 되니, 하느님을 간절히 찾고 의지하려 하는 것은 자연스러운 일이라 하겠다.

"①과연 작가는 지금 하느님 곁에 가 있을까? ②그렇게 원했던 부활을 겪었을까? ③단지 죽음의 순간까지 신앙(의 힘)을 믿으며, 하느님이 계심을 믿고, 그분께 가려고, 부활하려고 노력했던 그 순간들이 행복했던 것은 아닐까? 죽고 난 후 지금 어떤지는 중요한 것 같지 않다."

어려운 문제를 던지셨다. 질문③은 질문① ②에 대한 곽박사의 자답(自答)이라 생각된다. 한 사람의 영혼이 죽은 뒤에 하느님 곁에 있는지 부활을 했는지는 물리적(物理的) 사실이 아니라 신앙적 사실임은 분명한 것으로 보인다. 그러나 그 신앙은 그리스도교적 신앙이던지 어떤 다른 신앙이나 신념이던지 단지 한 순간의 행복한 감정의 차원을 넘어서는 것일 수 있다는 생각이 든다.

에커만의 『괴테와의 대화』에서 괴테는, "죽음을 생각하면 더없이 편안해진다네. 우리들의 정신은 결코 파괴되지 않는 존재이며, 영원에서 영원으로 끊임없이 이어지는 활동이라고 굳게 확신하기 때문이야."라 대답했다고 한다. 시간은 지속이요 영원은 초월이라 할 수 있다면, 시간 속에서 죽음이란 영원 속에서는 무의미한 것일 수 있지 않겠는가. 한 순간 속에서 하느님 앞에 섰거나, 자기 가슴 속에서 하느님을 발견하였다면, 그것은 죽음을 초월한 영원의 세계에 들어섰으니 어찌 편안하지 않을 수 있겠는가.

융(C.G.Jung)은 『자서전』 서문에서 죽음이후의 자아에 대해 비유하여 한 포기 풀이 봄에 싹터서 꽃이 피고 씨를 맺은 다음 시들어 죽어도 다음 해에는 그 뿌리에서 새로 싹이 트고 꽃이 핀다는 사실로 진정한 생명은 뿌리에 있음을 지적하였던 것으로 기억하고 있다. 이 뿌리가 참된 자아요 본질적 자아이며, 삶과 죽음을 넘어서 존속하는 '자기'(Self)라 이해된다.

신앙이 죽음의 불안과 두려움을 위로해주는 차원도 있겠지만, 죽음을 넘어서는 초월의 깨달음 내지 체험일 수 있다는 사실을 잊어서는 안되리라 생각한다. "나는 신앙이 적당이 없어서 다행."이라는 진솔한 신앙 고백에 대해, 솔직히 말하면 나의 마음도 거의 비슷하다고 생각한다. 그러나 신앙의 깊이는 한없이 깊고, 초월의 세계는 한없이 멀어서, '하느님께 의지하려고 하지 않는 것'은 좋은 신앙의 모습이겠지만, '하느님과 마주하는'(對越上帝) 신앙을 소홀히 여겨서도 안될 줄 안다.

'죽음'은 낮과 밤이 바뀌듯 자연의 필연적 현상이니, 누가 피할 수 있겠는가. 부처, 공자, 예수도 다 백년을 못살고 죽었던 것이 사실이다. 부활을 하더라도 죽은 다음에 했을 것은 분명하다. 그런데 '죽음'이 어둠이나 허무의 세계요, 연극이 끝나 텅 빈 무대인 것은 아닐 수도 있으리라 생각한다. '부활'이라는 이름이거나 '윤회'라는 이름이거나, 혹은 '우화등선'(羽化登仙)이나 장생불사(長生不死)라는 이름으로, 죽음을 넘어서는 생명을 체득하거나 각성하기 위해 종교전통의 노력은 치열했던 것 같다. 마치 죽음이라는 자연적 현상을 남겨두고는 종교가 죽음에 이르기라도 할 듯이 어떻게라도 죽음을 넘어서려고 무진 애쓰고 있는 모습을 볼 수 있다. 때로는 죽음을 무시함으로써 죽음을 초월하려고, '깨우침'(覺)이나 '영겁회귀'(永劫回歸)라는 죽음을 넘어서는 신앙 내지 신념이 있는 것으로 볼 수도 있을 것 같다.

'살고 죽음'에 대해, "자연의 한 변화일 뿐이고, 몸뚱이는 잠시 빌려온 것일 뿐으로, 죽음을 담담히 받아들이고 있다."는 곽박사의 신념도 자연 신앙의 한 모습이라 할 수 있을 것 같다. "주님의 말씀을 들으며 선한 마음을 기르고 나를 반성하며, 삶을 깨끗이 할뿐."이라는 믿음은 진정으로 건강한 신앙의 모습을 잘 보여주는 것이라 생각한다.

"적당한 신앙은 없는가?"라는 문제는 그 사람의 삶에 가장 의미있고 적합한 신앙이 바로 '적당한 신앙'이 아닐까 하는 생각이 든다. 마치 환자가 먹어야 하는 '약의 적당량'은 환자 각각이 자신이 놓여있는 여러 조건이나 상태에 가장 알맞은 함량의 약이라는 말과 같은 의미라 보인다.

그래서 내가 할 수 있는 대답은, "신앙은 삶의 여러 갈래 길에서 중간값이 아니라, 각각의 삶에서 자신의 삶의 의미를 발견하는 발화점이 아닐까." 하는 생각이다. 정답이 있는 것도 아니요, 모범답이 중요한 것도 아니라 하겠다. 자신의 삶에 활력과 의미를 일으키는 발화점이 바로 자신의 신앙이 지닌 바르고 적당한 모습이라는 생각이다. 부족하고 어리석은 대답을 꾸짖어 주시기 바랄 뿐이다.

14

옥수수를 쪄서 먹으며

    원주 산골 청향당(淸香堂)의 텃밭에는 노처가 여러 가지 채소를 심어서 철따라 거두어 식탁에 올려놓는데, 그 가운데 내가 가장 좋아하는 것은 옥수수와 고구마를 찐 것과 애호박을 따서 애호박전을 부친 것으로, 이것을 아주 맛있게 먹는다. 7, 8월에 옥수수를 따거나, 9월에 고구마를 캐어서 마당에 있는 아궁이의 솥에 쪄서 먹으면 그 맛이 일품이다. 또 7, 8월에 딴 애호박은 노처가 부엌에서 계란을 입혀 후라이 팬에 부쳐주어, 식사때 간장에 살짝 찍어 먹으면 입안에서 녹는다.

    텃밭에서 옥수수가 4열종대로 행진하는 군인들처럼 씩씩하게 행진하는 듯한 모습을 보는 것 또한 단조로운 산촌생활에서 즐거움의 하나다. 키가 쑥쑥 자라는 모습을 보고 있노라면 나의 가슴도 시원함을 느낀다. 다 자라난 씩씩한 모습을 보고 있노라면 부러운 마음이 일어난다. 꽃대가 올라와 "아무렇지도 않고 예쁠 것도 없는" 꽃이 피고, 튼튼한 줄기에 옥수수 열매가 두 개씩 달리면, 이제부터는 열매마다 나온 의젓한 수염이 말라붙고 옥수수 열매가 잘 영글어, 솥에 쪄서 옥수수의 그 은은한

단맛을 즐길 것을 생각하며, 눈길이 자주 옥수수로 향하는 것을 보게 된다.

여름날 새벽 노처가 옥수수를 한 광주리 따와, 마당의 아궁이에 걸어 놓은 큰솥에 넣어둔 얼개 위에 겉껍질을 벗긴 옥수수를 차곡차곡 쌓아 놓으면, 미리 준비하고 있던 나는 아궁이에 가득 넣어둔 땔나무에 불을 붙이고, 불길의 신비로운 춤사위를 넋을 놓고 바라본다. 솥에 김이 나기 시작하고서도 20분을 더 불을 때야 하니, 땔나무를 계속해서 아궁이에 넣고 있어야 한다.

옥수수와 고구마를 찔 때, 마당의 아궁이에 불을 피우는 일은 내가 맡아서 한다. 솥 안의 옥수수가 푹 익으면, 꺼내어 큰 쟁반에 담아두면, 노처와 나는 집안에 들어가지도 않고, 마당에 있는 그네에 나란히 앉아서 따끈따끈한 옥수수 한 가지로만 아침을 먹는다. 옥수수를 세 개쯤 먹으면 배가 불러온다. 노처와 둘이서 그네에 앉아 잘 익은 옥수수를 먹고 있는 이때가 노년의 나로서는 가장 행복한 시간이기도 하다.

노년에 하는 일없이 빈둥거리며 세월을 허송하다가, 산촌에 들어와 7년째 살아가면서, 내가 하는 일의 하나는 '불목하니'요, 또 하나는 불을 피우려면 땔나무를 미리 준비해 두어야 하니, '나무꾼'이기도 하다. 나는 '불목하니'와 '나무꾼'의 두 가지 일을 산촌생활에서 가장 즐거워한다. 노처는 옥수수를 심으면서, 열흘 간격으로 4줄을 심어놓았고, 6학년, 5학년, 4학년, 3학년이라 부른다. 그래서 한 줄을 사흘 동안 따오니, 12일 동안은 불목하니의 옥수수 삶는 일이 계속된다.

텃밭에서 방금 따온 옥수수를 솥에 쪄서, 따끈따끈한 찐 옥수수를 먹을 때, 입안에서 옥수수 알갱이가 톡톡 터지는 느낌이 재미있고 즐겁다. 옥수수를 먹으며 옆에 앉아있는 노처와 마주보면, 두 사람 얼굴의 입가에는 행복한 웃음이 환하게 번진다. 나는 옥수수를 더 많이 심기를 바란다. 텃밭에는 국화, 메리골드, 옥잠화, 붓꽃이 한 구역씩 차지하여 자라고 있는데, 나는 텃밭 속의 꽃밭을 줄이고 옥수수를 더 심었으면 좋겠다고 생각한다. 그래도 꽃들을 유난히 좋아하는 노처에게 차마 요구를 할 수가 없다.

내가 초등학교 다닐 때 살았던 부산의 고향집은, 마루에서나 방의 창문에서 부산항이 한 눈에 들어와, 나는 어려서부터 바다를 바라보며 꿈꾸고 살아왔다. 그때의 고향집에는 제법 넓은 텃밭이 있어, 온갖 야채를 심었다. 나도 어머니를 도와 아침마다 온갖 야채들에 물을 주거나, 뽑아오는 일을 했었다. 그러니 분명 옥수수도 심었을 터이고, 옥수수를 먹었을 것 같은데, 머릿속에는 기억이 전혀 남아있지 않다.

처음으로 옥수수를 맛있게 먹었던 추억은 대학4학년 여름방학 때였다. 학과 선후배들이 농촌봉사를 한다는 명목으로 울릉도를 찾아갔을 때였다. 그때 울릉도의 저동(苧洞) 민가에 머물렀는데, 그곳은 산이 가팔라 논이 드물고 쌀이 귀해서, 사람들이 끼니때 마다 먹는 주식은 옥수수와 감자를 쪄서 절구에 찧어 으깨어 놓은 것이었다. 반찬이라고는 배추김치 한 가지 뿐이었다. 그래도 우리는 2주일동안 머물면서 옥수수-감자 페이스트를 아주 맛있게 먹었던 기억을 잊을 수가 없다.

그 뒤로도 옥수수를 먹었던 기억은 남아있지 않다. 이제 원주 산골에 내려와 살면서, 여름철이라 해뜨기 전의 새벽에 옥수수를 쪄서 맛있게 먹었던 추억은 잊을 수 없을 것 같다. 옥수수가 많이 열리니 그 자리에서 다 먹을 수가 없다. 그래서 노처는 찐 옥수수의 알갱이를 따내어 냉동실에 넣어두었다가, 이듬해 봄까지 밥을 지을 때 옥수수 알갱이를 넣어서 옥수수밥으로 먹는데, 그 맛이 아주 좋다. 고구마도 찐 다음에 썰어서 햇볕에 말려 이듬해 봄까지 밥에 넣어 고구마밥을 먹으면 그 맛이 일품이었다. 나는 맛집을 찾아다녀 본 적이 없지만, 노년에 산골에 와서 옥수수와 고구마와 애호박전을 먹는 즐거움을 만끽하고 있다.

나의 입맛은 세월에 따라 많이 달라지고 있는 사실을 깨닫게 된다. 초등학교를 다니던 시절 고향집에는 닭장이 있어서, 닭고기를 자주 먹게 되었다. 그런데 어느 날 학교를 다녀와서 배가 고팠던지, 팍팍한 가슴살을 급히 먹고 나서 체하여, 몹시 고생을 했던 일이 있었다. 그 뒤로는 아직까지도 닭고기를 못 먹고 있다. 또 어릴 적에는 감자를 고구마보다 좋아했던 때도 있었는데, 언제부터인가 고구마를 더 좋아하고 감자를 잘 먹지 않게 되었다.

젊어서는 매운 것도 좋아했는데, 약을 장복하면서부터 매운 것이나 신 것은 쳐다보기도 싫어지고, 오직 단 것만 좋아하여 찾게 되었다. 그래서 남들은 커피숍에 가서도 블랙커피를 즐겨 마시지만, 나는 커피도 설탕을 듬뿍 넣어야 마실 수 있다. 집에서는 믹스커피만 마시고 있다. 설탕 푸대 15kg짜리를 사다놓아도 잠깐 사이에 사라진다고 한다. 내가 단 것을 너무 좋아하다보니, 노처는 당뇨병을 걱정하고 있지만, 그래도 나는 단팥죽을 유난히 좋아하고, 단팥빵이나, 속에 단팥이 많이 들어있는 찹쌀떡과 모나까를 유난히 좋아한다. 아마 죽기 전에는 고치기 어려운 습관인 것 같다.

15
잡초

　인간은 다 같은 인간인데, 조선시대에 양반과 상놈으로 신분을 나누어 차별하였던 것은 가장 심각한 비인간적 가치판단의 하나이다. 마찬가지로 풀은 다 같은 풀인데, 채소(菜蔬)와 잡초(雜草)로 품등을 나누어 놓는 것 역시 인간이 하는 자기중심적 가치판단이 아닐 수 없다. 굳이 풀을 구별하자면 독초(毒草)와 익초(益草)로 나누거나, 식용(食用)식물과 비식용(非食用)식물로 나누는 정도로 충분하지 않을까 하는 생각이 든다. '잡초'라는 이름에 '잡'(雜)이라는 말이 붙으면서부터, 어떤 풀에 대해 멸시하고 거부하는 적대감이 들어있는 것을 느끼게 된다. 과연 인간이 어떤 풀을 '잡초'라는 이름으로 부를 권리를 가지고 있는 것인지 잘 모르겠다.

　사실 텃밭에 심은 채소야 낱낱이 이름을 알고 있지만, 잡초는 거의 대부분 이름조차 모르고 있다. 물론 잡초에 종류가 많기도 하지만, 이름을 알려고 할 만큼 호감도 관심도 갖지 않았다는 말이다. 요즈음 더러 잡초 가운데 어떤 것은 건강에 좋다고 하여, 사람들의 관심을 끌기도 한다는

데, 이런 기회에 '잡초'라는 말을 버리는 것이 잡초를 위해 좋은 일이 아닐까 하는 생각을 하게 된다. 오래전에 충북대학교 철학과의 윤구병교수는 교직도 버리고 전라도 부안의 변산반도에 가서 농사를 짓는 공동체를 운영하고 있다는데, 그가 『잡초는 없다』라는 책을 펴내기도 하였고, 잡초를 거두어 발효시켜 이를 식품으로 보급하고 있다는 이야기를 들은 일이 있다. '잡초는 없다'라는 말은 바로 야채와 잡초가 모두 원래는 다 같은 풀이라는 관점을 밝힌 것으로, 역시 철학자다운 발상이라 감탄하지 않을 수 없다.

잡초는 조그만 빈틈이 있거나 잠시만 방심해도 어김없이 싹터서 자라고 있다. 그래서 농사일이란 '잡초와의 전쟁'이라고 하는 말을 실감할 수 있었다. 여러 가지 잡초 가운데 가장 어려운 적수는 '쇠뜨기'라는 것이다. 쇠뜨기는 속새 과의 다년생 풀이라 하는데, 뿌리가 땅속에 깊이 박히고 길게 뻗었으며, 잎은 퇴화하여 향나무 이파리 비슷하게 보인다. 이 쇠뜨기의 왕성한 생명력은 참으로 놀랍기만 하다. 보이는 대로 파내어도, 쇠뜨기는 자신의 생존과 번식을 위해 불굴의 정신으로 용감하게 맞서 싸우고 있음을 보여준다. 이렇게 잡초의 끈질긴 생명력과 신비로운 번식력은 베르그송(Henri Bergson)이 말하는 '생명의 활력'(lan vital)에서 정상급에 오른 것이 아닐까 한다. 놀랍고 두려운 생각마저 든다.

채소는 씨앗을 사다 심기 전에 밭을 갈고 거름을 뿌리며, 씨앗을 심고 나서도 물을 주지만, 그래도 싹이 안트는 경우가 있다. 그러나 아무도 심지 않은 잡초는 캐내고 뽑아내도 돌아서면 다시 돋아나니, 생명력에서는 야채보다 비교할 수 없이 월등하게 강하다는 것을 확실하게 보여준다. 사람이 살면서 온갖 시련을 견뎌내며 강인하게 살아나가고자 한다면, 잡초를 스승으로 삼아 배워야 할 일이 많을 것 같다.

채소가 좋은 환경에서 심어져 보호받고 사랑받는 것과는 완전히 반대로, 잡초는 온갖 악조건 속에 던져지고 짓밟히거나 천대받으면서도 당당하게 살아가니, 이러한 잡초에 대해 어쩐지 경외심(敬畏心)을 가져야 할 것 같다는 생각이 든다.

채소를 심었을 때는 그 자리에서 잘 자라주기만을 기대하고, 잘 자라기만 하면 그 채소는 자기 역할을 다 하는 것이다. 그러나 잡초는 허락도 없이 밭이랑이나 밭고랑은 물론이요, 꽃밭이나 길이나 돌 틈이나 어디든지 파고들며 퍼져나간다. 잡초가 뚫고 들어가고 퍼져나가는 힘은 식민지개척에 나선 제국주의 열강의 군대처럼 사막이나 동토(凍土)나 밀림이나 산악을 가리지 않고 무자비하게 점령해 나가는 것처럼 보이기도 한다. 잡초가 이렇게 퍼져나가는 힘은 이미 생존본능을 넘어서 세상을 지배하려는 의지요, 니체(Friedrich Nietzsche)가 말하는 '권력에의 의지'(Wille zur Macht)를 간직하고 있는 것이 아닐까 하는 생각도 든다.

사람 손으로 씨를 뿌리거나 모종을 사다 심어놓지 않은 것은 대부분 잡초로 취급된다고 볼 수 있다. 물론 예외가 있다. 아무도 심지 않아 사실상 잡초에 속하지만, 그래도 심하게 적대시되지 않는 것이 있다. 사람이 나물로 먹을 수 있는 쑥, 달래, 돈나물(돌나물), 쇠비름 등은 심지 않았지만 사람이 먹을 수 있다고 하여 잡초와 구별되기도 한다. 아내는 서울서도 봄이 되면 앞산인 관악산(冠岳山)자락으로 쑥을 캐러 다녔는데, 그때 나도 나물 캐는 처녀를 따라다니는 떠꺼머리총각처럼 나물 캐는 아내를 따라 다녔던 일이 자주 있었다.

뜰에 쑥이 지천으로 많이 자라고 있으니, 어떻게 처리해야 할 것인지가 하나의 큰 숙제였다. 아내는 일정한 장소를 쑥밭으로 정해 놓고 그곳에서만 살도록 허용하였다. 그러고나서 나물 캐듯이 캐는 것이 아니라,

정기적으로 이발을 시켜주어 어지럽게 자라나지 못하도록 하여 단정하게 보이게 했다. 이렇게 자주 가위로 새잎을 잘라다가 쑥국을 끓이거나 쑥떡을 해먹었다. 나는 이 방법이 쑥도 야채 대접을 받아서 좋고, 사람도 쑥으로 대접을 받으니 좋은 상부상조의 방법이라 칭찬을 아끼지 않았다.

하기야 단군할아버지의 어머니인 웅녀(熊女)도 한 마리 암컷 곰이었는데, 쑥을 드셔서 여인의 몸으로 사람이 되었다 하지 않는가. 나도 평소에 쑥국을 워낙 좋아하니, 이 집에서 쑥은 잡초로 취급받지 않고, 별도의 밭을 지급받고 관리되는 특별대접을 받을 권리와 자격이 충분히 있다고 생각한다. 잡초를 가장 효과적으로 없애는 방법은 특별히 독초가 아닌 모든 잡초를 식용으로 만들어 사람이 먹어치우는 방법임을 다시 한 번 확인할 수밖에 없다.

16

잡초 뽑는 아내를 지켜보며

　노처는 8년 전 원주 흥업면 대안리 산골의 나규리(세레나)여사의 집 청향당(淸香堂)에 처음 내려 왔을 때는, 이 집이 오랫동안 비어 있어서 100평에 가까운 텃밭이나 길과 뜰에는 잡초가 무성하게 자라 있었다. 그때를 회상하면서 노처는 이 집이 '귀곡산장'(鬼哭山莊)이었다고 한다. 그날부터 팔을 걷어붙이고 나서서, 여러 날에 걸쳐 잡초를 뽑아내기 시작하였는데, 쌓아놓은 잡초더미가 피라미드만큼이나 높은 것이 둘이나 되었다. 그 무렵 나는 서울에 머물고 있었는데, 가끔 내려와서 쌓아놓은 잡초더미를 바라보면서 감탄을 금할 수가 없었으며, 아내의 집요한 끈기를 다시 보게 되었다. 철망담장 밖을 지나가는 동내 사람들도 "이제야 사람사는 집꼴이 되었구려."하며, 좋아했었다 한다.

　그 후로도 노처는 해마다 잡초와의 전쟁을 쉬지 않았다. 나는 일년 뒤에 청향당에 내려와 살기 시작했지만, 허리가 시원찮아 아내를 도와주지도 못하고 빈둥거리며 놀면서, 아내의 일하는 모습만 지켜보고 있자니, 미안하기 짝이 없었다. 텃밭에 온갖 야채를 심는 일도 노처 혼자서

하는데, 농약을 전혀 쓰지 않으며, 제초제를 뿌리지도 않고, 일일이 호미나 낫을 들고 손으로 잡초를 뽑아내고 있다. 어쩌다 찾아오는 사람들은 "잡초하나 없이 텃밭을 깨끗하게 유지하고 있습니다."라 하고, 놀라워했다.

이제 아내도 고희(古稀)가 지난 노인이라 힘이 부칠 터인데도, 새벽에 날이 훤하면 텃밭에 나가 일을 시작하여 저녁에 어둑어둑해져야 하루 일을 끝낸다. 그 지구력이 감탄스러울 뿐이다. 금년 여름에는 비가 자주와서, 2주 정도 잡초를 뽑지 않았더니, 사방이 잡초투성이가 되고 말았다. 그래서 날이 들자 또 잡초와의 전쟁을 시작했다. 나흘동안 뽑아서 쌓아놓은 잡초가 벌써 산을 이루었다. 그래서 나는 노처에게, "당신은 산을 만드는 여인이구려."라고 찬사를 보냈다.

해뜨기 전이거나 해가 진 뒤거나, 혹은 구름이 많이 모여드는 날은 그래도 훨씬 낫지만, 햇볕이 내려쬐는 텃밭에서 우거진 잡초를 뽑고 있는 노처를 바라보며, 정지용(鄭芝溶)시인의 시 「향수」(鄕愁)를 본떠서, "한없이 소중하고 너무 어여쁘나, 사철 발 벗은 아내가 따가운 햇살을 등에 지고, 잡초 뽑던 곳. 그곳이 차마 꿈엔들 잊힐 리야."라고, 음치의 엉터리 음정으로나마 노래를 불러주기도 했다.

잡초를 뽑아낸 텃밭의 말끔한 얼굴을 바라보고 있으면, 노처의 고된 노력에 경탄하는 마음이 가슴 깊이 젖어든다. 항상 게으르고 하는 일 없이 세월만 보내고 있는 늙은이인 내가 아내에 기대어 살아왔었다는 사실도 절실히 깨닫게 된다. 남편인 내가 아내에게 기대는 기둥이 되어주어야 하는데, 거꾸로 되어있는 현실이 부끄럽기만 하다. 그러고 보면 결혼한 이후로 내 평생이 아내의 그늘 밑에서 편안하게 먹고 입고 일하며 살아왔었다는 사실도 새삼 깨닫게 된다.

나도 잡초를 더러 뽑기는 한다. 그러나 10분을 계속하지 못하고, 그저 오다가다 눈에 거슬리는 길가의 잡초를 뽑는 정도일 뿐이다. 그래도 잡초를 뽑으면서, 잡초의 놀라운 생명력이 놀랍고 부럽기도 하다. 물 한 번 주는 사람이 아무도 없고, 그저 발로 밟고다니기만 하는데, 어찌 그렇게 끈질기게 살아가는지 어찌 감탄스럽지 않은가. 자주 물주고 벌레까지 잡아주는 채소는 가물기만 하면 시들시들하고, 잘 자라지도 않아서, 채마밭을 관리하는 노처의 걱정이 깊은데, 잡초는 저 혼자 돌밭에서도 너무 씩씩하게 잘 자라는 모습을 보며, 한편으로는 찬탄을 하지 않을 수 없는 것이 사실이다.

잡초를 뽑으면서 생각을 해보니, 잡초도 생명인데 이렇게 뽑아내는 일이 과연 하느님 보시기에 좋다고 하시겠는가. 만물을 사랑한다는 '애물'(愛物)의 정신에 비추어, 잡초도 분명 생명있는 사물인데, 사람의 농사일이나 생활에 방해가 된다고 뽑아내어 말려서 죽게하는 행위가 어떻게 정당화될 수 있는지 설명할 길이 없다. 잡초와 더불어 사는 방법은 없을까. 그래서 내가 다듬고 있는 자그마한 정원인 '상리원'(桑李園)을 잡초 해방구로 만들어 놓았다.

그 결과 상리원은 나무들이 잡초에 뒤덮여, 그야말로 '정글'이 되고 말았다. 보다 못해 노처가 어느날 내게 말도 하지 않고, 상리원의 잡초들을 깨끗이 뽑아놓았다. 가서 보니 상리원이 막 목욕시켜 놓은 아기같이 이뻐졌다. 그제야 정원의 꼴을 다시 갖추게 되어 보기에도 좋았던 것이 사실이다. 사람은 사물을 이용하지만 말고 사랑해야 한다는 나의 어설픈 '애물'정신은 비현실적 관념이었음을 여지없이 드러내고 말았다. 그 뒤로 잡초를 뽑아내는 노처를 바라보는 나의 마음도 훨씬 편해졌다.

대학 다닐 때 잠시 사귀었던 일이 있는 충북대 철학과의 윤구병(尹九

炳)교수는 학교를 그만두고 변산반도에서 농촌공동체운동을 한다는 소문을 들은지 오래되었다. 오래전에 그곳을 찾아갔던 처형과 노처는 아주 재미난 소식을 전해주었다. 윤교수는『잡초는 없다』는 책을 내었고, 온갖 잡초를 뽑아다가 큰 항아리에 가득 채워넣고, 발효시킨 다음, 여기서 추출한 발효액을 팔고 있었다 한다. 그래서 노처도 발효액 한 병을 사왔었다. 나는 그 발효액을 마신 일이 없으니, 누가 마셨는지는 모르겠다.

우선 나는 잡초를 버리거나 퇴비로 쓰는 것이 아니라, 발효시켜 마실 수 있도록 한다는 생각을 해낸 그의 발상에 크게 놀랐다. 물론 그 발효액이 인체에 얼마나 유익한 것인지 여부에 대해, 아직도 의문이 남아 있다. 그렇지만 잡초를 식용으로 계발했으니, 성공하기만 한다면 잡초는 더 이상 잡초로 무시당하지 않을 것이 아닌가. 나는 노처가 뽑아내어 구덩이 마다 넘치게 가득 쌓아놓은 잡초더미를 바라보며, 잡초를 이용할 수 있는 방법을 이리저리 생각해보았으나, 아무 아이디어도 떠오르지 않았다.

노처는 벌써 닷새째 잡초와 전쟁을 벌이더니, 마침내 텃밭의 잡초는 우선 평정하였다. 식사때 마주 앉아 바라보는 노처의 피로한 안색이 바로 전쟁터에서 승리를 거둔 개선장군의 실재 모습이 이러하리라 생각이 들었다. 물론 내년에 또 벌여야 할 잡초와의 전쟁이지만, 노처는 다시 기운을 회복하고 텃밭에 들어서 잡초와의 전쟁을 벌이고, 또 승리할 것이 분명하다. 나는 해마다 점점 기운을 잃고 아무 하는 일 없이, 아내의 전쟁터를 바라보며 감탄하고 감동하면서, 부러워하고 있을 것이 선연하게 보인다.

17

허수아비의 춤

지난 9월8일 옛 친구와 종친인 지인(知人)이 점심을 하자고 연락이 와서, 9월7일 노처와 서울에 올라갔다가 9월9일 큰 딸까지 데리고 노처와 함께 원주로 내려왔다. 서울에 머무는 동안, 기침이 심하고 목이 아파서, 이수(梨水)역 네거리에 있는 '서울유니온 이비인후과'병원에 갔더니, 하루 세 끼, 한 끼에 4알의 약을 3일분 처방해주었다. 평소에도 끼니마다 약을 여러 알 먹으며 살아가는데, 이 약까지 먹고 났더니, 정신이 몽롱해졌다. 더구나 평소에 방안에만 틀어박혀 살다시피 하다가, 갑자기 서울을 다녀오느라 피로감이 몰려오면서, 머릿속이 텅 비었다는 느낌 속에 빠져있었다.

아무 생각도 할 수가 없고, 머릿속에 아무 생각이나 기억도 남아 있지 않은 텅빈 머리가 되었을 때, 그것은 '무념무상'(無念無想)의 정신적 경지에 이른 것이 아니라, 백치(白痴) 상태에 빠져 있는 것임을 깨달았다. 그때 곁에서 큰 딸이 내가 제대로 손볼 줄을 몰라 애를 먹고 있는 나의 노트북을 고쳐보려고 오랜 시간 애를 쓰다가 잘 되지 않자, 무심코 "환장(換腸)하겠네."라고 한 마디를 뱉어내었다. 이를 지켜보다가 그 말을 듣고 있던 나는, "이 노트북 때문에 나의 속은 너무 여러 번 뒤집어지다 보니, 이제는 속이 남아있지도 않아, '무장'(無腸)이 되고 말았다네."라고 대답을 하였다.

원주 산골에서 살고 있는 집 청향당(淸香堂)의 남쪽 철망 울타리 너머로 이웃집 콩밭이 있어, 이 콩밭에 허수아비 하나가 두 팔을 벌리고 서 있는데, 예쁜 색깔의 옷을 입혀져 제법 그럴듯한 허수아비라는 생각이 들었다. 가끔 눈길을 주게 되고, 나 자신이 사람이 와 있는가 하고 착각을 하기도 하니, 새들도 속아서 콩밭에 접근하지 못할 것으로 보인다. 허수아비의 옷자락이 바람에 펄럭이면, 이 허수아비가 춤을 추고 있다는 느낌이 들어, 나도 모르게 입가에 웃음을 머금고는 했었다. 그런데 어제밤 나 자신이 허수아비가 아닌가 하는 생각을 하게 될 줄은 전혀 몰랐다.

이렇게 머릿속은 텅 비고, 뱃속에 내장도 없이 텅 빈 나를 돌아보다가, 문득 나도 하나의 '허수아비'가 아닌가 하는 생각이 떠올랐다. 집 남쪽 콩밭에 서 있는 '허수아비'와 나 자신이 같은 처지라 생각하니, 나의 노년이 너무 허망함을 절실하게 느끼지 않을 수 없었다. 내가 하나의 '허수아비'라면, 내가 손발을 움직이고 있는 것은 '허수아비의 춤'이 아닐 수 없고, 평소에 나의 허술한 행동에 수시로 충고를 해주는 노처의 잔소리도 또한, '허수아비 마누라의 노래'가 아니겠는가. 이렇게 허망한 노년의 삶이란 한바탕 '허수아비의 꿈'이 아니랴, 하는 생각도 들었다.

병원에 다녀온 다음날 푹 쉬고 났더니, 정신이 돌아왔지만, 내가 '허수아비'의 상태에 빠질 수 있다는 사실을 잊을 수는 없었다. '허수아비'의 가장 큰 특징은 겉모습이야 살아있는 사람처럼 보이지만, 사실은 생명이 없는 껍데기일 뿐이라는 사실이리라. 그러니, 나 자신을 하나의 '허수 아비'로 느꼈다는 것은 나의 삶이 죽음의 상태와 별다른 차이가 없다는 말이다. 죽은 상태와 다름없이 살아간다는 것은, 살아도 산 것이 아니라는 말이니, 과연 이렇게 살아도 괜찮을 수 있겠는가.

내가 심한 건망증에 시달리기 시작한 지는 벌써 5년이 지났다. 그동안 치매에 걸릴까봐 염려가 되어, 친하게 지내는 이웃에 사는 의사로부터 처방을 받아 기억력저하를 완화시켜준다는 '알포세틴'이라는 알약을 2년째 복용해오고 있는데, 별다른 효과를 느끼지는 못하고 있는 형편이다. 기억력이 심하게 떨어질 때는 친하게 지내던 사람의 이름을 잊어버리는 것은 물론이요, 누가 갑자기 물으면 나 자신의 주소나 전화번호 조차 생각이 나지 않을 때가 자주 있었다. 이제는 친구들과 담소하는 자리에서, 나의 전공분야인 '한국유교사상'에 관련된 이야기를 하려고 들면, 중간에 그 당시 사상가의 이름이 생각나지 않아서, 이야기가 너무 자주 끊어져 심한 어려움을 겪기도 한다.

친구들과 이야기 하다가 나의 심한 건망증을 호소하기라도 하면, "누구나 다 마찬가지야." 하고 가볍게 넘어가니, 하소연할 곳도 없는 형편이다. 실제로 나의 건망증이 시작된 것은 24년 전인 1997년 부터이다. 그때 내 마음속에, '기억하지 못하면 살았다는 의미가 없는 것이다.'라는 생각이 떠올랐다. 그래서 잊지 않겠다고 하루에 겪었던 일을 짧으면 한두 줄, 길어야 서너 줄 정도로 간략하게 일기를 적기 시작하였다. 그 기록을 노트북 속에 저장해놓고 가끔 찾아보고 싶은 일이 있을 때는 되찾아 기억을 되새기곤 한다.

살았던 기억이 바로 살았다는 사실의 실체라는 생각이 든다. 어린 시절에서부터 지금까지 내가 살아온 사실에 대한 추억이 남아있는 그 만큼, 내 삶도 풍성한 것이다. 만약 아무런 추억이 없다면 그야 말로 살았던 사실이 공허하게 되고 말 것이니, 평생을 살고나서도 '헛살았다'는 말이 되지 않겠는가. 아름다운 추억이야 물론 소중하지만, 부끄러웠던 추억도 내 삶의 흔적으로 소중하지 않을 수 없지 않겠는가. 아무 기억이 없다면, 내가 죽어서 하느님 앞에 가서 심판을 받는다면, 천당으로 가게 되었다 하더라도, 자신의 선행에 대한 보상임을 확인할 수 없으니, 아무 의미가 없을 것이요, 지옥으로 가게 되었다 해도 자신의 악행에 대한 기억이 없으니, 억울하기만 하지 않겠는가. 곧 심판이란 행위가 기억을 전제하지 않으면 무의미해질 수밖에 없는 것이 아니겠는가.

기억이 없다는 것은 죽음과 아무런 차이가 없을 것으로 보인다. 어떤 사람이 큰 사고를 당해 기억상실증에 걸렸다면, 그에게 기억상실증의 기간은 더 이상 자신의 삶으로 받아들일 수가 없으니, 자신의 삶을 잃어버린 상실의 아픔을 견딜 수밖에 없을 것이다. 늙어서 치매(癡呆)에 걸려 자신의 집을 찾아갈 줄도 모르고, 자신의 가족을 알아 볼 수도 없다면, 자신의 평생과 자신의 세상을 다 잃어버리고, 그저 숨만 쉬고 있는 것이니, '허수아비'와 크게 다를 바가 없다고 하겠다. 생각하면 참으로 무서운 일이다. 이 무서운 일이 나에게도 가까이 접근해오고 있다는 사실을 외면하기가 어려우니, 어쩌면 좋단 말인가.

하루저녁 나 자신이 '허수아비'라는 체험은 나에게 많은 가르침을 주었던 것 같다. 나의 삶에서 추억이 얼마나 소중한 것인지 다시 한 번 절실하게 깨달을 수 있는 기회였다. 나의 주변을 돌아보며 하늘과 산, 산의 숲과 들의 곡식, 나를 걱정해주고, 위로해주고, 도와주는 가족과 친구와 지인들이 모두 얼마나 소중한 존재들인지, 새삼스럽게 깨닫게 된다. 또한 세월의 소중한 줄을 잊고 세월을 낭비해 왔던 죄를 새삼스럽게 느끼

고 있다. 그래서 내가 살아있음은 순간순간이 기쁨이요, 고마움이요, 소
중함이 아닐 수 없음을 더욱 절실하게 느끼고 있다.

제3부

노년의
한가로움

01
물러나는 시절

우리가 지각하고 경험할 수 있는 모든 일이나 사물에는 시작이 있고 끝이 있기 마련이다. 시작도 없고 끝도 없는 존재, 곧 영원한 존재란 인간의 관념이나 신앙 속에서만 살아 있는 것이라 하겠다. 우리가 살고 있는 지구의 나이가 46억년이라 하고, 이 우주의 나이도 137억년이라는 관측에 따른 계산이 있으니, 지구도 우주도 분명 시작이 있었으며, 또 언젠가 끝나는 날이 있을 것은 분명하다. 이렇게 시작과 끝이 있는 것은 모든 피조물의 실상이다.

해마다 네 계절의 순환이 반복하고 있고, 이에 따라 태어나서 죽어야 하는 생명의 순환질서도 뚜렷하게 드러난다. 화사하게 꽃이 피어나고 싱그럽게 잎이 돋아나는 봄은 인생에서 소년기-청년기의 밝고 순결한 모습을 보여준다면, 가지가 힘차게 뻗어나가고 잎이 짙푸르게 무성한 여름은 인생에서 장년기-중년기의 활기차게 열심히 살아가는 모습을 보여준다.

이렇게 상승곡선을 타고 올라갔으니, 그 다음은 하강곡선으로 미끄러져 내려올 차례이다. 무성하던 잎들은 잠시 곱게 단풍들었다가 시들고 바람에 날려 땅에 떨어지는데, 그 낙엽은 바람따라 이리저리 땅을 쓸고 다니는 가을은 노년기의 쇠잔한 모습을 보여준다. 잎은 다 떨어지고 매 마른 가지만 찬바람 속에 남아 있는 겨울은 죽음의 세계를 보여주는지 도 모르겠다.

특히 노년기는 가을처럼 한편으로 가장 충만하고 화려한 계절이기도 하지만, 다른 한편으로 쓸쓸하고 허전한 계절이기도 하다. 황금빛으로 물들어 있는 가을 들판에 나가 벼이삭의 물결을 바라보며 도향(稻香)에 취해보면 환상적인 아름다움에 빠져들게 된다. 이 가을 풍경에는 땅을 갈고 모내기하며 수고롭던 봄과 가뭄으로 갈라지는 논에 물을 대느라 애태우던 여름이 아련한 추억으로 간직되어 있으며, 동시에 풍성한 결 실의 충만함으로 행복하고, 축제처럼 즐거운 추수의 날을 여유롭게 기 다리는 한가로움이 어우러져 있음을 느끼게 된다. 그러나 늦은 가을 벼 를 다 베어서 거두어들이고 난 뒤, 빈 들판에 나서면 쓸쓸함과 허전함이 엄습해오는 것도 막을 길이 없는 사실이다.

무덥고 괴로웠던 여름이 지나고 서늘한 가을이 오면 한 해가 머지않 아 끝나게 된다는 것을 누구나 알고 있다. 인생에서도 노년이 된다는 것 은, 자신의 열정을 불태우던 온갖 일들이나 보람으로 지키던 자리에서 물러나 일생을 마무리할 준비를 해야 하는 시절을 맞게 된다. "장강(長 江)의 뒷 물결이 앞 물결을 밀고 간다."는 말처럼, 다음 세대에 자리를 내어주고 물러나야 할 때 물러나지 않겠다고 버티는 것은 헛된 집착이 거나 욕심이 빚어낸 추태를 보이는 것일 뿐이다.

노년은 직장에서도 물러나야 하고, 집안 살림을 도맡아 하던 역할에 서도 물러나야 한다. 물러난다는 것은 밀려나는 것이 아니요, 더구나 버려지는 것도 아니다. 물러난다는 것은 평생 동안 앞으로 좀 더 멀리 나아가고 위로 좀 더 높이 오르려고 분투하던 발길을 멈추고, 밖으로 향하던 눈길을 안으로 돌리는 시간이다. 눈길을 안으로 돌림으로써, 비로소 자신의 삶을 한 층 더 충실하게 다질 수 있다. 이때는 바로 가을을 맞아 곡식이나 과일이 성장을 멈추고 속으로 자신을 익혀가는 계절에 해당한다.

일상생활 속에서도 어떤 일에서 누구와 대화를 하는 가운데서나, 너무 몰두하다보면 한쪽으로 치우쳐 균형을 잃거나 올바른 방향을 잃어버릴 수 있다. 이때는 한 걸음 물러나서 넓은 시야에서 관망하고 되돌아보아야, 어디에 문제가 있는지 어디로 가야할지 제 길을 찾을 수 있다. 물러나는 시기는 패배나 상실이 아니라, 자신의 삶을 바로잡는 기회이기도 하고 자신의 중심을 다시 찾는 기회이기도 하다.

평생을 살아오면서 가정에서나 직장에서나 무거운 책임감과 의무감에 시달려 오다가, 큰 짐을 내려놓으면 아쉬움도 남겠지만, 그보다 시원한 해방감을 누릴 수 있을 것이다. 이처럼 물러난다는 것은 무거운 짐에서 풀려나 자유를 누리는 축복의 시간이 분명하다. 그런데도 지고 있는 짐을 잃어버린 상실감에 빠지거나 지금까지 걸어오던 길을 잃어버려 방황하고 있다면, 물러날 준비를 전혀 못했던 것이요, 물러남의 의미를 모르고 있는 것이 아니겠는가.

어쩌면 성공한 인생이란 출세하여 높은 지위에 오르거나, 큰 재산을 모으거나, 세상에서 큰 명성과 인기를 누리는 것이 아닐 수도 있다. 오히려 노년에 무거운 짐을 벗고 물러나서, 자신을 찾고 일상생활을 소박하게 즐기며 아름답게 마무리하는 것이 성공한 인생의 길이라 할 수 있을 것이다. "마지막에 웃는 자가 진정한 승자이다."라는 격언처럼 노년을 잘 마무리하는 사람이 인생에서 진정한 성공을 거둔 사람이라 하겠다.

　젊은 날 괴로움을 견디며 열심히 살아온 삶에 대한 가장 큰 상의 하나가 노년에 물러나 편안하게 사는 것이기도 하다. 또한 노년에 자신의 삶을 편안하고 즐겁게 이루어내는 것은 노인의 지혜로움이다. 사람이 살면서 걱정근심이 없을 수야 없겠지만, 노년에는 짐을 벗었으니 걱정근심도 내려놓고 마음을 비울 줄 아는 것이 소중하다. 마음을 비울 때 세상 모든 것이 아름답게 비쳐지고 삶의 사소한 일조차 즐거울 수 있게 된다.

　골몰하던 일들이나 책임에서 물러나는 노년이 되면, 무엇보다 먼저 안으로 자신을 더욱 깊이 바라볼 수 있는 눈을 떠야 하는 때이다. 밖으로 치달리다가 멈추어 서는 때는 쉬는 시간이니, 자연스럽게 자신이 걸어왔던 길도 돌아보고 자신의 마음도 돌아보게 된다. 이렇게 자신의 삶과 마음을 돌아보면서 자신을 새롭게 발견할 수 있다. 자신을 발견한다는 것은 바로 자신의 허물을 반성도 하고 삶의 의미를 되새기며 자신을 잘 다지고 마무리하는 방법이다.

　자신을 다지고 마무리한다는 것은 바로 곡식이나 과일이 제철에 무르익듯이 자신을 완성하는 일이다. 어린 시절 미숙할 때는 말할 것도 없고, 중년기에 한창 자신의 역량을 발휘하여 자기성취를 이루어가는 시기에도 아직 자신의 삶을 온전하게 숙성시키지는 못하고 있는 것이라 하겠다. 오직 노년에 물러나서 한가롭고 여유로운 삶의 시기를 통해서 비로소 한 인생이 제 맛을 내고 제 향기를 내며 익어갈 수 있는 것이라 하겠다.

02
한가로운 나날

　노년에 직장이나 사업에서 물러나면 갑자기 일없이 놀아야 하는 시간이 많아진다. 이 시간을 주체하지 못해서 새로운 일거리를 찾아 헤매는 사람들도 많은 것이 사실이다. 그동안은 맡은 일에 심하게 속박당하고 너무 고달파 일에서 벗어나기를 바랐던 사람이, 막상 이 일의 속박에서 풀려나자, 도로 자신을 구속해줄 일을 찾아다니고 있는 모습을 심심찮게 볼 수 있다. 마치 새벽 추위와 어둠 속에서 해가 뜨기를 기다리며 동쪽 하늘을 바라보다가 막상 해가 떠오르니 너무 눈이 부셔서 고개를 돌리는 모습이라 하겠다.

　물론 자신이 건강하고 활력에 넘쳐 일을 더 하고 싶은 사람도 있고, 경제적 어려움으로 일거리를 찾지 않으면 안되는 사람도 있을 것이다. 이런 경우야 일거리를 찾아야 하는 것은 당연하다. 그러나 한가로운 시간이 너무 무료해서 견딜 수 없어 무슨 일에나 종사해야 한다는 것은 일종의 '일중독증'에 빠진 것일 수도 있다. 이에 비해 자신이 평생동안 연마해온 지식이나 능력으로 남을 위해 봉사함으로써 보람을 찾는다면 더없이 바람직하다하겠다. 다만 매어있는 일이 없으면 못견디는 것은 노년의 지혜로운 삶이라 하기 어려운 것으로 보인다.

노년의 한가로움은 평생 앞만 보고 달려오다가 잠시 나무 그늘을 찾아 피로한 다리를 쉬면서 서늘한 바람을 맞으며 땀을 닦는 시간이다. 이렇게 한가로운 시간에는 자신이 지나온 길도 돌아보고, 사방을 둘러보며 자신이 살고 있는 세상도 둘러보고, 자신이 가야할 남은 길도 가늠해보는 때이다. 어쩌면 노년의 한가로움이 바로 자신의 삶이 지닌 의미를 되새기고, 삶의 맛과 향기를 제대로 느낄 수 있는 소중한 기회가 아니겠는가.

평생을 "바쁘다. 바뻐."하고 앞으로 달리거나, "빨리. 빨리."하고 서두르며 살아왔으니, 어디 삶의 제 맛을 깊이 느껴볼 수 있었겠는가. '대추를 통째로 꿀꺽 삼킨다.'(鶻圇呑棗)는 옛사람의 말은 글을 읽기만 하고 그 깊은 뜻을 제대로 음미하지 못하는 것을 경계하는 말이지만, 그것은 동시에 평생을 살면서 인생의 제 맛을 깊이 음미하지 못하는 것을 경계하는 말이 아니랴. 평생을 살고나서도 왜 살았는지 모른다면, 그 삶이 어찌 공허하고 황량하지 않을 수 있겠는가.

노년의 한가로움은 먼저 사물을 바라보면서도 새로운 시선으로 바라보게 된다. 꽃나무를 바라보면서도 꽃잎과 나뭇잎의 모양이 지닌 특징까지 찬찬히 살펴보는 관심을 갖게 된다. 또한 사람을 만나서도 그 사람이 살아온 길과 그 성격이나 고민까지 세심하게 바라보는 눈을 뜨게 된다. 젊은 날은 겉모습을 보는데 치우쳤다면, 노년에는 속에 감추어져 있던 진실한 모습이 더 잘 보이게 된다. 그것은 마음이 한가로워야 대상을 깊이 살필 수 있고 이해할 수 있기 때문이다.

노인은 걸음을 걸어도 젊은 이들처럼 빨리 걷지 못한다. 빨리 걸으면

목적지에 빨리 도착하는 효과가 있다. 그러나 천천히 걸으면 세상을 더 많이 더 자세히 볼 수 있을 뿐만 아니라, 그 아름다움과 의미를 더 잘 볼 수 있다. 고속도로를 달리거나 고속열차를 타고 가면 창밖의 경치를 찬찬히 음미할 수가 없지만, 완행열차를 타고 가면 오히려 산과 들판과 강물이 더 자세히 더 아름답게 보이는 사실과 같다. 그러니 젊은 날에는 인생의 아름다움과 소중함을 너무 많이 흘리고 말았다면, 노년에는 한가롭기에 세상과 인생의 아름다움과 소중함을 놓치지 않고 여유롭게 즐길 수 있는 장점을 지니고 있는 것이다.

무엇보다 노년의 한가로움은 자신을 돌아볼 수 있는 시간을 많이 제공해 준다. 이렇게 자신을 돌아보게 되는 사실은 자신의 인생을 결산해 보는 가장 소중한 기회이기도 하다. 자신을 돌아보지 못하고 살아가는 인생이란, 그 자신 아무리 혼신의 힘을 기울여 열심히 살아왔다 하더라도, 시간이 흐르면서 희미해지는 기억과 더불어 바람결에 날아가 버리듯 까마득히 사라지고 말 것이다.

소는 들판에 나가서 부지런히 풀을 뜯어먹다가, 저녁에 집으로 돌아와 외양간에 들어가서, 지그시 눈을 감고 천천히 반추하며 풀 맛을 즐길 때, 그 풀이 제대로 삭여져 자신의 피와 살이 되는 것이 아니랴. 이처럼 노년에는 한가로운 시간에 자신이 살아온 삶의 기억을, 그것이 아무리 괴롭고 아픈 기억일지라도, 속속들이 찾아내어 곱씹으며 음미할 때, 비로소 그 삶이 자신의 삶으로 익어 깊은 맛을 낼 수 있는 것이다.

노인들은 몸과 마음이 한가로우니 누구하고 만나더라도 쉽게 말을 걸고 이야기를 주고받는 모습을 자주 보게 된다. 공원에서나 버스 안에서나 젊은이들이야 서로 낯선 사람들에게 쉽게 말을 걸지 않지만, 노인들은 온갖 이야기를 다 털어 놓고 격의 없이 대화를 즐긴다. 이렇게 노년에는 남을 경계하는 마음의 벽을 허물고 자신을 열 수 있다는 사실은, 그만큼 자기 중심이 든든하여 감정의 동요에 휘말리지 않고, 스스로 자신을 통제할 수 있음을 말해주는 것이라 하겠다.

아기는 깨어서 먹고 움직일 때가 아니라, 잠을 자면서 자란다는 말이 있다. 식물들도 낮에 햇볕아래 동화작용으로 영양소를 만들어낼 때 자라는 것이 아니라, 밤에 자면서 자란다는 말이 있다. 이처럼 사람은 젊은 날 열심히 활동할 때 그 인격이 커가는 정도 보다도 노년에 한가롭게 노닐때 더욱 커갈 수 있다고 생각한다.

하루에서 보면 아침에 날이 밝아서 저녁에 날이 저물 때까지는 온갖 일에 종사하게 되는데, 이렇게 일을 하는 동안은 자신을 속박하고 소모하는 시간이다. 이에 비해 밤에 한가롭게 쉬면서 고요히 생각하고 자신을 성찰하여 자신의 마음을 온전하게 간직하는 시간은 바로 자신의 심신을 건강하게 기르는 시간이라 대조시켜 볼 수 있다.

맹자는 이렇게 밤에 '생각을 고요히 하여 마음을 잘 간직하는 것'(靜而操存)을 '밤기운'(夜氣)을 간직하는 것이라 하여, "속박하기를 반복하면 그 '밤기운'을 간직할 수 없고, '밤기운'을 간직할 수 없으면 새나 짐승과 거리가 멀지 않을 것이다."(梏之反覆, 則其夜氣不足以存, 夜氣不足以存, 則其違禽獸不遠矣.〈『맹자』11-8:1〉)라 하여, '밤기운'을 간직하지 못하면 사람이 사는 것이 동물이 사는 것과 크게 다를 것이 없다고 하였다.

인생에서 보면 노년은 바로 하루에서 '밤기운'을 기르는 시간에 해당한다고 볼 수 있다. 한 세상 열심히 살아가는 동안 자신을 속박하여 끌고가다보니, 육신도 영혼도 지치지 않을 수 없을 것이다. 이제 노년에 한가롭게 쉬면서, 심신의 상처를 살피고 어루만져, 그동안 잃었던 '하늘이

내려준 자신의 본모습'(Imago Dei)을 되찾아서 잘 간직하는 기회로 삼
는다면, 노년이 얼마나 소중한 시간이겠는가.

03
꿈은 사라지고

　젊은 날은 누구에게나 미래를 위해 아름다운 꿈을 꾸는 시절이다. 그 꿈속에서는 미래를 위해 세심하게 설계를 하고, 또 세워놓은 설계를 고치고 다시 고치며 미래를 위한 자신의 꿈을 가다듬는다. 어디 그 뿐인가. 자신이 미래에 올라가야할 높은 지위나, 성취해야할 성공한 인생을 얻기 위해, 아무리 힘들더라도 한 걸음 한 걸음 더 높이 오르려고 땀을 흘리며 노력을 아끼지 않는다. 마찬가지로 부유하고 풍요로운 삶을 누리려는 미래의 꿈을 이루기 위해, 아무리 괴롭더라도 한푼 두푼 저축을 해가며 허리끈을 조르기도 한다.

　한 평생을 살아간다는 것은 누구에게나 끊임없이 꿈을 꾸고 다시 꾸며 살아가는 것이 사실이다. 그런데 노년에 자신이 살아가는 모습을 돌아보면, 그 가장 큰 특징의 하나는 이제 더 이상 꿈을 꾸지 않는다는 사실이다. 평생을 꿈꾸며 노력해왔던 자신의 꿈이 이루어졌거나, 이루어지지 않았거나 상관없이, 더 이상 꿈을 꿀 수 없다는 것이 현실이다. 꿈을 실현하기 위한 기력도 이미 사라져버렸고, 꿈을 실현해야할 미래도 더 이상 남아있지 않기 때문이다.

10대 소년시절의 미래를 향한 꿈은 언제 사라질지 모르는 무지개를 쫓아다니는 것이거나, 어느 한 순간에 찬란하게 번쩍이고 사라질 불꽃놀이에 빠지듯이 화려하지만, 몽상적이요 변덕이 심하다. 현실의 구체적 발판도 없고, 미래에 실현가능한 현실성도 약하다. 이에 비해 20대 청년시절의 꿈은 끊임없이 자신의 꿈이 지닌 높이와 자신이 지닌 능력을 가늠하면서, 몽상적인 꿈을 키우더라도 현실에 맞추어 다듬어 가는 사실을 볼 수 있다.

그런데 30대의 장년기에 오면, 꿈은 훨씬 구체적이 된다. 더 이상 몽상의 바다를 헤엄치고 놀기를 허용하지 않는다. 물론 끊임없이 도약을 꿈꾸지만, 자신의 꿈을 제약하고 있는 현실의 여건을 분명히 인식하고 받아들인다. 40~50대의 중년기가 되면, 이제 꿈은 현실에 발목이 붙잡혀 더 이상 허공을 날아다닐 수가 없다. 현실에 지배된 꿈은 기껏해야 나뭇가지 꼭대기에 매달린 풍선의 수준으로 현실을 벗어나지 못한다.

공자도 "서른에 자신을 확립하였고, 마흔에 미혹되지 않았고, 쉰에 천명을 알았다."(三十而立, 四十而不惑, 五十而知天命,〈『논어』2-4〉)고 하지 않았던가. 청년기에서 장년기로, 다시 중년기로 나이가 들어가면서, 꿈으로부터 현실로 내려오게 되고, 더욱 자신의 현실을 직시하며, 자신의 한계를 받아들이는 시기를 맞이하게 된다는 사실을 말해주고 있다. 환상적인 꿈에서 벗어나 현실의 처지를 인식하는 것은 삶의 지혜라 할 수도 있지만, 동시에 삶이 굴레 속에 옥죄어가는 삶의 굳어짐 내지 옥죄임이라 할 수도 있을 것 같다.

이제 중년을 넘어 노년에 이르면 꿈은 나무 그루터기까지 내려와 현실에 밀착하니, 현실과 한치의 차이도 없어지고 말았다. 더 이상 꿈은 사라지고 현실만 남았다고 해야겠다. 노인들에게 한 가지 공통된 희망사항이 있는데, 죽을 때 병석에서 오래 끌지 않고, 또 큰 고통없이 떠나고 싶다는 것이다. 그러나 이것은 자기가 성취하려고 꿈꾸는 것이 아니다. 단지 하늘이 운명이 결정해주는 것이니, 꿈이 아니라 한낱 소망일뿐이다.

꿈은 몇 날 몇 달 뒤의 일을 위한 계획이 아니다. 몇 년 몇 십 년 뒤의 일 혹은 평생을 통해 이루고자 하는 일에 대한 설계이다. 노인에게는 그렇게 먼 앞으로의 세월이 보장되어 있지 않으니 꿈을 꿀 수 있는 시간의 여유가 없다. 또한 꿈은 운이 좋으면 얻어지는 것이 아니라, 자신이 노력해서 성취해야하는 목표이다. 이제 노쇠하여 기력을 잃어버리고 말았으니, 노인으로서는 이렇게 높은 목표에 도전하여 성취하겠다는 꿈을 꿀 기운이 없다.

공자는 군자가 세 가지 경계할 일(三戒)을 제시하면서, 특히 노년에 경계할 일을 지적하여, "노년에 이르면 혈기가 이미 쇠퇴해지니 경계할 것은 물욕에 있다."(及其老也, 血氣旣衰, 戒之在得.〈『논어』16-7〉)라 말했던 일이 있다. 젊은 날에는 자신감이 넘치니 맨몸으로 길을 나서도 즐겁기만 하지만, 노인은 자신감을 이미 잃었으니, 자신의 소유물에 의지하려들기 마련이다. 집에 의지하고, 예금통장에 의지하고, 다른 사람에 의지하려드는 것이 현실이다.

미래가 얼마 남지 않으면 미래를 향한 꿈을 꿀 수 없다는 것은 당연하다. 그러나 꿈이 사라진다고 해서 모든 것이 사라지는 것은 아니다. 다시 말하면 미래로 향한 시선이 막혀서 어둠 속에 빠졌다고, 그 자리에서 바로 절벽 아래로 떨어지는 것은 아니다. 오히려 밖으로 멀리 내다보는 시야가 사라지니, 안으로 돌아보는 시야가 더 선명하게 열린다는 사실을 가볍게 보아 넘길 수는 없는 일이다.

노년에는 비록 미래를 향한 '꿈의 눈'을 감지 않을 수 없다 하더라도, 그 반면에 자신의 내면을 돌아보는 '성찰의 눈'은 훨씬 더 밝아지게 되었다는 사실을 발견할 수 있다. '성찰의 눈'은 '꿈의 눈' 보다 결코 의미가 작은 것이 아니다. 도리어 '성찰의 눈'이 밝아질 때, 자신의 삶이 지닌 더욱 깊은 의미와 자신의 현실이 지닌 더욱 큰 의미를 발견할 수 있다는 사실을 확인할 필요가 있다.

꿈을 꾸면서 허공을 떠다니는 젊은 날과 달리, 노년에 자신을 성찰하고 자신을 발견할 수 있다면, 그것이 바로 인생을 결산하는 가장 큰 소득이라 할 수 있다. 자신이 평생 걸어온 삶에는 실패의 아픔과 실수의 죄책감도 있고, 성공의 기쁨과 사람과 어울렸던 보람도 있기 마련이다. 실패와 성공의 성찰은 바로 삶의 지혜가 되어 젊은이에게 나누어 줄 수 있고, 죄책감을 깊이 되새기면 선으로 나아가는 구원의 길이 열리지 않겠는가.

늙고보니, 노년의 가장 큰 재산은 재물도 명예도 지위도 아니다. 살면서 맺었던 인간관계의 따뜻한 정이 가장 큰 보람이요 재산임을 새삼스럽게 느끼게 된다. 아내와 자식들의 사랑을 받는 노인이 가장 행복한 인생의 모습이라 생각한다. 오랜 세월 우정을 나누던 친구들과 허물없이 정을 주고받으며, 노년의 삶이 가장 풍요롭고 보람있는 인생임을 발견하게 된다.

04
추억만 남아

　젊은이는 꿈을 먹고 산다면, 노인은 추억을 먹고 산다고 할 수 있다. 젊은이에게는 과거가 빈약하고 미래는 넓으니 꿈이 마음껏 펼쳐지지만, 노인에게는 미래가 별로 남은 것이 없는데, 그 대신에 과거에 살아온 길이 길고도 넓으니 추억이 풍요로울 수밖에 없다. 뜰에 나와 그네에 앉아서 한가롭게 먼 산과 하늘을 바라보고 있노라면, 어느 틈에 흐릿한 시야에 옛날 생각이 강물처럼 흘러온다. 지나간 날만 남고 앞날은 기약할 것이 없으니, 꿈은 사라지고 추억만 남게 되는 것이야 당연한 일이 아니랴.

　밤하늘에 별빛처럼 반짝이는 추억들을 하나하나 더듬어 가노라면, 그날의 고통스럽고 분하던 일들도 지금 나의 추억 속에는 정겹고 아름다운 그림으로 떠오르기도 한다. 초등학교 시절 작은 잘못을 저질렀는데, 선생님의 매를 심하게 맞고 머리에 혹이 다섯 개나 솟아올랐을 때, 정말 억울하고 분했다. 그런데 지금 그 장면의 그림을 떠올리면서, 내 입가에는 미소가 번지고 있지 않은가.

　초등학교 3학년때 어머니와 함께 밤이면 춘원(春園 李光洙)의 『단종

애사』(端宗哀史)를 읽었는데, 어느 대목에서 눈물을 펑펑 쏟았던 기억이 난다. 아무도 없는 논둑길을 걸으면서 금부도사(禁府都事) 왕방연(王邦衍)이 단종을 영월 땅에 유배 보내 놓고 돌아오는 길에 냇가에서 읊었다는 시조, "천만리 머나먼 길에 고운 님 여의옵고/ 내 마음 둘 데 없어 냇가에 앉았더니/ 저 물도 내 마음 같아서 울어 밤길 가누나."를 읊으며 울었던 기억을 하면서, 그 눈물 많은 꼬마의 머리를 정답게 쓰다듬어주고 싶은 마음이 난다.

추억이 모두 아름다운 것은 아니다. 나 자신은 추억의 많은 대목에서 회한에 빠지는 경우가 있다. 어느 한학자가 대학 강단에서 우리 역사서를 강독하다가 울분을 참지 못하여 교탁을 치면서 엉엉 울었다는 이야기를, 그 강의를 수강했었던 국사학과 교수에게서 들었던 일이 있다. 우리 역사만 후회와 탄식 없이 읽을 수 없는 것은 아니다. 나 자신의 평생도 돌아보면 대목마다 회한으로 땅을 치며 울고 싶은 경우가 허다하다.

가장 후회스러운 일 가운데 하나는 젊은 날 사람들과 어울려 폭음을 하였던 일이다. 그 많은 시간 술을 마시며 인생을 낭비한 죄는 영원히 구제받을 수 없을 것이니, 어찌 통회하지 않을 수 있겠는가. 헤아려보니 50년 이상 담배를 피우며 살아왔고, 아직도 끊지 못하고 있는 사실도 회한에 사무치지 않을 수 없는 일이다. 무엇보다 자식의 마음을 아프게 하여 부모를 떠나게 하였던 일이 내 가슴 속에도 큰 상처를 만들고 말았던 일이 후회스럽다. 평생의 회한은 강물처럼 도도하게 흐르니, 헤아려보자면 끝이 없을 것이다.

추억은 머릿속에서는 회오리바람처럼 맴돌고, 가슴 속에서는 태풍 속의 파도처럼 거칠게 솟아오른다. 그러나 태풍이 항상 불어대는 것은 아니다. 오히려 태풍은 짧고 순풍은 길지 않은가. 잠간 사이에 아기자기한 추억들이 늙은이의 허전한 마음을 행복으로 채워준다. 옛 친구들이 만나면, 온갖 추억담이 웃음판으로 만들어주어, 노년에 큰 위로의 하나가 바로 옛 친구들과 추억담을 나누는 것이다.

추억에는 회한이 따라오거나 그리움이 따라온다. 추억속의 그리움에는 우선 고향 부산과 그 앞바다에 대한 그리움이 항상 가슴을 따뜻하게 한다. 아름다운 경치도 추억 속에 남아 있지만, 고교시절 친구들과 배낭을 메고 동해안을 돌며 설악산을 넘던 추억의 경우처럼 아름다운 경치도 사람과 어울리면서 더욱 소중한 추억이 되는 것임을 알겠다. 군대생활을 하며 고생하던 백령도와 용문산, 망일산, 강릉 등은 언제나 마음속에서 떠나지 않고 아련하게 남아있다.

이렇게 연고가 깊은 장소에 대한 그리움이 있지만, 나의 추억 속에는 사람에 대한 그리움이 가장 큰 것으로 느껴진다. 초등학교때 같이 연극을 했던 귀여운 여학생에 대한 그리움이 아련하다. 중고등학교시절 어울렸던 친구들은 지금까지 만나는 사람도 있지만, 소식을 모르거나 세상을 떠난 친구들에 대한 그리움이 항상 마음에 남아 있다. 대학시절 캠퍼스 안에서 스쳐간 어여쁜 여학생들 가운데 나 혼자 잠시 짝사랑에 빠졌던 여학생들은 나의 존재를 전혀 모르니, 그리움이라기에는 빛바랜 사진처럼 희미하기만 하다.

무엇보다 살다가 만났던 선생님들에 대한 추억이 간절하다. 고교시절 만났던 강신항(姜信沆)선생은 지금 90노인이신데 가끔 뵙지만, 언제나 따스하고 자상하신 스승이시다. 대학시절 선배(南基英형)의 소개로 만났던 김익진(也人 金益鎭)선생은 나에게 결핍되었던 아버지의 정을 느끼게 해주신 분이었고, 또 선생의 동서사상 융화론은 나의 학문에도 깊은 영향을 끼쳤다. 대학원시절 국제대학에서 연구원으로 일할 때 나에게 한문을 가르쳐주신 정원태(桂山 鄭元泰)선생은 그 정성스러운 가르침에도 내가 제대로 배우지 못한 아쉬움이 회한으로 남아 있다.

　나의 추억은 이미 흘러가버려 다시 되돌아가 볼 수 없는 것이지만, 그래도 추억을 음미하다 보면, 나의 평생이 허망한 것이 아님을 느끼게 한다. 그만큼 나의 추억들에는 아기자기하거나 보람 있는 면도 있다는 생각을 하게 된다. 내가 전 재산을 잃고 집도 없어서 거리를 헤매는 노숙자가 된다하더라도, 추억이 남아 있다면, 결코 허무하지는 않을 것이다. 노년에 아무런 꿈도 없이 추억만 되새기고 있다면 쓸쓸하게 보일지 모른다. 그러나 풍성하고 아름다운 추억을 가진 사람은 결코 쓸쓸함에 빠져 있지는 않을 것이다. 추억은 음미할수록 오묘하게도 향기로워지고 달콤해진다, 바로 이 점에서 추억은 노인의 삶에 내려준 하나의 큰 축복임에 틀림없다.

05
외로움 타는 시절

  '외롭다'는 말은 '외로울-고'(孤)자와 '홀로-독'(獨)자를 결합하여, '고독(孤獨)하다'는 말로 흔히 쓰기도 한다. 가족도 없고 일가친척도 없고, 친구조차 없어, 왕래하는 사람이 아무도 없이 홀로 떨어져 있는 외로운 상태를 말하는 것이다. 그만큼 '외롭다'는 것은 인간관계가 끊어져 홀로 있는 상태에서 가장 절실하게 느끼는 감정일 것이다. '인간'(人間)이라는 말도 사람과 사람 사이의 관계 속에서 살아가는 존재임을 의미하는데, 인간관계가 끊어져 홀로 떨어져 있다면, 이것은 분명 사람의 삶에서 위기의 하나라 하지 않을 수 없겠다.

  맹자도 "늙어서 아내 없는 이를 '홀아비'(鰥)라 하고, 늙어서 지아비 없는 이를 '과부'(寡)라 하고, 늙어서 자식 없는 이를 '외로운 자'(獨)라 하고, 어린데 부모 없는 이를 '고아'(孤)라 한다. 이 네 가지 사람들은 천하에 '곤궁한 백성'(窮民)으로 호소할 데 없는 자들이다."(老而無妻曰鰥, 老而無夫曰寡, 老而無子曰獨, 幼而無父曰孤. 此四者, 天下之窮民而無告者.〈『孟子』2-5:3〉)라 하였다. 바로 이렇게 소중한 인간관계를 잃어버린 네 가지 '곤궁한 백성'(窮民)은 사회가 보살피고 도와주어야 하는 백성이라 하였다.

늙어 가면 건강이 나빠지거나 활동능력이 쇠퇴하면서 활동무대도 점점 좁아지며, 이에 따라 만나는 사람도 점점 줄어드는 것은 어쩔 수 없는 현실이다. 사람을 자주 만나지 못하면 사람이 그리워지고, 어쩌다 사람을 만나면 오래 붙들고 말을 많이 하게 된다. 왜 늙은이가 말이 많아지는가. 그 까닭은 외롭기 때문일 것이다. 모처럼 사람을 만나면 이미 했던 말을 거듭 되풀이 하면서 말을 오래 이어가는 노인들이 적지 않다. 젊은이는 이렇게 지루하게 이어가는 말을 듣기가 괴로워 늙은이를 피하려들게 된다.

그래서 "늙으면 입은 닫고 지갑은 열어라."라는 격언이 있는가 보다. 멀리 가지도 못하고 자주 한 자리에 머물고 있으니, 신체에서 가장 활동적인 부분은 '입'이리라. 그래서 말을 너무 많이 하니, '입을 닫는 것'을 노인의 미덕으로 삼은 것이 아니랴. 또한 늙으면 자신을 지켜줄 환경에 불안을 느껴서 재물에 인색하기 쉬우니, '지갑을 열 것'을 당부하는 것이 아니겠는가. 사실 지갑을 열어 돈을 잘 쓰면 주변에 사람들도 모여들어 외로움을 덜하게 해줄 수도 있을 것이다.

늙은이와 젊은이가 자주 만날 수 있으면, 늙은이의 오랜 인생경험에서 오는 지혜를 젊은이에게 나누어 주고, 젊은이의 신선한 발상이 늙은이에게 활력 있는 자극이나 충격을 준다면, 가장 이상적인 인간관계가 될 수 있지 않겠는가. 그러나 현실은 늙은이의 편견과 고집이 젊은이를 답답하게 하고, 젊은이의 모험심이 늙은이를 불안하게 하기가 더 쉬울 것이다. 그래서 젊은이는 젊은이 끼리 놀고, 늙은이는 늙은이 끼리 놀게 되는가 보다.

그러고 보니 늙은이의 외로움을 덜어주는 가장 좋은 방법은 늙은이끼리 모여서 지내게 하는 것이 아니랴. '노인정'은 늙은이 끼리 모이게 하는 좋은 시설이다. 젊은이들은 개인적 사생활이 다칠까봐 낯선 사람과는 서로 말을 아끼는 경향이 있다. 그러나 노인들은 어떤 자리에서라도 만나기만 하면 낯선 사람과도 쉽게 서로 말을 터놓는다. 그만큼 어린이에게는 어린이 끼리 뛰어놀 '놀이터'가 필요하듯이, 늙은이에게는 늙은이 끼리 둘러앉아 놀 수 있는 '정자'(노인정)가 필요하다.

그런데 '외롭다' 혹은 '고독하다'는 말은 인간관계의 대상을 잃어버렸을 때만 놓이게 되는 처지나 느끼는 감정이 아니다. 또한 늙거나 젊거나 상관없이 누구나 외로움에 빠져들 수 있다. 자신의 주위에 부모와 처자와 형제가 다 있고, 친구들이 많이 있어도, 따돌림을 당할 때는 외로움을 느낄 수 있다. 어린아이들 사이에서나 늙은이들 사이에서도 서로 어울리지 않고, 누구를 따돌리는 경우가 흔히 있다. 누구를 독점하기 위해 따돌리거나, 약간의 특이성을 거부하여 따돌리니, 이처럼 인간이 인간을 따돌리는 심리는 어쩌면 동물적 본능에서 오는 것인지도 모르겠다.

외로움의 또 다른 양상은 가족과 친구들 속에 있으면서도 자신의 마음을 이해해주지 않을 때 고독함을 느끼게 된다. 아무도 자신의 가슴속에 쌓인 이야기를 들어주려고 하지 않거나, 자신이 주장하고 싶은 견해에 대해 이해하려들지 않는다면, 어찌 외롭지 않겠는가. 그래서 친구를 사귀면서도 '자기를 알아주는 친구' 곧 '지기'(知己)의 벗, 혹은 '지음'(知音)의 벗을 찾게 되는 것이 아니랴.

한창 자신의 일에 빠져 있을 때는 외로움을 느낄 겨를도 없다. 그러나 노년에 아무 하는 일 없이 홀로 시간을 보내자면 가슴에 외로움이 파고들기 마련이다. 찾아오는 사람이 없다면 거리에 나가 아무나 붙잡고 이야기가 하고 싶어지는 것도 당연한 일이다. 이렇게 말하고 싶은데 말할 상대가 없는 외로운 처지에 놓이거나, 주변에 사람은 많지만 아무도 자신을 이해해주지 않는 고독함에 빠졌을 때는, 자기 혼자 중얼거리는 독백(獨白)을 하기도 한다.

고독에 깊이 빠져들면 때로 자신을 상대로 하여 말을 주고받는 경우도 흔히 있다. 지난 세월의 추억 속에 떠오른 과거 어느 순간의 자기와 대화를 하기도 하고, 거울을 보면서 자신과 마주하여 말을 주고받기도 한다. 자기 자신을 대상으로 대화한다는 사실은 어쩌면 외로움이 중증에 빠져있다는 증거가 될지도 모른다. 그러나 늙은이만큼 심하지는 않겠지만 젊은이도 외로움에 빠지면 자신도 모르는 사이에 자기와 말을 주고 받는 일도 있다. 더 나아가면 누구나 어느 순간 자기를 대상으로 말을 주고받는 일이 있는데, 바로 그 순간이 그 사람의 고독한 시간인 것 같다.

물론 외로울 때는 쓸쓸한 감정에 사로잡히는 경우가 많다. 그러나 때로는 외로울 때 해방감이나 안정감을 느끼기도 한다. 사람들 틈에서 시달리다가 지친 사람이라면 아무도 없는 혼자만의 시간에 편안함을 누리기도 한다. 마치 아무도 없는 깊은 산골짜기 숲속에 들어갔을 때 불안하고 두려운 느낌을 갖는 경우도 있지만, 모든 걱정 근심이 다 사라진 아늑하고 청량한 느낌을 갖기도 한다. 곧 외로움은 언제나 피해야 할 상태가 아니라, 때로는 외로울 때 비로소 자신을 더욱 깊이 알아가기도 하니, 노년의 외로움도 잘 다듬어 갈 필요가 있지 않겠는가.

06
부실한 몸

늙는다는 것은 아직 병들지 않았더라도 온 몸의 구석구석이 낡아가고 삭아가서 쇠약해지고 있음을 알게 된다. 산을 오르거나 멀리 가고 싶지만, 허약한 다리 때문에 몸이 말을 듣지 않으니 어쩌랴. 많이 보고 싶고 또 자세히 보고 싶은데, 흐릿한 눈에 또렷이 보이는 게 없으니 어찌하랴. 많이 듣고 싶고 분명하게 알아듣고 싶은데, 어두운 귀에 제대로 들리는 게 없으니. 어쩌랴. 천하에 맛있는 음식이 많다고 하는데, 먹고 싶어도, 부실한 이빨이 원망스럽기만 하구나.

그래도 복 받은 친구들이야 따로 있는 것 같다. 늙은 몸으로 아직도 배낭매고 이 산과 저 산을 찾아 오르며 등산을 다니기도 하고, 비행기 타고 멀리 바다건너 경치좋은 곳을 찾아 해외여행도 자주 다니기도 한다. 안락한 소파에 앉아 유명한 지휘자의 음반을 틀어놓고 세계적인 명곡을 섬세하게 감상하기도 하고, 점심 먹으러 갈빗집 가서 소주도 한 병 까신다는구나.

이제 허약한 다리 때문에 허덕거리며 산을 오르는 '등산'(登山)을 할 수 없지만, 그래도 멀리서 한가롭게 산을 바라보는 '관산'(觀山)을 하는 즐거움을 누릴 수 있는 것만도 큰 축복이 아닐 수 없다. 명곡은 못들어도 주위의 늙은이들이 수백만원하는 보청기를 샀다가 적응을 못해 쓰지도 못하는 사람들도 적지 않은데, 유행가 가락을 들으면서도 어깨가 들썩거리니, 아직 살아있음에 어찌 감사하지 않을 수 있으랴. 그렇게 폭음하던 술이 이제는 목에 넘어가지 않아 저절로 '단주'(斷酒)가 되고 말았지만, 그래도 봉지 커피의 '가배향'(咖啡香)으로도 한나절이 편안하니, 진심으로 감사한다.

죄 많은 이 몸은 한 평생 이 세상에서 누리고 살았던 것만 생각해도, 하늘 앞에 엎드려 한없이 감사해야 할 일이다. 여기에다 무엇을 더 바라리오. 병이 깊은 이 몸은 언제 죽어도 아무 아쉬울 것 없으나, 오직 죽을 때 심한 고통 없고, 가족들에게 피해주지 않기를 바랄 뿐이다. 좀더 바란다면 텅 비어 허전한 이 마음이 넉넉하고 평안하기만 하다면 얼마나 좋을까.

이렇게 구차스러운 말을 늘어놓고 있는 것은 이 늙은이에게는 가슴 아픈 독백이기도 하다. 겨울동안 서울 천산정(天山亭)에 머물 때면 현관문을 열지 않고 한 주일 두 주일이 흘러가기도 하고, 봄에서 가을까지 원주의 산골 청향당(淸香堂)에서 지낼 때는 한 달이 가고 두 달이 가도록 대문을 한번 열지 않고 지나가기도 한다.

그 까닭의 한 가지는 몸이 부실하여 돌아다니기가 어렵기 때문이요, 다른 한 가지는 마음속에 아무 의지도 일어나지 않고 모든 의욕을 다 잃어버렸으니, 마음이 빈 주머니 속처럼 텅 비어 무심(無心)하기 때문이 아닐까 한다. 진정으로 마음이 텅 비어 무념(無念) 무상(無想)의 상태라면 차라리 행복하지 않겠는가. 마음속에서 적극적인 의지와 용기는 나오지 않고, 잡다한 극정 근심만 출렁거리고 있으니, 제대로 무심(無心)을 얻은 것일 수도 없지 않은가.

아내는 운동을 하라고 그렇게도 열심히 나를 설득했고 또 혹독하게 다그쳐왔는데, 그런데도 어찌 방문도 한 번 열지 않고 하루해를 보낸단 말인가. 오랜 세월동안 운동을 하지 않았으니, 근육은 풀어질 대로 풀어졌고, 골다공증으로 뼈대마저 허약하기만 하니, 걸음 걷기가 괴롭고, 긴 계단을 내려가기가 두려워진다. 그런데 만나는 친구들 가운데, 매주 일 등산을 다니고, 매일 헬스에 나가 몇 시간씩 운동을 한다고 자랑하는 이야기를 들을 때마다, 한없이 부럽기도 하고, 또 부끄럽기도 했다. 내 몸의 부실함은 바로 나의 게으름이 저지른 죄의 결과임을 다시 한 번 뼈 아프게 확인하지 않을 수 없다.

"건강한 육신에 건강한 정신이 깃든다."고 말하는데, 물론 일반적인 상식의 격언이다. 육신의 장애를 극복하고 위대한 정신을 발휘한 영웅적인 인걸들이 없었던 것은 아니다. 그러나 보통사람은 육신이 허약해지면 용기도 의지도 다 잃고 만다. 나 자신 집에서 나와 10분만 걸으면 아주 쾌적한 산책로가 있는 줄을 알고 있지만, 박차고 집에서 나오려는 의지가 일어나지 않고 용기도 잃고 말았다. 몇 달을 집안에서 자다 깨다 하며 가장 나태한 상태로 보내고 있으니, 스스로 생각해도 한심스럽기 짝이 없다.

늙고 무기력해지면 그것은 하나의 추악함을 드러낼 뿐이다. 때로 젊은이와 함께 길을 나섰다가 길 한가운데서 휘청거리거나 주저앉게 될 때 젊은이가 부축해주거나 붙들어 일으켜주기도 하는데, 물론 고맙지만 언제나 자신의 추태에 부끄러움을 느끼지 않을 수 없다. 늙음이란 여유로움이요 자유로움에서 아름답게 빛나는데, 부축을 받으며 끌려가는 모습에서는 추악함만 남아있는 것이 아닌가.

　내가 무시로 찾아서 부르거나, 무의식 상태로 부르는 소리는, 다만 '하느님'이라는 외마디 절규(絶叫)의 말 뿐이다. 나의 죄를 깨닫고 가슴을 칠 때마다, 나의 어리석음이 저질렀던 온갖 허물이 머릿속에 떠오를 때마다, 내 죄와 내 어리석음을 뉘우치며 통회(痛悔)하는 말이 바로 '하느님' 한 마디뿐이다. 구차하게 여러 말을 늘어놓을 수도 없음을 알고 있다. 어찌 이렇게 부실한 몸이 되고 말았단 말인가. 모두가 다 "내 탓이요, 내 탓일 뿐이다."

07

병마(病魔)와의 동행(同行)

태어나고(生) 늙고(老) 병들어(病) 죽는다(死)는 것은 생명있는 존재라면 모두 가야하는 길이요, 자연의 질서이다. 누가 이를 거부하거나 벗어날 수 있겠는가. 젊어서는 병이 들어도 치료하면 그뿐, 잠간 사이에 건강을 다시 회복한다. 그러나 늙고 보니, 병은 쉽게 치료가 안 되고 병과 함께 살아가다가 죽는 길 밖에 안 보인다. 감기만 해도 젊을 때는 2,3일 앓고 나면 가볍게 일어나는데, 늙어서는 2,3개월을 앓고도 감기가 다시 찾아드는 일이 많다.

하기야 의학이 해마다 발달하고 있으니, 웬만한 병은 새로 개발된 약으로 다스리거나 새로운 수술방법으로 제거하여, 수명을 연장시키고 있다. 그래서 늙은이의 수명이 갈수록 길어지면서, 평균수명이 자꾸만 늘어나는 것이 현실이다. 이렇게 오래 살아서 늙은이가 많아지는 것은 개인의 욕심을 채워줄지는 모르지만, 사회적으로는 분명히 심각한 문제를 야기하게 될 것이다.

늙어서 친구들과 만나니, 서로 자기가 앓고 있는 병에 대해 이야기를 자주 하게 된다. 병에 대한 이야기를 듣다보면, 세상에 웬 병들이 그리도 많은지, 또한 웬 약을 그리도 많이 먹어야 하는지, 놀라게 된다. 물론 80, 90세가 넘어서도 사회활동을 활발하게 하는 강건한 노인들이 상당수 있는 것도 사실이다. 그렇지만 내가 자주 만나서 어울리고 있는 친구들 다섯과 나는 모두 심각한 병들을 짊어지고 살아간다.

이렇게 친구들이 제각기 병과 함께 살아가니, 병이 바로 가장 가까운 반려자가 아닌가 하는 생각을 하게 된다. 사실 나 자신을 돌아보아도, 처음에는 병과 싸워 이겨내려고 애를 썼던 것 같다. 이렇게 10년, 20년, 30년 병과 싸우며 살다보니, 이제는 병을 이길 수가 없다는 사실을 깨달았고, 따라서 병과 함께 살아갈 수 밖에 없는 현실을 인정하지 않을 수 없게 되었다.

며칠이나 몇 주일간 병을 잊고 지내는 날에는 나와 함께 동행하고 있는 병마가 곤히 잠들어 나를 괴롭히고 성가시게 하지 않는 사실을 고맙게 여길 뿐이다. 결코 병마가 내 몸을 떠나 사라진 것이 아닌 줄을 잘 알고 있다. 왜냐하면 하루에도 세 차례씩 여러 가지 약을 먹어야 하기 때문이다. 병마와 함께 살아가는 삶이란 약과 함께 살아가는 것이요, 동시에 병원에 매달려 살아가는 것임을 잘 알고 있다.

병마와 함께 살다보니 죽음의 문제를 좀 더 절박하게 생각하지 않을 수 없다. 처음에는 이겨내려고 했지만, 나중에는 5년이나 10년만 더 살 수 있으면 하고 희망을 품기도 하고 기도를 하기도 했다. 그런데 이렇게 30년을 넘기며 끌어오다 보니, 이제는 죽음에 대한 생각이 자유로워졌다. 두려움이나 걱정이나 아쉬움이 다 지쳐서 낙엽처럼 바람결에 날아가 버렸나 보다. 이제는 언제 죽음이 찾아와도 편안한 마음으로 받아들일 수 있다는 생각이 든다. 다만 죽음을 앞두고 심한 고통이 없기를 바랄 뿐이다.

　죽음의 문제는 다음 세상의 문제를 생각하지 않을 수 없게 한다. 나는 개인적으로 천주교신자이지만, 죽은 다음에 가야하는 세상으로 천당이나 지옥이 있다고 믿지는 않는다. 자신의 한 평생이 즐겁고 만족스러운 삶이었다면 그것이 천당이요, 자신의 한 평생이 고통스럽고 치욕스러운 삶이었다면 그것이 지옥이라 생각할 뿐이다. 그렇다고 사후세계가 없다는 것은 아니다. 단지 사후세계는 저 세상에 있는 것이 아니라 이 세상에 있다고 생각한다.

　내가 생각하는 나의 사후세계는 나 자신이야 전혀 알 수도 느낄 수도 없다고 믿는다. 그러나 내가 죽은 뒤에 나의 가족들이나, 친구들이나, 알고 지내던 사람들이 나를 어떻게 기억하고 생각하는지가 바로 나의 사후세계라 믿고 있다. 내가 죽은 뒤에 나를 원망하거나 경멸한다면 그것이 나의 지옥이요, 나를 그리워하거나 사랑한다면 그것이 나의 천국이라 믿고 있다. 아무도 나를 그리워하지도 원망하지도 않고, 아주 까맣게 잊어버리고 만다면 그것은 나의 사후세계가 공허함일 뿐이 아니냐.

　물론 나는 나의 사후세계가 천당이기를 간절히 바란다. 그러나 이것이 얼마나 어려운 일인 줄을 잘 알고 있다. 아내도 나를 자주 비난하고 있으며, 자식들도 나를 원망하고 있으며, 부모도 나를 섭섭해 했을 터인데, 어찌 나의 사후세계가 천당이기를 바라고 믿을 수 있겠는가. 그래도 나의 가족이나 친구나 지인(知人) 가운데 내가 죽고 난 뒤에 나를 그리워하는 사람이 있다면, 나는 그들에게 진심으로 감사하고 싶다.

　솔직하게 나는 하느님을 원망하기도 한다. 왜 나에게 좋은 환경을 허락하지 않으셨는지, 왜 나에게 건강을 허락하지 않으셨는지, 왜 나에게 지혜와 용기와 인내력을 허락하지 않으셨는지, 하느님을 원망한 적이 많았다. 그러나 이 모든 것이 하느님 탓이 아니라, 나 자신의 탓인 줄을 잘 알고 있다. 오히려 내 삶에서 온갖 결핍과 시련을 부여해준 것은 나를 단련하기 위함이었으니, 이점은 하느님께 감사해야 한다는 사실을 잘 알고 있다. 다시 생각해보면 하느님은 나에게 너무 많은 것을 베풀어주셨다. 너무 좋은 조건을 허락하셨고, 너무 과분한 혜택을 허락하셨다는 사실을 생각하면, 무릎 꿇고 땅에 엎드려 절하며 감사해야 마땅하다는 사실을 잘 알고 있다.

내가 병마와 함께 살아가면서, 생명과 건강의 소중함을 더욱 절실히 느끼게 된다. 나에게 생명을 주신 사실에 대해 하느님께 감사하고 부모님께 감사하지 않을 수 없다. 또한 내가 병마에 시달리게 된 것은, 모든 것이 나 자신의 살아온 길이 나태하고 방종함에서 온 것임을 돌아보면서, 나의 죄를 뉘우치지 않을 수 없다. 남은 세월 병마와 함께 살아가면서, 나의 게으르고 방탕한 죄를 뉘우치고, 또 나에게 많은 것을 베풀어주신 하느님께 감사하며 살아야겠다고 다짐해 본다.

08
노년의 여유로움

　젊은 날에는 자신이 맡은 책임을 수행하느라, 성취를 위해 노력하느라, 항상 바빠서 마음에 여유가 없었다. 가족들과 산책을 나가거나 친구들과 여행을 가서도 머릿속에는 자신이 할 일이 맴돌고 있었으니, 한가롭게 쉬지도 못하였던 것 같다. 더구나 우리사회는 '빨리 빨리 문화'가 만연되어 있어서, 전철역에서도 뛰어다니는 사람들이 많은데, 나 자신도 급히 흐르는 강물에 떠내려가고 있었으니, 여유를 누려볼 생각을 하기도 어려웠던 것이 사실이다.

　그러나 늙고 나서 돌아보니, 자신도 모르는 사이에 얽매이는 일들이 썰물처럼 다 빠져나가, 텅빈 바닷가 아득한 개펄에 나와 서 있는 사람처럼 어리둥절하고 당황스러웠다. 시간은 있는데 할 일이 아무것도 없다는 사실이 무척 무료하고 심심하게 만들었다. 그래서 오랫동안 만나지 못했던 옛 친구들을 찾아가기도 하고, 함께 어울려 바닷가나 산사를 찾아 나들이를 다니기도 하고, 바둑을 두며 이른바 '소일'(消日)을 하면서 하는 일 없이 바쁘게 왔다 갔다 하였다.

그러다가 무슨 인연이 있었던지 원주 흥업면 대안리의 산골 청향당(淸香堂)을 빌려서 노처와 둘이 살게 되면서, 갑자기 울타리 안에서만 세월을 보내면서 정적(靜寂)에 빠져들었다. 이제 눈에 들어오는 것은 사방을 둘러싸고 있는 산들과 하늘과 뜰에서 자라는 꽃나무나 채소와 잡초들 뿐이다. 그래도 내 시야에 오고 가는 것은 하늘에 떠가는 구름과 사방에서 지저귀며 날아다니는 새들이나 꽃을 찾아드는 나비와 벌들이 있을 뿐, 찾아오는 손님이 없으니 대문은 한달이 가도 열어보지 않을 때가 허다했다.

처음에는 이렇게 둘러싸고 있는 정적이 답답했지만, 점점 익숙해지자, 편안해지고, 작은 즐거움들이 허전한 마음을 위로해주고 있었다. 봄부터 가을까지 피고지는 꽃들의 아름다운 모습을 평생에 이렇게 자세히 살폈던 일이 없다. 꽃눈이 터져나와 꽃이 피어날 때까지 하루에도 몇 번씩 살펴보며 기다리며, 꽃나무와 친구로 사귀기 시작했다. 앵두나 매실이나 자두처럼 열매가 맺는 나무는 꽃이 지고 나서도 열매가 맺고 자라고 익어가는 것을 아침저녁으로 살피며 친해지고 있다.

이렇게 한가로운 생활에 대해 옛 사람도 그 소중함을 인정했던 것 같다. 제자 이담(李湛: 字 仲久)이 스승 퇴계가 편찬한 『회암서절요』(晦菴[朱子]書節要)의 문제점으로, "간혹 긴요하지 않은 것도 수록되었다."고 지적하자, 퇴계는 유교의 학문적 특징이 바로 긴요함과 한가함의 양쪽을 모두 지니는데 있음을 밝히면서, "『논어』에 기록된 것에는 정밀하고 깊은 곳도 있고, 거칠고 얕은 곳도 있으며, '긴요하게 수작한 곳'도 있고 '한가하게 수작한 곳'도 있다."(論語所記, 有精深處, 有粗淺處, 有緊酬酢處, 有間酬酢處〈答李仲久書〉)고 말한 일이 있다.

정약용(茶山 丁若鏞)은 퇴계의 이 말씀에 깊이 공감하면서 그 뜻을 자세히 설명하고 있다. 곧 "의리(義理)와 심신(心身)에 나아가 언제나 강론 확립하는 것이 진실로 절실할 것이다. 그러나 그 성령(性靈)을 편히 쉬게 하고 기르며 정신을 펼쳐내어, 혈맥이 통하게 하고 손과 발이 뛰고 춤추게 하는 것은 반드시 산에 오르거나 물가에 나아가며, 꽃을 찾아다니거나 버드나무 늘어선 길을 따라가는 즈음에 있는 것이니, 이것이 '기수(沂水)에서 멱감고 무우(舞雩)에서 바람쐬겠다.'는 증점(曾點)의 대답이 홀로 공자(孔子)에게 인정을 받은 까닭이다."(就義理心身上, 常加講確, 固爲切實, 然其休養性靈, 發舒精神, 使血脈動盪, 手足蹈舞者, 必在乎登山臨水訪花隨柳之際, 此曾點浴沂之對, 獨見許於夫子者也,〈『與猶堂全書』, 1-22권,「陶山私淑錄」〉)라 하였다.

여기서 정약용이 들고 있는 '한가로운 수작'(間酬酢)의 사례로서, 꽃을 찾아다니거나 버드나무 늘어선 길을 따라간다는 '방화수류'(訪花隨柳)는 바로 한가롭게 산책하면서 심신을 쉬게 하여 원기를 기르는 일을 말한다. 그가 젊은 날 수원 화성(華城)을 설계하면서 성벽 위 전망이 좋은 곳에 세운 정자의 이름을 '방화수류정'(訪花隨柳亭)이라 붙이고 있는 사실에서도 한가로움의 소중함을 잘 보여주고 있는 것이라 하겠다.

송나라의 도학자 정명도(明道 程顥)가, "구름 옅고 바람 가볍게 부는 한낮에/ 꽃을 바라보고 버드나무길 따라 걸어 앞 냇가를 지나가니/ 곁의 사람은 내 마음의 즐거움 알지 못하고/ 한가함을 찾는 것이 어린 아이를 배우는 것이라 말하려 하네."(雲淡風輕近午天, 望花隨柳過前川, 旁人不識予心樂, 將謂偸閒學少年,〈『二程集』, 권1, '偶成'〉)라고 읊은 시에서도, '꽃을 바라보고 버드나무길 따라 걸으며'(望花隨柳) 한가로이 산책하는 즐거움의 소중함을 제시하고 있다.

한가로움이 심신을 휴양(休養)하는 시간이라면, 부지런히 공부하거나 맡은 일을 처리하는 시간을 위해 꼭 필요하고 유익한 시간이라 할 수 있다. 그런데 노년에 한가롭게 지내는 시간은 잠시 쉬는 휴식이 아니라, 날마다 온종일 쉬기만 하니 어찌할 것인가. "자벌레가 움츠리는 것은 펼쳐 나가기 위한 일"(尺蠖之屈, 以求信也,〈『周易』, 繫辭下〉)이라 했는데, 노년에 한가롭게 쉬는 일은 어디로 뻗어나갈 수 있다는 말인가.

물론 밖으로 세상 속으로 뻗어나가기는 어렵다. 이미 세상에서 물러났는데, 다시 세상 일에 관여할 수도 없는 노릇이다. 그렇다면 노인의 한가로움이 뻗어갈 수 있는 길을 하나 뿐인 것 같다. 속으로 깊어지는 길이다. 한가롭게 산을 바라보고 구름을 바라보거나, 꽃을 살펴보고 열매를 살펴보면서, 삶의 이치를 깊이 깨닫는 길이 열려 있다. 젊은 날은 관심이 밖으로 집중되어 있었기 때문에, 자신의 내면을 깊이 성찰하고 돌아보기가 쉽지 않다. 이제는 사물을 조용히 관조(觀照)하면서, 삶의 의미와 자기 존재의 의미를 깊이 돌아볼 수 있는 소중한 기회가 주어진 것이다.

무엇보다 노년에 한가로우면 자신이 살아왔던 지난 평생의 일을 되새기게 된다. 미래를 내다보고 설계를 하며 계획을 세우는 때는 지나갔다. 과거를 돌아보며 추억을 되씹으면서, 자신의 허물을 뉘우치기도 하고, 자신이 저지른 과오의 원인을 성찰할 수도 있다. 이렇게 뉘우치고 성찰하면서, 노년의 삶을 보다 선하고 아름답게 가꾸어 갈 수 있는 소중한 기회가 눈 앞에 열려 있는 것이다. 그렇다면 노년의 한가로움은 평생의 마지막을 잘 다듬을 수 있는 소중하고 값진 시간이니, 어찌 헛되게 보내다가, 평생을 그릇치고 말 것인가. 2019.7.7.

09
경로석(敬老席)에 앉아

언제 시작되었는지 기억이 없는데, 전철에 경로석(敬老席)이 생겼다. 그때는 노인이 앞에 와서 서있으면 자리를 양보해야 하는데, 노인들의 자리를 따로 만들어 주어, 마음 놓고 앉아 갈 수 있어서 잘됐다고 생각했다. 그러다가 내가 만65세가 되었을 때는 '시니어 패스'(Senior pass, 어르신 교통카드)라는 것을 발급해주어 전철을 공짜로 탈 수 있게 해주었다. 그때부터 나도 자리가 비어 있으면 경로석에 앉아서 공짜로 전철을 타고 다니면서, 어떤 특별한 대접을 받는 것으로 생각했다.

70세가 넘어 경로석에 앉는 것이 습관화되고 보니, 어느 날 경로석이 격리된 공간이 아닌가 하는 생각이 들었다. 일반석에는 자리가 비어 있어도 늙은이가 그쪽으로 가기가 마음에 걸려 경로석 앞에 서서 가는 자신을 발견하고, 늙은이에게 자리를 양보하며 늙은이와 젊은가 함께 어울리는 '노소동락'(老少同樂)의 세월이 더 아름다웠던 것으로 그리워지기도 한다.

그런데 경로석에 앉아서 어느 날 일반석을 바라보니, 대화를 하는 사람도 책을 읽는 사람도 보이지 않고, 모두가 스마트 폰을 들여다보느라 눈을 박고 있는 새로운 풍경을 보면서, 세월이 이렇게 빨리 흘러가는구나 하는 생각을 하고 있었다. 경로석의 늙은이들도 스마트 폰을 들고 있는 사람이 더러 있으나, 그래도 낯선 사람끼리 스스럼없이 말을 주고받는 사람이 있지만, 머지않아 이곳에서도 모두 스마트 폰을 들여다보고 있겠지. 그리고 나면 또 어떤 변화가 올 것인가. 나의 상상력으로 미치지 못하는 풍경이 벌어질 것으로 짐작될 뿐이다.

우리의 부모나 조부모 세대가 그러했던 것처럼, 이제 80을 바라보는 노인이 된 나 자신도 지나간 시대의 낡은 유물로 남아 있는 것이 아닐까 하는 생각을 하며, 머리를 흔들어 본다. 앞으로 내가 죽고 난 다음에 세상이 얼마나 바뀔 것인지, 어떻게 바뀔 것인지 상상이 가지 않으나, 바뀔 것은 분명하다. 이렇게 변하는 세상에 전통을 계승한다는 것이 어떤 의미가 있는 것일까. 나의 가치관으로 젊은 날 자식들을 가르치려 하였던 것이 잘못된 일일까. 나는 빈곤의 시대에서 풍요의 시대까지 살아왔는데, 민주주의가 빈곤을 해결해주지도 못하고 사회적 안정을 보장해주지도 못했다는 것을 안다. 그런데도 군부독재에 항거하던 민주투사를 어떻게 평가해야 한단 말인가.

나는 학생시절 그 많은 데모에도 한번 참석하지 않았다. 데모가 나쁘다고 생각한 것도 아니고, 집권자가 정당하다고 생각해서도 아니다. 나는 물리적 힘으로 싸워서 무엇을 쟁취하려는 방법을 천성적으로 싫어한다. 대화가 되지 않으면 불편한 환경이라도 견디며 자신의 길을 찾아가고 싶어 한다. 아마 일제 강점기에 성인이었다 하더라도 독립운동을 하지는 않았을 것 같다.

이렇게 순응하고 살아왔지만, 나는 이 시대의 변화에 적응하지 못하였던 것은 무슨 까닭인가. 적응력을 타고나지 못했고, 거기다가 아마 늙었기 때문일 것이다. 나는 스마트 폰에 적응할 줄 몰라 아직도 폴드 폰(fold phone)을 쓰고 있으며, 컴퓨터의 '한글'도 옛날 버전을 쓰고 있다. 타고난 '기계치'(機械痴)라 새로운 것에 적응 못하는데다가, 늙고보니 더 심해져서 아무런 새로운 것도 접근하지 못하고 있다. 이런 내가 어찌 시대와 풍조의 변화에 적응할 수 있겠는가.

나는 노래를 부르고 싶어도 음정과 박자가 맞지 않는 '음치'(音癡)라, 여러 사람 앞에서 노래를 부르라는 지명을 받았을 때 가장 곤혹스러웠다. 또 어려서부터 운동에 소질이 없어 걷는 것 밖에 아무 운동도 할 줄 아는 것이 없는 '몸치'이다. 그림을 못그리고 글씨를 못쓰는 것도 마찬가지다. 이렇게 우둔한 사람이 늙었다고 전철을 타면 '경로석'에 앉을 수 있는 특전을 받으니 송구스러운 생각이 들기도 한다.

원주를 오르내리면서, 경의중앙선 전철을 타고 '경로석'에 앉아 이촌(二村)역과 용문(龍門)역 사이를 한 시간 반을 가는 동안에는 온갖 잡다한 생각에 빠져들곤 한다. 지나온 세월을 돌아보면서 물론 가장 많이 떠오르는 생각은 나의 어리석음으로 저지른 허물에 대한 회한(悔恨)이다. 한평생 동안 너무 많은 시간을 낭비했다는 생각을 할 때는 가슴을 치고 싶다. 그런데 가끔 까맣게 잊었던 희미한 얼굴들이 떠올라 다시보고 싶은 생각에 잠기기도 한다.

초등학교 6학년 내 내가 가출을 하려고 마음먹었을 때 항상 나를 잘 따르던 '이원수'라는 동무가 나와 함께 가겠다고 따라나섰던 일이 있었다. 나는 그 동무가 보고 싶어진다. 고등학교 1학년 여름방학 때 친구들 셋과 강화도 남쪽의 작은 섬 '살섬'(矢島)으로 캠핑을 갔었는데, 이 섬으로 찾아와 우리의 텐트 주변을 기웃거리는 인천에 사는 가출한 초등학생을 만났었다. 4년전 나 자신의 생각이 나서, 이 아이를 달래어 인천의 집까지 데려다 준 적이 있었다. 나는 그때 그 아이를 다시 보고 싶다는 생각에 잠기기도 한다. 늙고 보니 자꾸 어릴 적 생각이 난다. 어린 시절로 돌아가고 싶은 마음이 가슴 속에 있나 보다.

28세에 군대에서 제대하고 처음 취직한 출판사에 같이 입사한 여자 대학후배는 함께 어울려 즐거웠었는데, 이듬해 나는 그 출판사를 그만두고 대학원을 다니던 시절, 그 여인에게 프러포즈를 할 생각으로 함께 깊은 산골 중학교에 같이 근무해보자고 제안했다가 거절당했었다. 왜 그때 좀 더 세련되게 프러포즈를 못했을까. 이제 다 늙었으니, 다시 한번 만나 옛날이야기를 하고 싶다.

경로석에 앉아 멀리까지 전철을 타고 가면서, 떠오르는 상념은 모두 지난 날들의 추억뿐이다. 앞으로 할 일을 계획하던 시절은 벌써 지나갔다. 이제는 한가로운 시간이면 언제나 옛 추억을 반추하면서, 마음속으로 웃기도 하고, 회한에 젖기도 한다. 나의 추억이라야 보잘 것 없는 추억들일 뿐이다. 젊은 날 삶을 열정적으로 살고, 세상과 폭넓게 어울렸다면, 이렇게 추억마저 자질구레하지는 않았을 터인데. 그래도 경로석은 나의 초라한 추억들을 되새기며 어루만질 수 있는 자리를 만들어주어 항상 고맙게 생각한다.

10
노인의 유쾌한 일

    늙으면 육신도 정신도 쇠약해지니, 여러 가지 불편하고 고통스러운 일이 한두가지가 아니다. 평생을 써 왔으니, 육신의 어느 부분 낡고 허약하지 않은 곳이 없다. 팔다리가 쑤시고, 허리가 아프고, 눈은 침침하고, 귀도 잘 들리지 않는다. 머리는 기억력이 쇠퇴하여 건망증은 당연하고 심하면 치매에 걸리기도 한다. 어디 그 뿐인가. 혈관이나 내장도 다 삭았는지 사방에 탈이 나기 시작한다. 멀쩡하고 건강한 사람이 드물다. 노인들이 만나기만 하면 어디가 아프다는 호소가 늘어지게 이어진다.

    그런데 정약용(茶山 丁若鏞)은 역설적으로 노인이 되어서야 경험할 수 있는 유쾌한 일을 여섯 가지나 들어서 시로 「노인의 한 가지 유쾌한 일」(老人一快事) 여섯 수를 읊었던 일이 있다. 그 여섯가지 유쾌한 일이 무엇인지 차례로 요점만 들어보자.

    (1) '민둥머리'--"감고 빗질하는 수고로움이 없고/···솔바람 불어오니 머릿골이 시원하구려."(旣無櫛沐勞···松風洒腦髓)

(2) '치아 없는 것'--"절반만 빠지면 참으로 고통스럽고/ 완전히 없어야 마음이 편안하네."(半落誠可苦, 全空乃得意)

(3) '눈 어두운 것'--"평생 동안 문자에 대한 거리낌을/ 하루아침에 깨끗이 벗을 수 있네."(平生文字累, 一朝能脫灑)

(4) '귀먹은 것'--"세상 소리는 좋은 소리가 없고/ 모두가 다 시비 다툼뿐이네."(世聲無好音, 大都皆是非)

(5) '붓 가는 대로 미친 말을 마구 씀'--"까다로운 운(韻)에 구애받지 않고/…조선시 짓기를 달게 여길 뿐일세."(競病不必拘,…甘作朝鮮詩)

(6) '바둑 두는 일'--"반드시 가장 하수와 대국을 하고/…뭐하러 고통스레 강적을 마주하랴."(必求最拙手,…何苦對勍寇).

정약용이 들고 있는 노인의 유쾌한 일 여섯 가지 가운데 처음 네 가지인 '민둥머리', '치아 없는 것', '눈 어두운 것', '귀먹은 것'은 모두가 보기 흉하거나 불편하기 짝이 없는 것이다. 그러니 노인으로 어느 누가 그 가운데 한 가지라도 바라는 것이 있겠는가. 어쩔 수 없이 받아들이면서 불편과 고통을 견딜 수 밖에 없는 일이다. 그런데 어찌 이를 유쾌한 일이라 하는가. 정약용이 '긍정적 사고'의 중요성을 제시하고 있음을 주목할 필요가 있다.

사고를 당해 신체에 상당한 상처를 입거나, 재물의 손해를 입었을 때, 대부분 자신의 불운(不運)을 탄식하지만, 긍정적인 사고를 하는 사람은 더 큰 사고나 손해를 막아주는 액땜을 하였다고 스스로 위로하는 사람이 있다. 긍정적 사고는 사람을 고통이나 불행에서 벗어나게 하는 길을 열어준다. 마치 술이 '반병 밖에 남지 않았다'고 한탄하는 사유방식에 대해, '반병이나 남았다'고 환호하는 사유방식의 전환을 일으키는 것과 같다고 하겠다.

내가 존경하는 선배 영서(潁棲 南基英)형을 만나서, 허리에 통증이 심하다거나, 기억력이 심하게 감퇴했다고 호소하였을 때, 치료법을 가르쳐주거나 너무 상심하지 말라고 위로하기는 커녕, 그는 번번이 "받아들여야지."라 한마디로 대답하는데, 사실 어떤 위로보다, 내 마음을 편안하게 해주는 것을 느낀다. 어떤 불편이나 고통이나 불행도 모두 나의 타고난 운명이요, 지극히 당연한 일로 다 받아들이고 나면, 내가 무슨 일에도 불만을 가질 이유가 없다.

정약용의 노인의 유쾌한 일로 제시한 마지막 두 가지에서, 먼저 '붓 가는 대로 미친 말을 마구 쓴다는 것'은 격식에 사로잡히지 말고, 자신의 가슴 속에서 터져나오는 '제 소리'를 아무 두려움 없이 하라는 것이다. 문화란 품격과 격식을 중시하며, 그 시대나 사회에서는 지켜야 할 의례와 법도가 있기 마련이다. 그런데 노인이라면 격식과 법도의 형식적인 것에 사로잡히지 말고, 아무 제약을 받지 않는 자신의 가슴속 말을 하라는 말이다.

그것은 바로 자유인으로서 자유롭게 살고 자유롭게 말할 수 있어야 자신의 진실한 모습을 드러낼 수 있음을 말하는 것이라 하겠다. 격식을 벗어던진다는 것은 용기가 필요한 일이다. 그러나 법도의 굴레를 벗어났을 때 비로소 자신의 진정한 제 모습을 찾을 수 있는 것이니, 어찌 유쾌한 일이 아니겠는가. 이렇게 법도를 넘어설 수 있는 것은 평생을 법도에 맞추어 살아온 노인에게만 주어지는 특권이라 할 수도 있겠다.

사실 조선인이 '운자'(韻字)에 맞추어 한시(漢詩)를 짓느라 신경을 곤두세워 왔던 것이 사실이다. 그런데 이제 중국의 음운(音韻)에 따르는

'운자'를 무시해버리고, 내 음률에 맞게 자유로이 시를 지어 노래할 수 있다면, 그것이 바로 정약용이 말하는 "조선인이 '조선시'(朝鮮詩)를 짓는 것"이다. 어찌 유쾌하기만 하겠는가, 여기에 비로소 진실하고 당당함이 제대로 드러나지 않겠는가.

마지막으로 '바둑 두는 일'에서는 상수와 맞서 이기려는 승부욕일랑은 버리고, 하수와 만나 편안하게 놀이를 즐기라는 말이다. 노인은 더 이상 경쟁이나 쟁취에 집착하지 말고, 긴장을 풀고 즐길 줄 알아야, 노년의 즐거움을 누릴 수 있음을 보여준다. 긴장을 풀고 즐길 수 있어야 한다는 것은 바둑 만에 한정된 일이 아니다. 노인의 일상생활이 이제는 성취욕이나 승부욕에서 벗어나 모든 사물을 편안한 마음으로 바라보며 그 아름다움을 찾아내어 즐길 수 있는 지혜가 필요하다.,

질병에 시달리고 외로움이나 회한(悔恨)에 젖어있기 쉬운 것이 노인의 일상생활 모습이다. 그러나 육신의 고통도 마음의 괴로움도 훌훌 털어내 버리고, "녹초청강상(綠草靑江上)에 굴레 벗은 말이 되어", 무엇을 얻으려는 욕심도 누구를 이겨보려는 승부욕도 없이, 마음을 비우고, 흥취를 고조시켜서, 일상생활 속의 크고 작은 일에서나 사람들과 어울려 노는 여러가지 놀이에서도 편안한 마음으로 즐길 수 있다면, 어찌 노인의 유쾌한 일이 아니겠는가.

11
깊어지는 우정

젊은 날의 친구들을 돌아보면 초등학교를 같이 다녔던 어릴 적 동무들은 고향을 떠나오면서 다 흩어지고 말았다. 그래도 고등학교 시절 친구와 대학시절 친구가 지금까지 가장 오랫동안 가까운 친구로 남아 있다. 늙어서 옛 친구들과 만나면, 젊은 날의 추억을 주고받으며 곱씹는 재미가 가장 즐거운 일이다. 아무래도 소년시절의 추억이 풍부하게 남아 있는 고등학교 시절 친구를 만나면 마음이 더 편하고 화제가 다양하여 즐겁다. 한참 옛날이야기에 취해 있으면, 자신의 나이도 잊어버리고 소년시절로 돌아가는 즐거움에 빠져들기도 한다.

물론 소년시절부터 친하게 사귀었던 친구가 여럿 있었다. 그런데 노인이 되고 보니, 서로 취미나 성격이 많이 달라져서 멀어지는 옛 친구도 있고, 서로 마음이 잘 맞아서 더욱 가까워지는 친구도 있다. 늙어서 시간의 여유가 많아지니, 마음 맞는 친구들과 자주 어울리게 된다. 서로 집을 찾아다니거나, 함께 며칠씩 국내여행을 하기도 하고 더러 해외여행을 다니기도 하는데, 밤이 늦도록 옛날이야기를 하면서 풋풋하던 소년시절의 추억 속에 잠기는 즐거움은 노년의 가장 큰 즐거움의 하나임에 틀림없다.

무료할 때는 혼자 앉아서 친한 친구들을 생각하는 경우가 자주 있다. 정다웠던 친구가 그리워질 때는 그리운 친구 하나 하나를 마음에 떠올리고, 그 친구와 지냈던 즐거운 기억들을 음미하면서, 행복한 기분에 젖어들기도 한다. 이때 나의 친구들이 내 삶의 일부로서 얼마나 소중한지를 새삼 깨닫게 된다. 그 친구가 없었다면 내 삶이 얼마나 쓸쓸하고 공허하게 될 것인지를 생각하기도 한다. 곧 친구가 내 삶의 중요한 일부라는 사실을 발견하게 된다.

명나라 말기에 중국에 왔던 예수회 선교사 마테오 리치(Mateo Ricci, 利瑪竇)의1 저술인 『교우론』(交友論) 속에, "친구는 제2의 나이다."라는 언급이 있다. 이 말의 뜻을 젊었을 때는 몰랐는데, 늙어서 친구를 생각해보니, 이 말이 더욱 절실하게 가슴에 다가온다. 부모와 형제와 처자로 이루어진 가족은 자신의 삶에 바탕이 되고 뿌리가 되는 소중한 존재이다. 그러나 친구는 자신을 발견하는 거울이 되고, 자신을 다듬어가는 숫돌이 된다는 또 다른 의미에서 소중하다.

그래서 『중용』(20:8)에서는 "임금과 신하, 부모와 자식, 남편과 아내, 형과 아우, 및 벗들과 사귐의 다섯 가지는 천하에 두루 통하는 도리이다."(君臣也, 父子也, 夫婦也, 昆弟也, 朋友之交也, 五者, 天下之達道也)라 하여, 인간이 살아가는 보편적 도리의 하나로 '친구와 사귐'을 들고 있지 않은가. 그렇다면 친구와 사귐이란 다른 인간관계에 견주어보면 어떤 특성과 의미가 있는 것인지 음미해 볼 필요가 있다.

맹자는 요(堯)임금이 가르치고자 하였던 사람답게 살아가는 도리로서, "부모와 자식 사이에는 친애함이 있고, 임금과 신하 사이에는 의로움이 있고, 남편과 아내 사이에는 분별이 있고, 어른과 아이 사이에는 차례가 있으며, 친구 사이에는 믿음이 있어야 한다."(父子有親, 君臣有義, 夫婦有別, 長幼有序, 朋友有信.〈『맹자』5-4:16)고 하였다. 이것이 곧 인륜(人倫)의 다섯 가지 조목이요, 이른바 '오륜'(五倫)으로, 그 하나가 바로 '친구 사이에는 믿음이 있어야 한다'(朋友有信)는 것이다.

인간관계의 다섯 가지 기본유형(父子 · 君臣 · 夫婦 · 長幼 · 朋友)에 따라 제시된 다섯가지 기본 도리(親 · 義 · 別 · 序 · 信) 가운데 '믿음'(信)의 도리는 친구 사이에만 적용되는 것이 아니라, 모든 인간관계에 적용되는 가장 보편적 덕목이라 할 수 있다. '믿음'이 없다면 어떤 인간관계도 제대로 이루어질 수가 없다. 그렇다면 친구사이란 가족관계나 상하관계를 넘어서 평등하고 인격적인 만남으로 인간관계의 가장 아름다운 꽃이라 할 수 있을 것이다.

때로는 부모 자식 사이나 형제 사이나 부부 사이에도 말하기 어려운 고민이 있는데, 이 고민을 털어놓고 의논할 수 있는 자리는 친구 사이에서 찾을 수 있다. 그만큼 친구는 조건없이 자신을 이해해주고 충고를 해주거나 도움을 줄 수 있는 대상이다. 진정으로 자기를 알아주는 '지기'(知己)는 친구의 이상적 모습이다. 그만큼 친구는 서로에 대해 자신을 다 드러내놓고 만나는 허물없는 사이라는 말이다.

또한 친구는 자신을 드러내고 서로를 알아주는 사이에 그치지 않고, 서로를 이끌어주고 서로 향상시켜가는 사이이기도 하다. 그래서 공자는 선비가 벗을 사귀는 도리로 "친구사이에는 절실하게 타일러주고, 자상하게 이끌어주어야 한다."(朋友切切偲偲.〈『논어』13-28))고 하였다. 친구란 서로 상대방을 이기려드는 경쟁하는 사이가 아니다. 서로 이끌어주어 더불어 나아가는 사이요, 서로의 인격을 향상시켜 함께 이루어가는 사이임을 보여주고 있다.

함께 어울려 술이나 마셔대고 못된 짓을 하는 꾸미는 사이는 친구의 잘못된 모습이다. 어울려 즐기면서 상대방의 장점이나 성장하는 모습을 찾아내어 격려하면서 자신도 배워나가며, 상대방의 허물을 고치도록 충고해줌으로써, 서로 이익을 얻을 수 있는 것이 친구의 참된 모습이다. 나는 노년에 깊이 사귀고 있는 친구들이 나의 유익한 친구(益友)임을 발견하고 새삼 깊은 행복감을 느끼고 있다.

무엇보다 나는 노년에 자주 만나는 옛 친구들에게서 너그러운 마음을 배우고 있다. 나의 우둔함과 허약함을 탓하지 않고 세심하게 배려해주는 정답고 너그러운 마음이 내 비좁은 마음을 넓혀주고 있음을 발견하고 기뻤다. 또 담소하는 가운데 친구들이 보여주는 깊은 통찰력과 삶의 지혜를 배울 수 있는 것도 큰 기쁨의 하나다. 물론 내가 배운다고 해도 제대로 따라갈 수는 없지만, 그래도 내 시야가 조금씩 넓어지는 것을 발견하면서, 친구들에 대한 고마운 마음을 가슴 깊이 간직하고 있다.

젊었을 때는 그리 심각하게 생각하지 못했는데, 늙고 나서야 친구의 소중함을 더욱 절실하게 느끼고 있다. 한가로운 시간이 많아지면서, 혼자 앉아서도 친구들 생각을 자주하게 된다. 소년시절부터 함께 겪었던 추억이 되살아나고, 노년에 어울리면서 즐거웠던 행복감이 켜켜이 쌓여 있음을 돌아보면서, 혼자 미소를 짓기도 한다. 친구를 생각하는 것 자체가 나를 돌아보는 거울임을 새삼 발견하고, 내가 향상하여 올라가는 사다리가 되어주고 있음을 깨달으면서, 어찌 감사하지 않을 수 있겠는가.

12

하는 일 없는 노년

사람이 산다는 것 자체가 무슨 일이던지 하고 있다는 것이 사실이다. 병실에 꼼짝 못하고 식물인간 상태로 누워있는 환자도 최소한도로 숨은 쉬고 있다. 그런데 아무런 하는 일이 없다는 것은 살아있다고 말하기도 어려운 일이다. 그래서 학생에게는 열심히 공부하라고 타이르며, 직장인에게는 부지런히 일하라고 요구하는 것은, '근면'(勤勉)이 무엇보다 잘 살아가기 위한 방법으로서 중요한 조건임을 말해주고 있는 것이다.

사람에게는 한평생 살아가면서, 하고 싶은 일을 하는 시간은 많지 않고, 훨씬 더 많은 시간은 하기 싫어도 하지 않을 수 없는 일을 하면서 보내게 된다. 아침에 눈을 떠서 밤에 자리에 들기까지, 온갖 일을 하느라 쫓기는듯 허둥거리며 살기 마련이다. 누가 시키지 않아도 스스로 끊임없이 계획을 세우고 할 일을 찾아서 쉴 틈도 없이 일하며 살아왔다. 그래서 집안 살림을 좀더 풍족하게 꾸려갈 수도 있었고, 자신의 역량에 따라 어느 정도의 지위에 오르거나 명성을 쌓기도 하는 성취를 이루기도 했다.

　이렇게 우리들의 젊은 날과 중년을 보내고 나서, 나이가 많아지자 아쉬워도 직장에서 물러나야 하고, 하던 일에서 손을 털고 나와야 한다. 완전히 가정으로 돌아와, 하루종일 집안에 머물게 되는 시절을 맞이하게 된다. 친구를 만나러 외출도 하고, 건강을 위해 등산을 하거나 산책을 나가기도 하고, 취미활동을 하러 나가는 경우가 있다. 그러나 이런 일들은 해도 그만 안 해도 그만이니, 사로잡혀 있는 것은 아니다.

　노년에는 꼭 해야할 일도 없고 꼭 가야할 곳도 없다. 더구나 기운이 쇠잔해지면, 몸을 움직이기가 어려워지니, 집안에 머무는 시간이 더욱 늘어날 수밖에 없다. 한가한 시간에 독서를 하려해도 눈이 어두워 오래 계속하기 어렵고, 기억력이 나빠서 읽고나서 돌아서면 가물가물할 뿐이다. 노인에게는 육신을 사용하여 밖으로 향하여 할 수 있는 일은 점점 줄어들고 있으니, 이때가 바로 안으로 마음을 붙잡고 다듬어 볼 수 있는 좋은 시간이라 하겠다.

　노인에게는 특별하게 하는 일이 없이 한가롭게 살아가는 모습이 바람직하다. 노인이 되어도 노인이기를 거부하는 듯, 젊은이 못지않게 활발하게 활동하는 모습이 꼭 바람직한 삶의 모습이라 하기는 어렵다고 생각한다. 아무 하는 일 없는 '무위'(無爲)의 삶을 즐기고 누릴 수 있는 것이 바로 노인다운 삶의 모습이라 하겠다. '무위'(無爲) 곧 '하는 일이 없다'는 것은 무엇을 하겠다는 의지나 무엇을 하고 싶다는 욕심을 버리는 것이니, 그것은 마음을 비우는 일이다.

　『노자』(老子)에서는 도리(道)를 실현하는 기본원리로서 '함이 없음'(無爲)을 강조하고 있다. 그래서 "성인은 '함이 없음'(無爲)으로 일을 처리하고, '말이 없음'(不言)으로 가르침을 행한다."(聖人處無爲之事, 行

不言之教〈2장〉)라 하였다. 자신의 의지와 욕심으로 일하기를 일삼는 것이 아니라, 의도하는 일은 아무것도 하지 않음을 일삼아야 한다는 말이다. 그것은 어떤 의지나 욕심으로 일하지 말고, 마음을 비운 상태로 일해야 한다는 뜻이라 하겠다.

같은 맥락에서, "내가 함이 없지만, 백성은 저절로 감화된다."(我無爲而民自化〈57장〉)고 말하는 것도, 자신의 내면에 덕이 쌓이면 의도적으로 하는 '함이 없다'하여도, 그 덕으로 백성이 저절로 감화되는 사실을 말하고 있다.

'함이 없다'(無爲)는 말은 아무 것도 하지 않는다는 말이 아니다. 마음을 비워서 개인의 의지나 욕심을 벗어나, 자연의 질서를 따르는 '순리'(順理)로 일하는 것이다. 그래서 『노자』에서는 "덜어내고 또 덜어내어, '함이 없음'에 이르니, '함이 없음'이지만, 하지 않은 것이 없다."(損之又損, 以至於無爲. 無爲而無不爲.〈48장〉)고 하였다. 그만큼 '함이 없다'는 것은 '함'을 부정하는 뜻이 아니라, 마음을 비워, 개인적 의지나 사사로운 욕심에 얽매임이 없는 '도'를 따라 일하는 것을 의미하고 있다.

소년에서 중년까지는 끊임없이 쌓아가는 일이었다. 지식을 쌓고, 재물을 쌓고, 경력이나 명성을 쌓는 일이었다. 그러나 노년은 쌓아가는 삶이 아니라, 비워가는 삶을 사는 때이다. 쌓아가면 어느 시점에서부터 그동안 쌓아올린 것에 자신이 얽매이고 끌려가고 지배되는 사실을 발견하게 된다. 이제 노년에 이르렀다면 움켜쥐고 있던 손을 열어 놓아주어야 한다. 처자도 부모형제도 놓아주고, 재산도 명예도 바람결에 다 날아가도록 놓아주어야 한다. 붙잡고 있던 것을 놓아주었을 때 무엇보다 먼저 자신이 자유로울 수 있고, 몸도 마음도 가벼워 질 수 있다.

마음에 남아 있는 후회와 원망이나 분노와 증오를 모두 덜어내었다

하더라도, 그래도 마음속에는 아직도 뿌리깊은 집착이 남아 있다. 이 집착마저 덜어내고 또 덜어내어 마음이 텅비워져 허허로워질 때까지 덜어내어야 한다. 마음을 비운다는 것은 접어두거나 잊어버리는 것이 아니라, 다 받아들여 녹여버려야 하는 것이다. 이것이 바로 깨달음이라 생각한다. 깨닫고 보면 마음에 담아두었던 온갖 감정과 집착이 모두 공허한 것임을 알게 된다.

노인이 마음을 비워 평정심(平靜心)을 지니게 되면, 누가 무시하거나 모욕하는 일이 있더라도, 화를 내는 것이 아니라, 도리어 미소로 화답할 수 있게 된다. 마음이 비었다 함은 무슨 일이나 받아들일 수 있는 포용력이 생겼다는 사실을 의미한다. 작은 일에도 일희일비(一喜一悲)하는 감정의 심한 기복을 벗어나게 되고, 가슴속에는 잔잔한 기쁨과 따스한 사랑이 떠나지 않을 것이다. '온화한 얼굴, 정다운 말씀'(和顔愛語)은 마음을 비운 노인의 일상적 모습이라 할 수 있겠다.

"젊은이는 젊은이 답고, 노인은 노인다워야 한다."고 말한다면, '노인다움'이란 마음을 비우는 데서 나타나는 것이며, 마음을 비울 때에 무엇이나 받아들일 수 있는 넉넉한 포용력이 생기며, 동시에 세상을 넓게 내다보는 툭 터진 지혜가 드러난다고 하겠다. 젊은이들이 길을 찾아 방황할 때, 노인이 지혜로운 충고를 할 수 있다면, 바로 '노인다운' 노인이라 할 수 있을 것이다. 이제 노인은 무엇을 이루겠다는 생각부터 버리고, 마음을 비우는 공부를 해야 할 시간이다.

'함이 없음'은 쌓아가는 일을 함이 없지만, 비워가는 일을 함은 있는 것이다. 마음을 비움으로써 세상 모든 일을 감싸 안는 포용력으로는 죽음조차 편안하게 받아들일 수 있다. 또한 무슨 일이나 깊이 비쳐보는 밝은 지혜로는 인생의 의미를 깨달을 수 있을 것이다. 이렇게 '노인답게'

늙어가는 노인이라야 사람들의 공경을 받을 수 있는 것이지, 늙어서도 욕심만 가득하다면, "늙어서도 죽지 않는다."(老而不死〈『논어』14-43〉) 라고 꾸짖는 소리를 듣지 않겠는가.

13
죽음을 생각하며

 70을 넘기면서 체력도 현저하게 떨어지고, 시력도 심하게 어두워지고, 귀도 어두워져 말을 잘 못알아듣는 경우가 많아졌다. 무엇보다 기억력이 심하게 쇠퇴되어, 어디에 두었는지를 찾아다니는 일이 잦아지고, 무슨 일을 하려했던지를 잊어버리고, 가까운 사람의 이름을 잊어서 당황하기도 하니, 이제 내 수명의 끝이 멀지 않았음을 절실하게 되돌아보게 된다.

 젊은 날부터 죽음의 문제에 대해 자주 생각을 해왔었고, 죽음을 아무런 아쉬움도 미련도 없이 순순하게 받아들이겠다고 스스로 다짐해 왔다. 그래도 한 평생이 너무 허망하다는 느낌이 밀려오는 것을 보면, 아쉬움이나 미련이 조금은 남아 있는 것 같다. 다시 젊은 날로 돌아갈 수 있다면, 인생을 방황하지도 않고 방종하지도 않고, 충실하게 그래서 마음에 충만하게 살아보고싶다는 생각을 자주하게 된다. 이런 생각이 들 때마다 공허한 망상을 떨쳐버리려 머리를 흔들어 본다.

 인생의 가을에 맺어진 열매가 탐스럽게 잘 익었거나, 벌레가 먹어 썩어버렸거나, 병이 들어 일그러졌거나, 현재 그대로 있는 그대로 받아들여야 하며, 또 받아들일 수 밖에 없다는 사실을 잘 알고 있다. 이상은 높은데, 현실이 그 이상을 따라잡기 어려울 수 밖에 없다. 그러니 후회없는 인생이 어디 있겠는가. 자신의 한 평생이 불완전하기 짝이 없고 지극히 불만스럽다 하더라도, 다만 마음을 비우고 욕심을 줄임으로써, 자신의 허술한 한 평생이나마 애정 어린 눈길로 바라보고, 이만큼이라도 허락해주신 하늘에 감사할 수 있다면 행복한 인생이 아닐까 생각한다.

불교의 게송(偈頌) 가운데, "빈손으로 왔다가 빈손으로 가는 것이 인생이니/ 태어남은 어디서 왔으며/ 죽음은 어디로 가는가./ 태어남은 한 조각의 뜬 구름이 일어남이요,/ 죽음이란 한 조각의 뜬 구름이 스러짐이네."(空手來空手去是人生, 生從何處來, 死向何處去, 生也一片浮雲起, 死也一片浮雲滅.)라는 구절은 부운(浮雲: 懶翁 惠勤의 妹)의 글이라고도 하고, 조선초 함허 득통(涵虛得通)스님의 글이라고도 하고, 조선중기 서산 휴정(西山 休靜)스님의 열반송(涅槃頌)이라고도 한다. 어떻던 가장 잘 알려진 게송의 하나임에는 틀림없는 것 같다.

한 인간이 태어난다는 것이나 죽는다는 것은 그 자신이나 가족과 친지에게는 매우 슬프고 가슴에 큰 충격을 남기는 일이 아닐 수 없다. 긴 역사를 통해서도 한 영웅의 삶과 죽음은 오랜 세월이 지난 뒤에도 그 시대를 살아가는 사람의 마음에 깊은 감동과 존경심을 일으킨다. 그렇다면 우주를 통털어 큰 시야에서 바라본다면, 한 인간의 삶과 죽음은 빈 하늘에 뜬구름 한 조각이 일어났다가 스러지는 것처럼 허무하기 짝이 없는 것임을 말해주고 있다.

그러나 인생을 '뜬구름'(浮雲)에 비유하였다고, 단지 인생이 언제 피어났다가 언제 사라질지도 모르는 한 조각의 뜬구름처럼 허망한 것일 뿐이라는 허무주의를 말하자는 것은 아니다. 우리가 본능적으로 집착하고 있는 삶과 죽음의 문제를 깨부수고, 진정한 불변의 진리를 깨달아야 한다고 가르치려는 것이 사실이다. 그런데 허무한 것이라 버려두고 잊어버려도 된다고 보는 그 삶이 없으면, 영원불변한 진리를 깨닫는다는 것도 불가능할 것이니, 어찌 삶을 공허한 것이라고만 부정할 수 있겠는가.

산촌에 살다보니, 이름모를 풀꽃 하나에도 지극한 아름다움을 엿볼 수 있기도 하고, 길가에 피어난 잡초 한포기에서도 얼마나 끈질긴 생명의 의지를 가지고 있는지 놀라게 되기도 한다. 그래서 인생을 '뜬구름'이라 보는 허무감도 언제 밀려올지 모르는 현실이지만, 삶에 대한 강인한 집착과 의지도 온갖 난관을 견디며 자신을 이끌고 살아왔던 힘이니, 삶의 의지에 대해서도 깊은 경외감을 소중히 간직하고 싶은 것이 사실이다.

긴 세월을 살고 나서, 노년에 인생을 마무리하는 일이 두 가지 남아 있는 것 같다. 하나는 자신이 살아온 인생을 정리하는 일이요, 하나는 앞으로 닥쳐올 죽음에 대한 마음의 준비일 것이다. 인생의 정리란 자신이 살아온 과정을 돌아보고 잘못을 뉘우치면서 남은 세월을 선하고 아름답게 살기 위해 노력하는 것이다. 이것이 바로 서양속담에 "마지막에 웃는 자가 가장 잘 웃는 자이다."(He who laughes last, laughes best.)라는 말처럼 노년의 마지막을 아름답게 보낼 수 있다면 그 인생이 아름다웠음을 확인할 수 있을 것이다.

증자(曾子: 孔子의 제자)가 만년에 병석에서 하였던 말이 있다. 곧 "새가 죽으려 할 때는 그 울음 소리가 슬프고, 사람이 죽으려 할 때는 그 말이 착하다."(鳥之將死, 其鳴也哀, 人之將死, 其言也善.〈『논어』8-4〉)라 하여, 죽음을 앞둔 사람은 그 말이나 마음가짐이 선량해진다는 지적이다. 세상에는 죽음을 앞두고도 원한에 가득차거나 복수심으로 이를 가는 사람도 있는 것이 사실이다. 그러나 많은 사람들은 죽음을 앞두고 자신을 뉘우치기도 하고, 자신이 하고싶었던 바른 도리를 생각하기도 하며, 선한 마음을 드러내려고 노력을 한다.

자신의 앞에 다가온 죽음이란 신앙인들에게는 살아있을 때 보다 더 행복한 세상인 '극락'이나 '천당'이라 믿기도 하고, 앞서 가신 조상을 만나게 된다는 믿음을 갖기도 한다. 그래서 심한 고통을 받는 지옥에 빠지지 않고, 천당이나 극락으로 오르게 해 달라고 기도를 하며, 자신의 삶을 착하게 하려고 노력도 한다. 그렇지 않으면 "내가 죽은 뒤에 조상을 무슨 낯으로 뵈올 수 있겠는가."라 자책하며, 자신이 마지막으로 해야 할 일이란 조상 앞에 떳떳하게 설 수 있도록 자신을 바로잡아 보려고 노력하기도 한다.

이러한 사후(死後) 세계는 이 지상세계보다 더 좋은 세상일지 모르지만 이 세상과 유사한 또 하나의 세상을 설정하고 있다. 이것도 생명을 영구히 유지하기를 바라는 인간의 욕심이 만들어내는 세상이라는 생각이 든다. 죽은 다음에 또 하나의 세상이 반드시 있어야 다음 세상을 위해 착하게 살 수 있는 것인가. 차라리 자신이 살아가는 세상은 단 한 번뿐이라면 더 긴장 속에 진지하게 살아가게 되지 않을까. 죽음 이후의 세상에 대해서는 정답이 없는 것 같다.

노년에 자신의 죽음을 진지하게 생각하게 되는 것은 죽음을 위한 준비를 위해 필요한 것 같다. 남은 가족들을 위한 유서는 벌써 적어놓은지 여러해 되었다. 자신의 죽음에 대한 의례적 처리도 가장 간소하게 나 스스로 결정해서 유서에 밝혀두었다. 그런데 가장 어려운 일은 자신의 죽음에 대해 스스로 마음을 확립하는 일이다. 견디기 어려운 육신의 고통이 닥쳐오면 어떻게 의연하게 대응할 수 있을까. 아직 자신이 없다. 평온

하게 죽음을 맞는다면 나를 마지막으로 보려고 찾아온 가족이나 친구에게 격려하고 위로하는 말도 준비해두어야 할 것 같다.

나는 사후세계에 대한 믿음도 없고, 혈연으로 이어지는 생명의 연속성에 대한 확신도 잃어버렸다. 나의 죽은 다음 세상은 내가 죽은 뒤에 계속될 지금 이 세상에 대해, 지금 내가 가지고 있는 사랑과 염려의 감정과 희망이 사진으로 찍어 액자에 담아놓은 듯한 모습일 것이다. 그래서 내 사후세계의 연속은 그 액자 속의 사진이 빛이 바래어 보이지 않을 때까지, 다시 말하면 그 사진을 바라보며 나를 기억해주는 사람이 있는 기간까지로 삼고자 한다. 마치 내가 내 조부와 아버지에 대해 기억을 되새기면서 아내에게 이야기를 되풀이 하고 있는 시간 동안 나는 내 조부와 아버지가 죽은 존재로서 나와 함께 살아 있다는 생각을 하고 있는 것과 같다.

14
황혼의 아름다움

    한낮의 대지를 달구던 뜨거웠던 태양이 저녁이 되어 서쪽 하늘로 기울어지면 석양은 구름을 붉게 물들여 찬란한 노을을 보여줄 때면, 누가 그 아름다움에 감탄하지 않을 수 있겠는가. 저녁노을은 아름다움도 잠시 뿐 곧 어둠에 빠져들게 된다. 그러니 애틋함 마음으로 저녁노을을 바라보게 되니, 애수(哀愁)가 깃든 아름다움이라 더욱 마음에 깊이 젖어든다. 저녁하늘의 구름이 붉게 타오를 때는 이미 동쪽 하늘의 구름에는 검은 그림자가 짙게 드리워 있다. 황혼의 아름다움이란 이미 죽음의 그림자를 꼬리에 달고 있는 아름다움이 아니겠는가.

    저녁이라도 언제나 아름다운 저녁노을을 볼 수 있는 것은 아니다. 맑은 하늘아래 구름이 적당하게 서쪽 하늘에 모여 있어야 한다. 마찬가지로 노년이 언제나 아름다운 것은 아니다. 여유롭고 넉넉한 인품을 갖추고 있어야 하며, 인생을 달관하는 지혜로움이 갖추어져 있을 때에 비로소 인생의 황혼이 아름다울 수 있는 것이 하겠다. 늙어서도 고집스럽고 탐욕스러움을 버리지 못하고 있다면, 어찌 '누추한 늙음'(老醜)이라 비난을 받지 않겠는가.

　그렇다면 황혼기의 노년이 아름다울 수 있으려면 어찌해야 할 것인가. 먼저 노인은 고집을 부리기 쉬우니, 이 고집을 버리는 방법을 찾아야 한다. 평생 살아오면서 어떤 습관이나 지식에 고착되기 쉬운 것이 노인이다. 독선적인 고집에 빠진 신앙은 하느님도 돌아보지 않으시고, 부처님도 구원할 수 없는 무연중생(無緣衆生)으로 떨어지고 만다. 고집은 친구를 잃고, 젊은이들을 멀리 쫓아내고, 스스로 벽 속에 갇히어 고독에 빠지게 된다. 고집을 한 번 버리면 세상과 소통하는 길이 열리고, 사람들을 자신의 주변에 찾아들게 하는 힘이 생긴다.

　고집을 버리면 마음이 넓어진다. 누구의 말도 귀기울여 들을 수 있고, 무슨 말도 귀에 거슬림이 없이 이해할 수 있게 된다. 이것이 바로 '남의 말이 귀에 거슬리지 않았다.'는 '이순'(耳順)의 경지에 까지 이르를 수 있다. 마음이 열리면 누구나 받아들일 수 있게 되고, 남을 편안하게 받아주면, 자신이 결코 외로움에 젖게 되거나, 고독한 처지에 빠지게 되는 일이 없을 것이다.

　다음으로 노인은 욕심을 버려야 한다. 일을 해서 벌어들이거나 뺏어라도 가져올 수 있는 기운이 없으니, 자신이 가진 것을 굳게 움켜쥐고 내려놓으려 하지 않는 경향이 있다. 그래서 공자는 나이에 따라 군자가 경계해야 할 세 가지 사항을 들면서, "젊었을 때는 혈기가 아직 안정되지 않았으니, 경계할 것이 색욕에 있고, 장년이 되어서는 혈기가 바야흐로 강성해지니 경계할 것은 싸움에 있고, 노년에 이르면 혈기가 이미 쇠퇴해지니 경계할 것은 물욕에 있다."(少之時, 血氣未定, 戒之在色, 及其壯也, 血氣方剛, 戒之在鬪, 及其老也, 血氣旣衰, 戒之在得.〈『논어』16-7〉)고 하였다.

노인이 인색하면 더 가련하게 보이기 쉽다. 노인은 항상 자신이 남에게 줄 수 있는 것을 준비해두는 것도 좋은 방법일 것이다. 어린 손자손녀나 이웃 아이들을 만났을 때, 나누어 줄 수 있는 과자를 주머니 속에 준비해두어야 하고, 젊은 손자손녀가 찾아오면 용돈을 나누어 줄 수 있어야 할아버지 할머니의 사랑을 깊이 느낄 수 있을 것이다. 선물로 가져온 과자를 혼자 두고 먹거나, 자식들이 주는 용돈을 혼자 두고 쓰려한다면, 인색하고 탐욕스러운 노인이 되고 만다.

　욕심을 버리면 마음이 여유롭고 풍요로워진다. 마음이 여유롭고 풍요로워지면, 자신을 지키는데 사로잡혀 있지 않고, 남들을 도울 수 있게 된다. 곧 욕심은 나와 남의 경계를 단단하게 하지만, 욕심을 버리면 나와 남의 경계가 허물어지고, 모두가 하나로 결합할 수 있는 길이 열린다. '욕심에 눈이 멀었다.'는 말은 욕심 때문에 사방으로 열려 있던 눈이 닫혀버리고, 오직 자기 한 몸을 향한 시야만 열려있게 되는 상태를 말한다. 그만큼 욕심을 버리면 눈이 밝아지고 사방으로 구석구석까지 시선이 미치게 된다.

　고집은 자신의 생각과 마음을 지키는 담벽이요, 욕심은 자신의 육신과 집을 지키는 담벽이라 할 수 있다. 노인은 이 담벽을 허물어버릴 때, 가슴이 툭 터지고 몸은 깃털처럼 가벼워지는 열린 세상을 살 수 있다. 담벽 속에 갇혀있는 것은 자신을 지키려는 것이 결국은 자신을 질식시키는 결과를 초래하게 될 것이다. 그러나 담벽을 허물고 자신을 활짝 열어다 드러내놓았을 때, 그 인간은 위기에 빠지는 것이 아니라, 도리어 툭 터진 큰 인간 곧 '대인'(大人)의 인격으로 드러날 수 있을 것이다.

　황혼의 아름다움은 자신의 벽을 허물고 열린 세상으로 길을 열어갈 때 발견된다. 고집과 욕심을 버림으로써, 자신의 벽을 허물었으니, 누구와도 허물없이 사귈 수 있고, 모든 사람을 사랑하고, 또 모든 사람의 사랑과 존경을 받을 수 있을 때, 가장 찬란한 아름다움을 보여준다. 손자 손녀들이 소꿉장난도 지루해지면 옛날 이야기를 들려달라고 할아버지 할머니의 품으로 찾아들고, 자식들이 세상에 살면서 부딪치다가 길을 잃었을 때마다 부모를 찾아와 조언을 받고 밝은 얼굴로 세상을 향해 다시 나설 때, 노년의 삶이 가장 아름답게 빛나고 있다.

노년에 고집과 욕심을 버리면 가슴이 넓어진다. 가슴이 넓어지면 누구나 찾아와 깃들 수 있다. 노인의 다정하고 온화한 얼굴을 보면 누구라도 편안하게 길을 묻기도 하고, 자신의 신세 한탄을 늘어놓기도 한다. 길을 묻는 사람에게 노인은 친절하고 자상하게 가르쳐줄 것이며, 상처받고 신세 한탄을 하는 사람에게는 따뜻하게 위로해줄 것이다. 이런 가르침과 위로를 받은 사람은 가슴깊이 감사하는 마음과 존경하는 마음을 간직하게 될 것이다. 노년의 아름다움은 사람들의 감사와 존경의 마음이 모여들 때 더욱 아름답게 빛날 수 있다.

저녁에도 아름다운 노을이 있는 날이 드물다. 빈 하늘에 어둠이 찾아오거나, 먹구름으로 어둠을 맞는 날이 많다. 인생의 황혼에도 노을보다 더 아름다운 눈부신 빛을 공경하는 눈빛으로 바라보기도 하지만, 그저 늙고 병들어 휘청거리며 동정의 대상이 되는 노년은 안쓰럽게 바라보기도 한다. 그중에 무례하고 난폭한 노인을 한없이 안타까운 눈빛으로 바라보게 되는 경우도 드물지 않다. 어떻게 늙어갈 것인가. 노을빛으로 곱게 늙어갈 것인가. 누추하고 처량한 빛깔로 늙어갈 것인가. 노년에 스스로 깊이 생각하고 선택해야 할 어렵고도 중대한 문제가 아닐 수 없다.

금 장 태

- 1943년 부산생
- 서울대 종교학과 졸업
- 성균관대 동양철학과 박사과정 수료(철학박사)
- 동덕여대 · 성균관대 한국철학과, 서울대 종교학과 교수 역임
- 현 서울대 종교학과 명예교수
- 저서 : 비판과 포용, 귀신과 제사, 퇴계평전, 율곡평전, 다산평전 외

철새의 목쉰 노래

초 판 인 쇄 | 2022년 3월 31일
초 판 발 행 | 2022년 3월 31일

지 은 이 금장태

책 임 편 집 윤수경

발 행 처 도서출판 지식과교양
등 록 번 호 제2010-19호
주   소 서울시 강북구 우이동108-13 힐파크103호
전   화 (02) 900-4520 (대표) / 편집부 (02) 996-0041
팩   스 (02) 996-0043
전 자 우 편 kncbook@hanmail.net

ISBN 978-89-6764-180-1 93810   정가 18,000원